Franziska Franke

Sherlock Holmes und die Büste der Primavera

Franziska Franke, in Leipzig geboren, hat nach ihrer Schulzeit, die sie in Essen, Schwetzingen und Wiesbaden verbrachte, an den Universitäten von Mainz und Frankfurt Kunstgeschichte, Klassische Archäologie und Kunstpädagogik studiert. Sie wohnt heute mit ihrem Mann in Mainz, wo sie freiberuflich in der Erwachsenenbildung tätig ist.

Franziska Franke

Sherlock Holmes

und die Büste der Primavera

KBV
KRIMI

Originalausgabe

www.kbv-verlag.de
E-Mail: info@kbv-verlag.de
Telefon: 0 65 93 - 99 86 68
Fax: 0 65 93 - 99 87 01
Umschlagillustration: Ralf Kramp
Redaktion, Satz: Volker Maria Neumann, Köln
Druck: Aalexx Buchproduktion GmbH, Großburgwedel
Printed in Germany
ISBN 978-3940077-66-0

Vorwort des Herausgebers

In meiner Funktion als Nachlassverwalter des Florentiner Arztes Dottore Lorenzo Tristram-Boldoni gehörte es zu meinen Aufgaben, die Dachbodenentrümpelung des Hauses an der Piazza Santa Croce zu überwachen. Der Dottore hatte das Haus einer gemeinnützigen Stiftung hinterlassen. Dabei stießen wir auf eine wurmstichige Truhe, in der sich eine zweite, kleinere Truhe im neugotischen Stil befand, von der ich vermute, dass sie einst dem Urgroßvater des Dottore gehörte, jenem englischen Buchhändler, dessen Namen die alteingesessene Florentiner Familie noch heute trägt.

Die kleinere Truhe war gefüllt mit verschiedenen, seltsamen Gegenständen. Wir holten Blechdosen heraus, die nichts als Asche enthielten, eine stumpf gewordene Lupe, altmodische Kleidungsstücke und ein Buch über Bienenzucht. Unter diesen Dingen von geringem Wert waren einige ledergebundene Bücher im Quartformat gestapelt, in deren Deckel statt eines Titels durchlaufende lateinische Zahlen eingraviert waren. Die vergilbten Seiten der Bände waren mit winzigen Buchstaben in einer kaum lesbaren Schrift vollgekritzelt. Nur mit Mühe konnte ich einige Buchstaben entziffern, musste aber feststellen, dass der Text in englischer Sprache verfasst war. Ich war schon im Begriff, die Manuskripte für den Container auszusortieren, dessen Inhalt in den Aktenvernichter geworfen werden sollte, als bei einem letzten Durchblättern der Name *Sherlock Holmes* meine Aufmerksamkeit erweckte.

Unentschlossen, was ich damit anfangen sollte, nahm ich die Manuskripte mit nach Hause, wo mich meine Frau bedrängte, eine Übersetzung des ersten Bandes in Auftrag zu geben. Leider gestaltete sich dieses Unterfangen weit schwieriger als vermutet, denn der jungen Anglistin, die ich mit der Arbeit betraute, gelang es kaum, sich durch den Text zu kämpfen. Die Handschrift war äußerst nachlässig, und an vielen Stellen waren die Buchstaben durch die Stockflecken auf dem brüchigen Papier fast unlesbar geworden. Außerdem arbeitete die junge Dame zugleich an ihrer Abschlussarbeit über das Italienbild der englischen Touristen des 19. Jahrhunderts und unterbrach manchmal für Wochen die Übersetzungsarbeit, weil sie in ausländischen Bibliotheken recherchieren musste.

So hatte ich mich also bis zu diesem Frühjahr gedulden müssen, bis ich endlich einen Stoß Computerausdrucke auf meinem Schreibtisch fand, auf dessen Deckblatt *Sherlock Holmes und die Büste der Primavera* stand. Ich begann, wie ich zugeben muss, lustlos die Übersetzung des mehr als hundert Jahre alten Textes zu überfliegen, aber je mehr ich las, desto stärker zog die Geschichte mich in ihren Bann. Als ich die Lektüre beendet hatte, beschloss ich, Ihnen den Text zur Veröffentlichung anzubieten, denn ich glaube, dass das Bild, das man sich von Sherlock Holmes macht, nicht vollständig wäre ohne das Bekanntwerden dieser Episode.

Florenz, den 20.01.2008,
Giorgio Battista Scalzi, Anwalt und Notar

1. Eine Begegnung bei der Post

Es war an einem ungewöhnlich heißen Tag im Mai des Jahres 1891, als ich das Postgebäude betrat. Vor dem Schalter, auf dessen Hinweisschild die wohlklingenden Worte *Poste Restante* standen, hatte sich bereits eine lange Schlange gebildet, die mich unwillkürlich an das heimatliche England erinnerte. Ich begab mich schicksalsergeben an das Ende der Schlange, denn ich hatte die Hausmeisterin des Mietshauses, in dem wir damals noch wohnten, im Verdacht, fremde Briefe mit Wasserdampf zu öffnen. Daher zog ich es vor, mir meine Korrespondenz postlagernd zusenden zu lassen.

Die Schlange wurde immer länger, und bald wusste ich auch warum: Der langsamste Postbeamte der Toskana, der mich bereits viel Lebenszeit gekostet hatte, trieb an diesem Morgen sein Unwesen am Schalter für postlagernde Sendungen. Mit ohnmächtiger Wut beobachtete ich seinen Versuch, seinen eigenen Rekord zu brechen. Aufgrund der quälenden Langeweile verfiel ich auf die Idee, die anderen Wartenden zu studieren.

Ich blickte mich dezent um. Hinter mir stand eine hübsche, nach der neuesten Mode gekleidete Dame um die Dreißig, die ziemlich nervös zu sein schien. Sie holte eine Taschenuhr aus ihrem zierlichen Beutel, schaute verärgert auf das Zifferblatt und runzelte die Stirn. Sie hielt die vergoldete Uhr an ihr Ohr und schloss gedankenverloren die Augen. Ich vermutete, dass ihr Liebhaber ihr postlagernd schrieb und dass sie nun Angst hatte, von einem Freund ihres Ehemannes gesehen zu werden.

Dann schien sie zu bemerken, dass ich sie beobachtete, denn sie warf mir einen pikierten Blick zu. Ich tat so, als ob ich jemanden in der Menge suchte. Mit erhobenem Kopf ließ ich meinen Blick durch die überfüllte Halle schweifen, als mein Vordermann die Geduld verlor. Einen beliebten Fluch vor sich hinmurmelnd gab er seinen Platz in der Schlange auf.

Ich studierte den Mann, hinter dem ich nun stand. Er mochte rund einen Meter achtzig groß sein, aber er war extrem dünn und wirkte daher größer. Offensichtlich war ihm das Warten noch verhasster als der Ehebrecherin. Er verlagerte sein Gewicht von einem Fuß auf den anderen und schien sich nur mühsam zurückzuhalten, den Beamten zu größerer Eile anzutreiben.

Schnell erkannte ich, dass mit meinem neuen Vordermann etwas nicht stimmte, denn er war zwar, etwas nachlässig, wie ein italienischer Gelehrter gekleidet, aber seine teuren Schuhe englischer Machart fügten sich nicht in dieses Gesamtbild ein.

Meine Neugier war also geweckt, und ich ließ den Unbekannten nicht mehr aus den Augen. Gern hätte ich seine Gesichtszüge analysiert, aber ein breitkrempiger Hut verschattete die Partien, die der dunkle Bart nicht ohnehin verdeckte. Es war unübersehbar, dass der Fremde nicht erkannt werden wollte. Mir kam ein beunruhigender Gedanke: Ob der bärtige Mann vorhatte, die Post zu überfallen? Ich erwog, mich zurückzuziehen, aber dann erinnerte ich mich daran, dass ich vor dem Schalter für gelagerte Sendungen wartete.

Als der bärtige Mann endlich an der Reihe war, fragte er mit breitem, englischem Akzent, ob Post für ihn angekommen sei. Wenn es noch eines Beweises bedurft hätte, dass etwas mit ihm nicht stimmte, so hatte ich ihn jetzt! Obwohl der Fremde passabel italienisch sprach, war nicht zu überhören, dass er seine Kindheit in einem stattlichen Haus an der

Themse verbracht und anschließend viel Mühe darauf verwandt hatte, in Oxford diesen spezifischen, herablassenden Tonfall einzuüben, der den britischen Gentleman auszeichnet.

Meine Neugierde wuchs ins Unermessliche, und ich bedauerte, dass mein Beobachtungsobjekt sich bald meiner entziehen würde, aber der Postangestellte verschaffte mir etwas Bedenkzeit, indem er für mehrere Minuten im Lager verschwand. Die Ehebrecherin fluchte bereits leise vor sich hin, als der Staatsdiener endlich mit einem mittelgroßen Päckchen zurückgeschlichen kam.

Verdammt, dachte ich, gleich verschwindet er. Aber wieder hatte ich Glück, denn bei dem Päckchen handelte es sich um eine eingeschriebene Sendung.

Der bärtige Mann legte mit einstudierter Beiläufigkeit einen Handschuh auf die Anschrift, aber während er seinen Pass vorzeigte, gelang es mir, den Absender des Päckchens zu entziffern. Ich las: *Mycroft Holmes, The Diogenes Club, London.*

Ich war elektrisiert. Der Bruder von Sherlock Holmes hatte das Päckchen abgeschickt! Meine Gedanken rasten. Wie gebannt starrte ich den bärtigen Mann an. Mittlerweile war es mir völlig gleichgültig, was die anderen Kunden von mir dachten.

Ich wusste, dass Sherlock Holmes als ein Meister der Verkleidung in London mehrere Verstecke besaß, in denen er seine Identität nach Belieben ändern konnte. Ein prüfender Blick ließ die kühne Vermutung zur Gewissheit werden: Sherlock Holmes stand hier mitten in Florenz am Schalter für postlagernde Sendungen! Seine blasse Haut hatte er dunkel getönt, aber die adlerhaft gebogene Nase und die grauen Augen ließen sich nicht verbergen. Ich fragte mich, ob er den

Auftrag erhalten hatte, eine Bestechungsaffäre bei der italienischen Post aufzudecken.

Dann konnte ich mich nicht länger zurückhalten. »Mister Holmes«, entfuhr es mir, »das Schicksal führt Sie hierher!«

»Sie müssen mich verwechseln. Mein Name ist Henry Baker Radcliffe«, erwiderte er und blickte auf mich herab.

Wie ich es hasse, wenn Männer ihre Körpergröße gegen mich ausspielen! Ich hatte mich in Italien sofort heimisch gefühlt, weil ich hier mit meinen Gesprächspartnern auf Augenhöhe bin.

Ich beschloss, mich nicht beeindrucken zu lassen. »Nein, Sie sind Sherlock Holmes!«, insistierte ich. »Erstens habe ich gesehen, dass ihr Bruder Mycroft Ihnen ein Päckchen geschickt hat, und zweitens kenne ich Sie aus der Zeitung. Ihr Profil ist so unverwechselbar, dass ich es unter tausenden erkennen würde. Ich habe für derartige Dinge einen guten Blick. Schließlich habe ich in eine Bildhauerfamilie eingeheiratet.«

Mein Gegenüber zuckte nicht mit der Wimper. »Sherlock Holmes ist tot!«

Ich sah den bärtigen Mann fassungslos an.

»Er ist am 4. Mai, also vor über einer Woche, tödlich verunglückt«, informierte er mich in einem so sachlichen Tonfall, als referierte er den Wetterbericht. »Dr. Moriarty, sein Erzrivale, hat ihm in der Schweiz am Reichenbachfall aufgelauert. Es ist zu einem Kampf gekommen[1], bei dem beide Kon-

[1] Anmerkung des Herausgebers: Conan Doyle behandelte diese dramatische Episode in der Geschichte *Sein letzter Fall*. Holmes war es nach dem Zweikampf an den Reichenbachfällen zwar gelungen zu entkommen, doch da Colonel Moran, der Gefolgsmann des Professors Moriarty, auf ihn gelauert hatte, war Holmes geflüchtet. Was als kurzer Auslandsaufenthalt geplant war, endete so in einem mehr als zweijährigen Exil des Ermittlers, das ihn bis nach Tibet führen sollte.

trahenten den Wasserfall hinabgestürzt sind. Die Times hat am folgenden Tag ausführlich darüber berichtet.« Er holte ein schmutziges, zerknittertes Zeitungsblatt aus der Innentasche seines Jacketts und hielt mir das Corpus Delicti vor die Nase.

Die Schlagzeile lautete: *Sherlock Holmes ist tot.*

An jedem anderen Tag hätte mich diese Nachricht erschüttert, aber an diesem Frühlingsmorgen hatte ich mir bereits meine Meinung gebildet. Daher glaubte ich der Times kein Wort, zumal ich beim Überfliegen des Artikels auf die Worte *ein kompliziertes Kesselsystem machte das Bergen der sterblichen Überreste unmöglich* gestoßen war.

Zwar fand ich es hochgradig seltsam, dass Holmes nicht nur – wie ich damals glaubte – seinen eigenen Tod inszeniert hatte, sondern sogar Berichte über sein tragisches Ableben herumreichte, aber nicht von ungefähr waren die Spleens der Engländer eine beliebte Zielscheibe für die Spottlust der Florentiner.

»Wie so oft werden Theorien durch die Tatsachen widerlegt«, sagte ich also. »Offensichtlich irrt die Times. Wieso aber, um Gottes willen, haben Sie dieses Missverständnis nicht aufgeklärt? Und wenn nur um Dr. Watson einen unnötigen Kummer zu ersparen.«

»Diskutieren Sie nicht herum!«, mischte sich die Ehebrecherin ein. »Wir warten auch so schon lang genug.«

Ich bedeutete ihr mit einer Geste, meinen Platz in der Schlange einzunehmen, und folgte Holmes, der sich unauffällig aus dem Staub zu machen versuchte. Aber so leicht ließ ich mich nicht abschütteln. »Ich habe Ihre eigenen Methoden angewandt und bin zu dem Ergebnis gekommen, dass Sie Sherlock Holmes sind. Die Tatsache, dass Sie so unfreundlich auf diese Feststellung reagieren, beweist nur, dass ich recht habe«, rief ich ihm nach, denn ich hatte Mühe Schritt zu halten. »Wenn Sie lieber inkognito bleiben wollen, verspreche ich Ihnen, Sie nicht zu verraten, aber ich brauche ihre Hilfe!«

Er blieb stehen, drehte sich aber nicht um.

»Wenn Sie mithilfe der außerordentlichen Fähigkeiten, für die Sie berühmt sind, den Mörder meines Schwiegervaters aufspüren, so wird sich meine Frau bestimmt erkenntlich zeigen.«

»Die Honorarsätze von Sherlock Holmes sind festgelegt«, erwiderte er, »aber dies braucht Sie nicht zu bekümmern, denn ich bin nicht Holmes.«

Langsam gingen mir die Argumente aus. »Ich habe gehört, dass Sherlock Holmes sich derer annimmt, denen die Polizei nicht helfen kann.«

Holmes drehte sich um. Er musterte mich mit skeptischen Blicken, aber seine Gegenwehr weichte auf. »Na gut, schildern Sie mir den Fall, und ich sage Ihnen, was ich davon halte, aber danach gehe ich meines Weges, der den Ihren hoffentlich nicht so bald wieder kreuzen wird.«

Ich schlug den Besuch der benachbarten Bar vor, stieß aber mit diesem Angebot auf wenig Gegenliebe.

»Ich würde lieber einen Tee trinken. Daher plädiere ich für das Café Rasmofsky.«

Ich bewunderte die Beiläufigkeit, mit der Holmes dieser Zungenbrecher über die Lippen kam.

»Es ist nicht weit von hier entfernt, und es besitzt den Vorzug, mit einem Teesalon ausgestattet zu sein«, fügte er hinzu.

Wir überquerten also die Piazza Vittorio Emanuele II[2], deren überdimensionierte Neubebauung in krassem Gegen-

[2] Anm.: Mister Tristram meint die heutige Piazza della Repubblica, deren Umgestaltung im Jahr 1891 noch nicht abgeschlossen war.

satz zur Klarheit der historischen Architektur von Florenz stand. Diese Piazza verdankt ihre Entstehung dem gesteigerten Repräsentationsbedürfnis der Jahre, als Florenz Hauptstadt des geeinten Italiens war. Mit Wehmut erinnerte ich mich an den belebten Mercato Vecchio, der dieser steinernen Wüste weichen musste, die, nach Verlegung der Hauptstadt nach Rom, völlig nutzlos geworden war.

Wahrscheinlich zog Holmes aber gerade das an, was mich abstieß. Er fühlte sich am wohlsten mitten im Getümmel. Wenn Florenz irgendwo großstädtisch war, so war es hier.

Wir betraten also das vor allem bei Ausländern beliebte Café Rasmofsky. Holmes steuerte zielstrebig einen Ecktisch abseits der allgemeinen Betriebsamkeit an und bestellte zwei Gläser Tee. Dann wandte er sich von mir ab und öffnete das Päckchen, leider in einer Weise, dass ich dessen Inhalt nicht sehen konnte. Ich beugte mich vor.

Holmes räusperte sich und sah mich amüsiert an.

Mir wurde mein ungehöriges Verhalten bewusst. Ich schaute zur Seite und sah mein eigenes Spiegelbild. Im Spiegel beobachtete ich, wie Holmes eine alte Tonpfeife hervorholte und das Päckchen wieder schloss.

Der Kellner kam zurück und servierte den dampfenden Tee mit vollendeter Höflichkeit.

»Ich ...«, begann ich, aber Holmes unterbrach mich.

»Sagen Sie nichts!«

Ich fand mich von forschenden Augen fixiert.

Dann holte Holmes eine silberne Tabakdose aus seiner Westentasche und begann mit langsamen, fast zeremoniellen Bewegungen seine Pfeife zu stopfen. »Sie sind ein linkshändiger Buchhändler aus Birmingham. Vor drei Jahren sind Sie nach Florenz gekommen. Es sollte eigentlich nur eine Studienreise sein, aber Sie haben eine Italienerin geheiratet und leben seitdem hier. In ihrer anscheinend großzügig bemessenen Freizeit halten sie sich in einer Bildhauerwerkstatt auf, wenn Sie nicht gerade Kriminalromane lesen – und offensichtlich langweilen Sie sich.« Holmes zündete seine Pfeife an. »Und was ich fast vergessen hätte: Bevor es Sie nach Florenz verschlagen hat, waren Sie in Südafrika.«

»Wie haben Sie dies nur herausbekommen?«, entfuhr es mir.

»Elementar«, sagte Holmes und lehnte sich auf seinem Stuhl zurück. »Das Jackett, das sie tragen, wurde von der Firma Buttercup Ltd in Birmingham hergestellt. Diese schmalen Revers kamen damals auf, sind aber mittlerweile außer Mode. Die Tatsache, dass sie das Kleidungsstück weiterhin tragen, ist ein Anzeichen dafür, dass Sie seit drei Jahren den Kontakt mit ihrer Heimat verloren haben. Damals war es Ihnen so wichtig, gut gekleidet zu sein, dass Sie bereit waren, dafür viel Geld auszugeben. Nur eine Heirat kann bewirkt haben, dass ihr Interesse an Ihrer Aufmachung so plötzlich nachgelassen hat, zumal es Ihnen nicht an Geld zu mangeln scheint.«

Ich sah an mir herab. Es war reiner Zufall, dass ich diese altmodische Kleidung trug, die seit Jahren im Schrank vor sich hinverstaubte, aber meine Frau hatte mich gebeten, an meinem freien Tag den Inhalt einiger Kisten auf dem Dachboden meines Schwiegervaters zu sichten.

»Dass Sie in eine Bildhauerwerkstatt eingeheiratet haben, erwähnten Sie selbst, aber ich hätte es auch so bemerkt, da sich auf ihren Schuhen Reste von weißem Marmorstaub befinden. Die Farbe des grauen Staubes auf ihrer Jacke hingegen lässt auf den Umgang mit alten Büchern schließen. Die Beobachtung, dass der Ärmel Ihrer Jacke links und nicht rechts speckige Stellen aufweist, belegt ihre Linkshändigkeit«, hörte ich Holmes sagen und wagte es nicht, einen

Kommentar über seine falsche Beurteilung meiner Kleidung abzugeben. »Die Vorliebe für Kriminalromane haben Sie mir selbst gestanden, und, wenn Sie nicht unter Langweile litten, würden Sie nicht Fremden auf der Hauptpost nachspionieren und versuchen, sie in die nächste Bar zu schleifen.«

»Und Südafrika?«, fragte ich automatisch, obwohl mir der Hinweise auf meine vier Jahre zurückliegende Zeit als glückloser Goldsucher in Transvaal eher peinlich war. Nach einer langen, beschwerlichen Reise nach Witwatersrand, einer gottverlassenen Kleinstadt im unwirtlichen, südafrikanischen Wüstengebiet, musste ich damals feststellen, dass alle Goldminen bereits von Ausländern aufgekauft worden waren. Diese Bergwerksbesitzer ließen Schwarze – aber auch arme Weiße wie mich – das Gold für einen Hungerlohn abbauen. Nur mit Schrecken dachte ich an die schwere Arbeit in der Grube zurück, mit der ich mir die Mittel für die Rückfahrt verdient hatte.

»Sie tragen am Mittelfinger der linken Hand einen gravierten Ring, wie er nur in der Umgebung von Pretoria hergestellt wird. Die Ornamente der Verzierung sind äußerst charakteristisch«, informierte mich Holmes.

Ich bemerkte, dass auch Holmes einen Ring trug. »Und den bemerkenswerten Diamantring an Ihrer Hand haben Sie für die Dienste erhalten, die Sie dem holländischen Herrscherhaus erwiesen haben«, konnte ich mich nicht beherrschen zu sagen.

Holmes würdigten diese Bemerkungen keines Kommentars. Falls er erstaunt gewesen sein sollte, so ließ er es sich nicht anmerken.

»Es bleibt eigentlich nur noch eine offene Frage«, sagte er sachlich, »nicht, dass es mich etwas anginge, aber wieso arbeiten Sie um diese Uhrzeit nicht in ihrer Buchhandlung?«

»Sie hat Montag Ruhetag.« Ich nahm meinen gesamten Mut zusammen. »Kann ich jetzt den Fall schildern?«

»Bitte erzählen Sie!«, forderte mich Holmes kurz angebunden auf.

»Mein Name ist David Tristram, und ich wohne tatsächlich seit drei Jahren in Florenz. Auf einer Bildungsreise habe ich mich hier in die Tochter eines Bildhauers verliebt und sie kurze Zeit später geheiratet. Seitdem bin ich in der Libreria Niccolò Machiavelli beschäftigt. Das ist eine Fachbuchhandlung für juristische Bücher. Vorgestern Morgen suchte mich meine Frau tränenüberströmt an meinem Arbeitsplatz auf. Ihr Vater war in seiner Werkstatt erschossen aufgefunden worden. Man sagte ihr, er habe Selbstmord begangen, aber meine Frau glaubt es nicht.«

Holmes sagte nichts, und mir wurde bewusst, wie dürftig die Informationen waren, die ich ihm bisher gegeben hatte.

»Mein Schwiegervater heißt ... leider muss ich wohl sagen hieß Lorenzo Boldoni«, ergänzte ich, »und er war der Besitzer einer Werkstatt, die auf das Kopieren von Skulpturen der Florentiner Frührenaissance spezialisiert ist. Seine Firma ist recht erfolgreich, denn sie ernährt vier Bildhauer: außer dem Meister noch seinen Sohn Andrea und zwei Gesellen. Vorgestern gegen acht Uhr wollte Pietro, einer der Gesellen, wie es seine Gewohnheit war, die Werkstatt aufschließen, fand aber die Tür bereits geöffnet vor. Er trat ein und sah, dass mein Schwiegervater am Tisch zusammengebrochen war. Auf dem Boden hatte sich eine große Blutlache gebildet. Lorenzo Boldoni war tot, erschossen. In seiner rechten Hand hielt er noch die Pistole. Der Arzt hat die Todeszeit auf sieben Uhr morgens geschätzt.«

»War zu dieser Zeit noch jemand im Haus?«, fragte Holmes.

»Nur die Haushälterin. Sie hat aber weder den Schuss noch sonst etwas Verdächtiges gehört. Giovanna ist bereits fortgeschrittenen Alters. Sie sagte, dass sie in letzter Zeit nicht mehr gut hören würde.«

Dem unbeweglichen Gesicht meines Gegenübers war nicht anzusehen, was er dachte. »Gab es einen Abschiedsbrief?«

»Nein, aber dies ist nicht weiter verwunderlich. Lorenzo Boldoni konnte kaum schreiben. Er hat als Arbeiter im Steinbruch von Carrara begonnen. Später hat ein reicher Engländer es ihm ermöglicht, sich als Bildhauer ausbilden zu lassen und eine eigene Werkstatt zu eröffnen. Seine Tochter, meine Frau, war für die Korrespondenz zuständig und erledigte die Buchhaltung.«

»Auch nach Ihrer Hochzeit?«, fragte Holmes erstaunt.

Ich nickte und verkniff mir einen Kommentar über die miese Bezahlung eines Buchhändlers.

»Und wer erbt die Werkstatt? Ich nehme an der Sohn?«

Wieder wurde mir bewusst, wie unersetzlich der Verlust des Meisters für die Werkstatt war. »Ja«, antwortete ich, aber er ist ein weit schlechterer Bildhauer als sein Vater. Die Firma wird nie wieder dieselbe sein.« Ich zögerte einen Augenblick, gewahrte aber dann, dass Holmes es sowieso erfahren würde, und fügte hinzu: »Mein Schwiegervater hat natürlich auch meine Frau in seinem Testament bedacht. Nun hat sie große Angst vor der Polizei, denn jeder, der meinen Schwiegervater kannte, hält es für völlig ausgeschlossen, dass er Selbstmord begangen haben soll. Er war ein erfolgreicher Handwerker, der seine Arbeit liebte.«

Holmes betrachtete mit einem undefinierbaren Gesichtsausdruck die Schwarz-Weiß-Fotos von Florenz, mit denen die Wände des Cafés dekoriert waren.

»Werden tatsächlich unter diesem wolkenlosen Himmel Verbrechen begangen?«, sagte er schließlich und zog ein Notizbuch aus der Tasche. Mit winzig kleinen Buchstaben notierte er einige Zeilen. Ich atmete innerlich auf, denn ich nahm dies als Zeichen, dass er sich des Falles annahm.

Dann sah Holmes zu mir hoch.

»Ich helfe Ihnen, aber nur unter zwei Bedingungen«, sagte er, ohne von seinem Notizbuch aufzuschauen. »Erstens müssen Sie mir versprechen, niemanden über meine Identität aufzuklären. Reden Sie mich stets mit Henry Baker Radcliffe an.«

»Selbstverständlich«, beteuerte ich. »Sie können sich auf mich verlassen.«

Holmes lehnte sich zurück. »Außerdem verpflichten Sie sich zu zehn Jahren absolutem Stillschweigen über den Fall.«

Ich versprach auch dies, wenn auch nur äußerst ungern.

Holmes warf einen Blick auf seine Notizen. »Sie haben mir nichts über Ihre Schwiegermutter erzählt. Ich vermute, dass sie bereits verstorben ist?«

»Ja, schon vor sehr vielen Jahren. Giovanna, die Haushälterin, hat ihre Rolle übernommen. Der Haushalt bestand also nur aus Maestro Boldoni, seinem Sohn Andrea Boldoni, Giovanna und dem Hausmädchen Vittoria. Die Gesellen und der Lehrling wohnen nicht im Haus.«

»Und wo waren der Sohn und das Hausmädchen, als ihr Schwiegervater starb?«

»Vittoria war in der Markthalle«, antwortete ich, »und mein Schwager hatte die Nacht außer Haus verbracht, aber er verrät nicht, wo er war.«

Sherlock Holmes überlegte einen Augenblick. »Gab es Probleme mit anderen Werkstätten, Rivalitäten mit der Konkurrenz?«

Diese Frage hatte ich mir noch nie gestellt. »Nicht, dass ich es wüsste«, sagte ich. »aber vielleicht sollten Sie meinen Schwager fragen, denn …«

»Noch eine letzte Frage«, unterbrach mich Holmes. »Hat Ihr Schwiegervater seine Skulpturen direkt an die Kunden verkauft, oder hat sie ein Kunsthändler vertrieben?«

Ich überlegte einen Augenblick, denn von diesen Dingen verstand ich nicht viel. »Teils, teils. Er verkaufte recht viel an reiche Touristen, die bei ihm vorbeischauten, aber es gibt auch einen Händler, der seine Ware nach England und Amerika verschifft. Es hat sich seit dem Risorgimento in Italien vieles zum Besseren verändert. Der Wegfall der Zollschranken und der Ausbau von Postverbindungen erleichtern den Versandhandel. Dies war eine wichtige Voraussetzung für den ökonomischen Erfolg meines Schwiegervaters.«

Einige Minuten lang herrschte Schweigen.

»Wollen Sie den Tatort aufsuchen?«, fragte ich dann, und meine Stimme klang zaghafter, als mir lieb war. Noch immer hatte ich Angst, dass Holmes das Interesse an dem Fall wieder verlieren könnte.

»Ja, das ist unerlässlich.«

Ich wollte mich erheben, aber Holmes machte keine Anstalten aufzustehen.

»Was wollen Sie nun tun?«, fragte ich.

»Rauchen!« Er legte seine Taschenuhr vor sich auf den Tisch und schloss die Augen. »Lassen Sie mich dreißig Minuten in Ruhe nachdenken.«

2. Die Werkstatt der Familie Boldoni

Eine Stunde später überquerten wir die Piazza Santa Croce, an der sich Werkstatt und Wohnung der Familie befanden. Die neu vollendete, weiße Marmorfassade der großen Franziskanerkirche, nach der der Platz benannt war, strahlte in der Sonne, und ich fragte Holmes: »Haben Sie eigentlich schon Santa Croce besichtigt?«

»Ja«, antwortete er, ohne den Bau eines Blickes zu würdigen. »Ich habe dem Grab Galileis meine Reverenz erwiesen. In letzter Zeit interessieren mich die Gesetze der Natur mehr als die Fälle, derentwegen sich meine Klienten an mich wenden. Es ist der Preis des Ruhmes, dass sich meine Praxis in eine Agentur für das Wiederfinden von entlaufenen Hunden und verloren Hüten entwickelt hat.« Holmes sah mich von der Seite an. »Wussten Sie, dass sich am 8. Januar des nächsten Jahres der Todestag Galileis zum 350. Mal jährt?«

Ich schüttelte den Kopf.

»In gewisser Weise ist er mein Vorläufer, denn er ist einer der Wegbereiter der empirischen Naturwissenschaften. Es kann als Beweis seiner Modernität angesehen werden, dass seine Werke noch immer auf dem päpstlichen Index stehen. Um die *Discorsi e dimostrazioni matematiche* im Original lesen zu können, habe ich sogar Italienisch gelernt.«

»Er hat nicht lateinisch geschrieben?«, fragte ich verblüfft.

Holmes lächelte über meine Ignoranz. »Nein! Galilei schrieb ein vorbildlich schönes Italienisch, das stilbildend auf die wissenschaftliche Prosa gewirkt hat. Ihn sollte sich mein Freund und Kollege Dr. Watson, der meine Abenteuer der Öffentlichkeit zur Kenntnis brachte, zum Vorbild nehmen. Vielleicht würde er sich dann die Unsitte abgewöhnen, Farbe in seine Berichte zu bringen, statt sich auf die Logik der Beweisführung zu konzentrieren.«

Bei dieser Unterhaltung, die eigentlich keine war, erschien mir die Piazza weiträumiger als jemals zuvor, aber endlich hatten wir das Haus meines Schwiegervaters erreicht.

»Ich werde meiner Frau Ihren Besuch ankündigen. Sie ist um diese Zeit meist oben im Büro«, sagte ich und führte Sherlock Holmes in die Werkstatt. Hier bearbeiteten zwei Gesellen ihre Marmorblöcke, als wäre nichts geschehen. »Wo ist Andrea?«, fragte ich.

»Bei der Polizei«, antwortete Pietro mit sorgenvollem Gesicht.

Ich sah Holmes an.

Er zuckte mit den Schultern. »Denken Sie daran: Mein Name ist Henry Baker Radcliffe!«, ermahnte er mich auf Englisch.

Die Gesellen hielten in der Arbeit inne und schauten zu uns hoch.

»Lasst euch nicht irritieren«, sagte ich auf Italienisch zu ihnen und eilte die Treppen hinauf in das Obergeschoss, wo sich das Büro befand, und schilderte meiner Frau in wenigen Worten, was vorgefallen war.

»Sherlock Holmes in Florenz auf der Post?«, fragte sie mit ungläubigem Staunen. »Davide, du solltest nicht so viele Kriminalromane lesen. Das kann ja auf Dauer nicht ohne Folgen bleiben.«

»Nein«, protestierte ich, »ich habe nicht fantasiert, sondern er ist es wirklich, aber du musst ihn mit Henry Baker Radcliffe ansprechen, denn er möchte, dass man glaubt, er sei tot – warum, habe ich auch nicht verstanden.«

Meine Frau fand dies äußerst befremdlich, aber sie folgte mir in die Werkstatt, wo Holmes die Skulpturen studierte, die auf den Verkaufsregalen aufgebaut waren. Ich kann mir vorstellen, dass für Holmes diese Ansammlung von identischen Büsten junger Mädchen und würdiger Florentiner Patrizier ein seltsamer Anblick gewesen sein musste.

Als er unsere Schritte hörte, drehte er sich um.

»Meine Frau Violetta«, stellte ich vor.

Sie lächelte ihn an, aber Holmes verzog keine Miene, sondern nickte meiner Frau nur kurz zu.

»Das ist Mister Henry Baker Radcliffe, der sich bereit erklärt hat, Nachforschungen über den Tod deines Vaters zu unternehmen«, sagte ich und war froh, meine Frau die Sprache Shakespeares gelehrt zu haben, denn so konnten die Gesellen unser Gespräch nicht belauschen.

Meine Frau ließ sich nicht von der Wortkargheit ihres Gegenübers beeindrucken. »Es ist mir eine Ehre, Mister Baker Radcliffe, besuchen Sie Florenz wegen der Kunst?«

Holmes schien über diese Frage verblüfft zu sein. »Meine Kunst ist die Aufklärung von Verbrechen. In der Zeitung lese ich daher nur die Kriminalnachrichten«, sagte er. »Ich bin nach Florenz gekommen, weil es die Hauptstadt der im Ausland lebenden Engländer ist. Chiantishire sagt man in London scherzhaft. Die englische Kolonie in der Toskana erleichtert es mir, unterzutauchen, zumal es hier eine ausgezeichnete Infrastruktur gibt.«

Offensichtlich vermutete Holmes zu recht, dass ich meine Frau eingeweiht hatte. Ich tat so, als habe ich dies nicht bemerkt.

»Ja, man kann alles kaufen, was das britische Herz begehrt«, stimmte ich ihm mit argloser Miene zu. »Von schottischem Whisky bis zur Times, die zu lesen ich versäumt habe.«

Holmes sah mich leicht vorwurfsvoll an. »Ich dachte eigentlich eher an Bibliotheken und wissenschaftliche Einrichtungen, mit denen die Stadt hervorragend ausgestattet ist. Ich hatte vor, mich in Florenz ungestört der Grundlagenforschung zu widmen.«

Während dieses Wortwechsels war Holmes die Regale mit den Marmorkopien entlanggeschritten. Sein Auge war an einer Serie von Madonnen haften geblieben, die wiederum mit einem zuckersüßen Lächeln ihre herzigen Kindlein betrachteten.

»Wegen dieser makellos schönen Figuren aus reinem, weißen Marmor ist vielleicht ein Verbrechen begangen worden«, sagte er nachdenklich. Dann drehte er sich zu uns um. »Wo werden die Originale aufbewahrt, nach denen diese Kopien gearbeitet sind?«

»Die meisten stehen in der Skulpturensammlung im Palazzo del Bargello«, sagte meine Frau und zeigte auf eine Madonna. »Das ist eine Schöpfung von Donatello, und das Porträt daneben ist eine Kopie nach Mino da Fiesole. Beide Originale stehen im Bargello.« Sie überlegte einen Augenblick. »Mortimer Hopper, der englische Kunsthändler, der unsere Skulpturen nach Übersee exportiert, bringt auch von Zeit zu Zeit Gipsabgüsse mit, die wir kopieren sollen. Außerdem hat mein Vater für ihn eigene Schöpfungen im Stil der Frührenaissance angefertigt. Mortimer Hopper hat meinen Vater wiederholt gedrängt, die reine Kopistentätigkeit seinen Gesellen zu überlassen.« Meine Frau vergrub ihr Gesicht in den Händen. »Es ist so schrecklich. Ich kann es gar nicht begreifen, dass er tot ist.« Sie sprang auf und eilte aus dem Raum.

Einen Augenblick lang herrschte Schweigen.

Holmes holte ein Vergrößerungsglas aus seiner Westentasche und begutachtete den Tisch, an dem mein Schwiegervater tot aufgefunden worden war. »Hier finden sich nicht die geringsten Blutspuren«, bemerkte er irritiert.

Das hatte ich auch schon bedauernd bemerkt. »Vittoria hat etwas vorschnell hier geputzt. Sie ist sehr gewissenhaft, wenn es um die Sauberkeit geht, aber sie versteht nichts von der Spurensicherung.«

Holmes war noch immer mit der Untersuchung des Raums und der darin gelagerten Skulpturen beschäftigt, als meine Frau kurze Zeit später zurückkam.

»Sie haben Andrea verhört«, sagte sie, noch völlig atemlos. »Er ist eben zurückgekommen und sagt, man habe ihn wie einen Verdächtigen behandelt.«

»Das war zu erwarten«, erwiderte Holmes in einem sachlichen Tonfall. »Falls die Polizei zu dem Ergebnis kommen sollte, dass es sich um Mord handelt, dann ist er der Hauptverdächtigte, denn anscheinend profitiert sonst niemand vom Tod seines Vaters.«

»Falls Sie mit Andrea Boldoni sprechen möchten, kann ich gern übersetzen«, schlug ich vor, in der Hoffnung, mich unverzichtbar machen zu können.

Holmes sah mich mit einem undefinierbaren Gesichtsausdruck an. »Das ist nicht nötig. Ich spreche die Sprache hinreichend, um als italienischer Priester auftreten zu können, wenn auch nur auf englischen Bahnhöfen.«

Mein Schwager Andrea betrat die Werkstatt.

»Verraten Sie Ihrem Bruder nicht, wer ich bin!«, schärfte Holmes meiner Frau auf Englisch ein.

»Nein. Das werde ich bestimmt nicht tun, aber Andrea wird wahrscheinlich noch nie von Ihnen gehört haben, denn er liest nur einheimische Zeitungen.«

»Glücklicherweise bin ich in Italien unbekannt«, stimmte Holmes ihr zu, »sonst hätte ich es nicht wagen können, mir das Päckchen per Einschreiben zusenden zu lassen, aber der Inhalt war viel zu wertvoll, um ihn der normalen Post anzuvertrauen.«

»Manche Engländer glauben, dass jenseits des Kanals die Barbarei lauert«, erwiderte ich, »aber auch in Florenz gibt es Fachgeschäfte für Tabakwaren.«

Holmes lachte lautlos. »Ich weiß, denn dort habe ich mich bereits mit Pfeifentabak eingedeckt, aber würden Sie eine Stradivari einfach so bei der Post aufgeben?«

Andrea blickte uns fragend an. Mir wurde bewusst, dass es nicht sehr höflich war, uns in einer Sprache zu unterhalten, von der er kein Wort verstand.

»Ich würde es vorziehen, oben in der Wohnung zu sprechen«, sagte mein Schwager. Verständlicherweise wirkte er sehr mitgenommen. Er hatte einen roten Kopf und atmete schwer. Damals war Andrea erst Anfang dreißig, besaß aber einen für sein Alter erstaunlichen Leibesumfang, der von der Kochkunst der Haushälterin zeugte.

Bezeichnenderweise zog es Andrea zuerst in die Küche, wo Giovanna mit der Zubereitung des Mittagessens beschäftigt war. Sie war eine kleine, mollige Frau, die viel sprach und ihre Worte dabei stets mit expressiven Gesten begleitete. Normalerweise war sie immer guter Dinge, aber an diesem Mittag wirkte sie bedrückt.

Es roch so köstlich, dass mir das Wasser im Munde zusammenlief. Ich schaute verstohlen auf meine Taschenuhr. Es war bereits zwölf Uhr fünfzehn. Mit einem lautlosen Seufzer steckte ich die Uhr wieder ein.

Andrea holte eine große Chiantiflasche, goss sich ein Glas Wein ein und leerte es in einem Zug. Dann erst schien ihm bewusst zu werden, dass er einen Gast hatte.

»Darf ich Ihnen ein Glas Wein anbieten, Signor Baker Radcliffe?«

»Nein danke«, antwortete Holmes, sicherlich nicht zuletzt, weil er an der Qualität des angebotenen Tranks zweifelte – zurecht, wie ich aus eigener Erfahrung wusste.

Andrea führte uns in das angrenzende Esszimmer und schloss die Tür hinter sich. Mit einem gequälten Gesichtsausdruck ließ er sich auf einen Stuhl fallen, der ein lautes Knarren von sich gab.

»Meine Schwester sagt, sie seien in England eine Art Polizeiermittler«, sagte er und betrachtete Holmes, der wie eine Statue neben ihm stand, nicht viel lebhafter als die Produkte der Werkstatt im unteren Stockwerk.

Andrea nahm sein Schweigen als Zustimmung. »Aber nehmen Sie doch Platz, Signor Baker Radcliffe. Es macht mich ganz nervös, wenn Sie so herumstehen.«

Als Holmes dieser Aufforderung Folge geleistet hatte, begann Andrea zu reden: »Wir sind alle ziemlich ratlos. Unser Vater hat bestimmt keinen Selbstmord begangen, aber irgendjemand wollte, dass es so aussah. Das habe ich auch schon dem Comissario gesagt, aber fast hatte ich den Eindruck, dass er mich verdächtigt, ihn umgebracht zu haben. Das ist völlig absurd, aber ich bin ein einfacher Mann, und es ist leicht, mir die Worte im Mund herumzudrehen.«

»Also müssen wir versuchen, etwas Licht in diese dunkle Affäre zu bringen«, unterbrach Holmes meinen Schwager. Offensichtlich überforderte ihn der emotionale Ausbruch Andreas. »Meist kann ich mir schon bei oberflächlicher Betrachtung der Tatsachen ein Bild von der Angelegenheit machen, aber in diesem Fall, so einfach er erscheint, hilft auch das Heranziehen von Vergleichsfällen nicht weiter. Wenn Sie also so freundlich wären, Signor Boldoni, mir so genau wie möglich zu schildern, was sich zugetragen hat.«

Leider brachte der Bericht Andreas keinerlei neue Erkenntnisse zutage. Ich wartete voller Spannung, ob Holmes meinen Schwager fragte, wo er die Nacht verbracht hatte, in der sein Vater starb, aber zu meiner Enttäuschung übersprang Holmes dieses Detail.

»Hatte Ihr Vater Feinde?«, fragte er stattdessen.

Andrea dachte nach.

»Noch vor Kurzem hätte ich dies verneint, aber in letzter Zeit verhielt er sich seltsam. Er war nervös. Wenn Kunden die Werkstatt betraten, fuhr er vor Schreck zusammen. Letzte Woche erzählte mir Vittoria, dass sie beim Bettenmachen einen Revolver unter seinem Kopfkissen gefunden hatte. Als ich meinen Vater zur Rede stellte, ist er grob geworden und hat gesagt, dass mich dies nichts angehe. Jetzt mache ich mir natürlich Vorwürfe, dass ich die Sache auf sich beruhen ließ, denn es handelte sich um die Waffe, mit der er umgebracht worden ist.«

Holmes nickte. »Wann trat diese Veränderung ein?«

Andrea dachte wieder kurz nach. »Etwa vor einem Monat.«

»Haben Sie irgendeinen Verdacht?«

Andrea schüttelte den Kopf.

»Ist Ihnen sonst irgendetwas Ungewöhnliches aufgefallen? Hat er zum Beispiel Besucher mitgebracht, die Sie nicht kannten, oder war er zu ungewöhnlichen Zeiten unterwegs?«

Wieder wusste Andrea nichts zu sagen.

Holmes sah sich um. »Ich gehe richtig in der Annahme, dass Sie diese Werkstatt nun weiterführen werden?«

Andrea nickte.

»Glauben Sie, dass Sie dadurch Kunden verlieren könnten?«

Andrea lief rot an. Einen Augenblick wirkte der stattliche Mann, als ob er Holmes anschreien wolle, aber er beherrschte sich. »Ich kann genauso gut kopieren wie mein Vater«, sagte er mit gekränktem Gesichtsausdruck. »Seine Spezialität waren Neuschöpfungen im alten Stil, aber unser Hauptumsatz wird mit den Kopien gemacht.«

»Warum habe ich bisher keine dieser eigenständigen Arbeiten, von denen ich jetzt schon zweimal gehört habe, gesehen?«, wollte Holmes wissen.

»Bei uns kommen nur Touristen vorbei.« Andrea sprach das Wort aus, als sei es eine Beleidigung. »Sie wollen nicht viel ausgeben. Daher werden die Unikate ausschließlich von Mister Hopper verkauft. Er besitzt die nötigen Kontakte zu reichen Sammlern.«

Holmes erhob sich von seinem Stuhl. »Jegliche Fortsetzung der Unterhaltung wäre Zeitverschwendung«, sagte er ohne Umschweife. »Es ist unerlässlich, dass ich so bald wie möglich mit diesem Händler spreche.«

»Ich begleite Sie«, bot ich an.

Meine Frau sah mich fragend an. »Kennst du Mortimer Hopper eigentlich, Davide?«

»Nur vom Sehen, aber ich habe natürlich von seiner Villa bei Fiesole gehört. Sie soll ziemlich protzig sein.«

Meine Frau lachte.

»Geschmackssache. Mister Hopper hat ein heruntergekommenes Anwesen gekauft und den alten Bauernhof durch ein Herrenhaus ersetzen lassen. Seitdem heißt die Anlage Villa Hopper, aber der Kunsthändler unterhält auch ein Verkaufsbüro im Stadtzentrum.«

Holmes legte seine Fingerspitzen aneinander und schloss die Augen. »Ich würde es vorziehen, ihn in seiner Villa zu besuchen. Nirgends kann man sich besser ein Bild von einem Menschen machen als in dessen Heim.«

Ich dachte, dass dies vielleicht für Engländer zutreffen mochte, aber nicht für die extrovertierten Italiener, die ihr Leben auf der Piazza verbrachten.

»Haben Sie zufällig eine Pistole, Mister Tristram?«

Die Frage schreckte mich aus meiner Grübelei auf. »Nein, selbstverständlich nicht«, rief ich entsetzt aus, erinnerte mich dann aber daran, dass Doktor Watson zu gefährlichen Unternehmungen immer seinen alten Armeerevolver mitnahm.

»Was die Bezahlung betrifft«, sagte meine Frau und stockte, »so werden Sie uns bestimmt nicht undankbar finden.«

Holmes machte eine wegwerfende Handbewegung. »Es gibt etwas, das ich viel nötiger brauche als Geld, und das sind Papiere. Aus Gründen, die ich leider nicht darlegen kann, möchte ich nicht unter meinem richtigen Namen reisen. Daher brauche ich einen neuen Pass. Leider besitze ich hier keinerlei Kontakte, die mir dabei behilflich sein könnten.«

»Wie haben Sie sich in Ihrem Hotel ausgewiesen?«, entfuhr es mir.

»Bei meiner Ankunft in Florenz hat mich vor dem Bahnhof ein Junge angesprochen, der Reklame für eine preiswerte Pension machte. Zuerst habe ich spontan mit Abwehr reagiert, aber dann kam es mir in den Sinn, dass es sich sicher um ein illegales Unternehmen handelte, das keine Steuern abführt und wo man es wahrscheinlich mit den Formalitäten nicht allzu genau nehmen würde. Ich bin dem Jungen also gefolgt und so bei einer Witwe untergekommen, die ihre Rente damit aufbessert, dass sie ein Zimmer ihrer Wohnung an Fremde vermietet. Wie ich gehofft hatte, fragte mich Signora Rossi nicht nach meinen Papieren, aber ich kann mich schließlich nicht ewig in dieser Pension verstecken.«

Andrea war anzumerken, dass er sich nicht wohl in seiner Haut fühlte. Er machte mehrere Anläufe, bevor er sprach: »Bitte denken Sie nichts Schlechtes von mir, aber ich habe einen Nachbarn, dessen Vetter, ein Kupferstecher, Ihnen vielleicht weiterhelfen kann. Er ist natürlich kein Verbrecher, sondern er hilft nur unglücklichen Ausländern, die ihre Dokumente verloren haben.«

»Selbstverständlich«, kommentierte Holmes trocken. »Das trifft sich gut, denn noch besser als ein italienischer Pass wäre …« Holmes stockte. Er überlegte einen Augenblick. »Kann mir dieser Vetter einen norwegischen Pass besorgen, sagen wir auf den Namen Sven Sigerson? Mein englischer Akzent kann leicht für den eines Skandinaviers gehalten werden. Außerdem wäre die Behauptung, Norweger zu sein, ein Schutzschild gegen die Neugier meiner Landsleute.«

»Da muss ich nachfragen«, wandte Andrea ein, wobei sich seine dicken Lippen kaum bewegten. »Wahrscheinlich hat Antonio noch nie ein echtes Exemplar in der Hand gehabt.«

Holmes lächelte. »Ein Schicksal, das er mit der italienischen Polizei teilt.«

»Ich werde sehen, was ich für Sie tun kann«, antwortete Andrea, und ich kannte ihn gut genug, um zu wissen, dass dies eine Zusage war.

Giovanna betrat den Raum. »Mr. Baker Radcliffe! Sie werden doch nicht Davide zur Mittagessenszeit entführen«, protestierte sie, als sie sah, dass Holmes schon wieder auf dem Sprung war. »Außerdem sollten auch Sie keine Mahlzeit ausfallen lassen, so mager wie Sie sind. Es macht Maestro Boldoni auch nicht wieder lebendig, wenn Sie verhungern.«

»Ich habe mich in letzter Zeit wohl etwas überanstrengt«, gab Holmes zu, »aber trotzdem ist es nun höchste Zeit aufzubrechen.«

Giovanna stemmte die Hand auf die Hüfte und blickte missbilligend in die Runde. »Es verstößt gegen die guten Sitten, zur Mittagszeit Besuche abzustatten. Wir sind schließlich in Italien!«

Allen Anwesenden war klar, dass sie recht hatte.

»Da ich länger hier bleibe, als ich geplant hatte, möchte ich doch wenigstens die Zeit dazu nutzen, dem Gesellen, der Mister Boldoni gefunden hat, einige Fragen zu stellen«, sagte Holmes resigniert und holte sein Notizbuch aus der Tasche.

Es war meinem Schwager deutlich anzumerken, dass er dies am Liebsten verhindert hätte. Ich fragte mich, wovor mein Schwager Angst hatte. Inzwischen war Holmes, ohne eine Antwort abzuwarten, die Treppe hinuntergestiegen. Ich sah Andrea an, zuckte mit der Schulter und folgte Holmes. Er ging auf den älteren der beiden Bildhauer zu, die mit den letzten Feinarbeiten an einem Marmorengel beschäftigt waren.

»Ich nehme an, Sie sind Pietro?«, fragte er höflich.

»Sie verdächtigen mich doch nicht, Maestro Boldoni umgebracht zu haben?«, entfuhr es dem Gesellen, dem unmöglich entgangen sein konnte, dass der Gast seines Arbeitgebers mit der Aufklärung des Todes von Maestro Boldoni beauftragt worden war. Wütend warf er seine Feile auf den Boden. Seine Stirn zog sich in Runzeln, was in seinem freundlichen Gesicht eher komisch wirkte.

Ich hatte mich immer gefragt, wie es der umgängliche Mann mittleren Alters bei dem cholerischen Lorenzo Boldoni und seinem wortkargen Sohn aushielt. Dafür gab es eigentlich nur eine Erklärung: Pietro machte seit einiger Zeit vergeblich dem Hausmädchen den Hof. Vittoria war ein hübsches Mädchen mit rundem Gesicht und schwarzen Locken, das keinerlei Interesse an Pietro hatte. Trotzdem vermute ich, dass der Geselle hauptsächlich deshalb nicht kündigte, um Vittoria nicht aus den Augen zu verlieren, obwohl dies sicher besser für ihn gewesen wäre.

»Nein, keinesfalls«, versicherte Holmes, »aber vielleicht haben Sie ein Detail bemerkt, das der Polizei und den anderen entgangen ist.«

Pietro atmete hörbar auf.

»War es ungewöhnlich, dass der Meister vor Ihnen mit der Arbeit begann?«

»Nein«, antwortete Pietro ohne zu zögern. »Maestro Boldoni war ein richtiges Arbeitstier. Wenn ich morgens in die Werkstatt kam, war er meist schon bei der Arbeit, und wenn ich abends ging, war er noch lange nicht fertig. Ich fragte mich manchmal, ob er denn überhaupt jemals schlief.«

»Und trotzdem haben Sie einen Schlüssel für die Werkstatt?«

Pietro nickte. »Die Werkstatt muss immer abgeschlossen sein. Hier stehen nicht nur die fertigen Skulpturen herum, der Marmor selbst kostet ein Vermögen. Da der Meister manchmal tagelang im Steinbruch war, benötigte ich einen eigenen Schlüssel. Außerdem wollte Maestro Boldoni am frühen Morgen nicht von Kunden belästigt werden. Deshalb war ich es meist, der den Verkaufsraum öffnete. Als an jenem verhängnisvollen Morgen die Tür nicht abgeschlossen war, wusste ich sofort, dass etwas nicht stimmte.«

Holmes quälte Pietro noch mit weiteren Fragen, aber es war zwecklos. Weder erinnerte sich der Geselle daran, was für Gegenstände auf dem Tisch gelegen hatten, noch wie die Stühle angeordnet waren.

Endlich erlöste ihn die Haushälterin, die uns zu Tisch rief. »Es gibt Pollo alla Diavola«, schallte es durch das Haus.

Andrea komplimentierte Holmes auf den Ehrenplatz am Kopf des Tisches, der ihm eigentlich selbst zustand.

Giovanna trug das Essen auf, und Holmes sah seine Portion an, als ob es sich um ein Beweisstück handelte. Er drehte das Huhn mit dem Messer herum und betrachtete es von allen Seiten. Dann schnitt er endlich ein kleines Stück ab und führte es in den Mund. Seine Züge hellten sich auf.

»Ungewohnt, aber nicht schlecht«, musste er zugeben. »Was ist das?«

»Eine typische Florentiner Spezialität: Gegrilltes Huhn mit Rosmarin, Salbei und Zitrone«, antwortete die Haushälterin mit hörbarem Stolz.

3. Die Villa des Kunsthändlers

Mit quietschenden Bremsen hielt die Mietkutsche, die Holmes herbeigewinkt hatte. Wir stiegen ein, die Pferde setzen sich in Bewegung, und die trutzigen Häuserblöcke des historischen Stadtzentrums zogen in großer Geschwindigkeit an uns vorbei. Die Droschke bog um eine Kurve, und wir fuhren nun auf der Sonnenseite der Straße. Holmes verzog das Gesicht und beschattete dann seine Augen mit dem Handrücken. Ein anders Fahrzeug kam uns entgegen. Holmes drehte sich nach ihm um, nachdem es an uns vorbeigefahren war.

»Ich beneide diese Kutscher nicht darum, ihren Beruf in einem Land auszuüben, in dem die Fahrzeuge auf der falschen Seite fahren.«

»Das hat mich anfangs auch irritiert«, gab ich zu, »aber ich habe mich an den Rechtsverkehr gewöhnt.«

Holmes sah mich missbilligend an. »So wie man sich an eine chronische Krankheit gewöhnt.«

Wir ließen die Stadt hinter uns. Die grünen Blätter der Alleebäume und die Frühlingsblumen im Straßengraben wurden von einer sanften Brise bewegt. Die Vögel jubilierten, aber Holmes sah unbeteiligt aus dem Fenster. Die ihn umgebende Natur übte offensichtlich keinerlei Anziehungskraft auf ihn aus. Wahrscheinlich verließ er gewöhnlich London nur, wenn es für seine Nachforschungen unerlässlich war. Wieder grübelte ich, was Holmes wohl am Reichenbachfall zu tun gehabt hatte und vor allem, warum er nach dem Tod seines Widersachers nicht nach Hause zurückgekehrt war, aber ich wagte es nicht, ihn zu fragen.

Endlich hatten wir die Hügel nördlich des Arnos erreicht, wo immer ein kühler Wind wehte, weshalb dies eine bevorzugte Wohnlage der reichen Engländer war, von denen viele auf ihren Anwesen Weinberge und Ölbäume kultivieren ließen. Eine der prächtigsten der Villen, die in die liebliche Landschaft zwischen Fiesole, Maiano und Settignano eingefügt waren, war die des Kunsthändlers Mortimer Hopper.

Die Droschke hielt vor dem Tor eines stattlichen Anwesens. Vor uns lag eine weiße Villa im neuklassizistischen Stil. Das geschmiedete Gitter der Umfassungsmauer war geöffnet. Ein Wagen stand in der Einfahrt und verstellte den Blick auf geschnittene Hecken aus Buchsbaum, Lorbeer und Steineichen. Kleinere Bauten versteckten sich zwischen den hohen Bäumen. Statuen standen in Nischen, die in die Hecken eingetieft waren. Lautes Hundegebell drang durch den Garten, aber zu meiner Erleichterung bleckte die Meute ihre Zähne hinter den Gittern eines Zwingers. Ich zählte vier Rottweiler und drei Schäferhunde von der Größe ausgewachsener Wölfe. Wenn es stimmte, dass sich Hunde und ihre Besitzer mit der Zeit immer ähnlicher wurden, dann war von Mortimer Hopper nicht viel Gutes zu erwarten.

»Und wenn er nicht zu Hause ist?«, fragte ich, eingeschüchtert von den Hunden und von den livrierten Lakaien, die sich im Garten tummelten, und klammerte mich an diesen Strohhalm der Hoffnung.

»Dann können wir uns wenigstens etwas im Gelände umsehen. Wir sind Spione im feindlichen Feldlager. Alles, was wir beobachten, kann helfen, das Rätsel um den Tod Ihres Schwiegervaters zu lösen.«

Wir betraten ungehindert das Anwesen. Holmes zog an der Klingel, und ein Lakai öffnete die mit Schnitzereien überzogene Tür, die aus dem achtzehnten Jahrhundert stammen mochte. Er hatte den blasiertesten Gesichtsausdruck, den ich seit Langem gesehen hatte, was etwas heißen wollte, denn die Kunden der Libreria Niccoló Machiavelli litten nicht unter mangelndem Selbstwertgefühl.

Holmes überreichte seine Visitenkarte.

»Mein Name ist Henry Baker Radcliffe. Leider bin ich nur noch wenige Tage in Florenz, aber ich wollte die Stadt nicht verlassen, ohne den Besitzer der Kunsthandlung kennen gelernt zu haben, die man mir so wärmstens empfohlen hat.«

Der Lakai warf einen skeptischen Blick auf meinen abgewetzten Gehrock und verschwand wieder im Haus, ohne uns eines Kommentars zu würdigen.

Ich betrachtete Sherlock Holmes von der Seite. »Sie sind wirklich ein Meister der Verkleidung«, bemerkte ich bewundernd, »Selbst im Sonnenlicht sieht Ihr künstlicher Bart täuschend echt aus.«

Holmes lachte lautlos. »Das liegt daran, dass er echt ist. Ich habe mir einen Bart sprießen lassen. Daher gebe ich mich auch als Australier aus. Für einen Gutsbesitzer aus den Kolonien mag dieser Vollbart passend sein.«

Holmes gab mir eine Visitenkarte.

Ich las: *Henry Baker Radcliffe, Eucalypus Grove, Kilkenny, Australia.*

Wir mussten nicht lange warten. Bald öffnete sich erneut der barocke Türflügel, und der Lakai informierte uns, dass Signor Hopper bereit sei, uns zu empfangen.

Der Diener führte uns durch mehrere Räume. Ich hatte schon viel von der legendären Pracht der Villa Hopper gehört. Trotzdem übertraf dies nun meine kühnsten Erwartungen. Kunstgegenstände nahezu aller Epochen und Gattungen waren in die Architektur integriert und auf den Möbeln aufgestellt. Besonders reich war die Sammlung an kunstvollen Steinmetzarbeiten. Alabastertabernakel, die einer Kirche alle Ehre gemacht hätten, umrahmten die Fenster. Barocke Taufbecken dienten als Zimmerbrunnen und gotische Beichtstühle als Kleiderschränke. Alte Türen und Holzdecken waren eingebaut und Kanzeln als Balkone zweckentfremdet. Dazu kamen Bruchstücke der verschiedensten Epochen. Mortimer Hopper musste zahllose Paläste und Kirchen ausgeplündert haben, um all diese Antiquitäten zusammentragen, die er in einem derartigen Horror vacui über den Bau verteilt hatte, dass an fast keiner Stelle die Wand freilag. Der Gesamteindruck glich einem indischen Tempel.

»Faszinierend«, sagte Holmes. »Fast so eindrucksvoll wie das Sir-John-Soane-Museum in Holborn. Der Besuch dieses Hauses ist Ersatz für eine ganze Grand Tour. Hier findet sich alles auf engstem Raum, was die großen Epochen der Kunst hervorgebracht haben.«

Ich nickte, um nicht unhöflich zu wirken, fragte mich aber, ob das Lob der Einrichtung zur Rolle des australischen Schafszüchters gehörte, den Holmes verkörperte. Erst als ich am folgenden Tag das Zimmer sah, das er bei der Witwe Rossi angemietet hatte, sollte ich verstehen, warum Holmes sich in diesem Ambiente heimisch fühlte.

Schließlich gelangten wir in das Kaminzimmer, benannt nach dem protzigsten des an Kaminen so reichen Hauses, wo uns ein hochgewachsener Mann um die Fünfzig entgegenkam, dessen blondes Haar sich an der Stirn zu lichten begann. Er war ganz in Schwarz gekleidet.

»Mister Tristram«, sagte er zu mir, und ich fragte mich, woher er mich kannte. »Sie haben recht daran getan, Mister Baker Radcliffe an mich zu verweisen. Nirgendwo sonst in Florenz findet er derart erlesene Kunstwerke. Vor allem mein Angebot an Skulpturen der Frührenaissance dürfte unerreicht sein.« Er wollte Sherlock Holmes die Hand schütteln, aber dieser bemerkte entweder die ausgestreckte Hand des Kunsthändlers nicht oder er ignorierte sie absichtlich. »Mister Baker Radcliffe, es ist mir eine Ehre, Ihre Bekanntschaft zu machen«, sagte der Kunsthändler, der sich keinesfalls aus der Fassung bringen ließ, mit einem unechten Lächeln. »Wie gefällt Ihnen Florenz?«

»Besser als ich erwartet hatte.«

Der Händler schien dies für ein Lob halten. Ich hingegen wusste nicht, wie ich diese Aussage interpretieren sollte.

»Dabei ist die Stadt heute ein Schatten ihrer selbst. Sie hätten Florenz vor zwanzig Jahre sehen sollten«, erwiderte er. »Sechs Jahre lang, von 1865 bis 1871, war es die Hauptstadt des wiedervereinigten Italiens. Damals residierte König Vittorio Emanuele II im Palazzo Pitti, aber inzwischen ist Florenz zur Provinzstadt abgesunken. Die reichen Amerikaner zieht es in die neue Hauptstadt Rom, während hier statt der Millionäre nur noch ausländische Künstler, Kunsthistoriker und Kunsthändler ihren Wohnsitz nehmen. Ich muss nun meine Ware an durchreisende Fremde verkaufen oder sie ihnen in ihre Heimat nachsenden.« Hopper ließ einen melodramatischen Blick über seine Trödelkammer gleiten. »Heute kann man sich kaum noch vorstellen, dass Florenz damals fast zweihunderttausend Einwohner hatte und es hier vor reichen Besuchern nur so wimmelte, obwohl es selbst in diesen trüben Tagen nicht an prominenten Gästen mangelt. Erst unlängst gab sich die Erzherzogin Stephanie von Österreich die Ehre. Sie wissen sicher, wer das ist: die Witwe des unglücklichen Österreichischen Thronfolgers Leopold, der im vorletzten Jahr unter merkwürdigsten Umständen Selbstmord begangen hat. Es hätte eines fähigen Ermittlers bedurft, um alle Einzelheiten dieses Falls zu enthüllen.«

Ich bemerkte, das Holmes ganz plötzlich hellwach war.

»Die arme Witwe!«, fuhr Hopper fort. »Sie war erst siebenundzwanzig Jahre alt, als ihr Mann sich gemeinsam mit einem siebzehnjährigen Mädchen erschoss!« Hopper zuckte kaum merklich mit den Schultern. Dann fiel sein Blick auf mich. »Entschuldigen Sie, Mr. Tristram. Ich vergaß, dass sich in Ihrer Familie ein ähnliches Unglück ereignet hat.« Der Fauxpas brachte den Kunsthändler nur einen Sekundenbruchteil aus der Spur. Dann setzte er wieder sein gewohnheitsmäßiges Haifischgrinsen auf. »Mister Baker Radcliffe«, sagte er und deutete auf seine Hausbar. »Darf ich Ihnen einen Drink anbieten, bevor wir zum geschäftlichen Teil kommen?«

Zu meiner Überraschung nahm Sherlock Holmes die Einladung ohne Zögern an. Ich bemerkte im Verlauf des Nachmittags, dass er der umgänglichste Mensch der Welt sein konnte, wenn dies seinen Untersuchungen dienlich war.

Wir nahmen Platz auf bequemen Ledersesseln. Auf einer Tischplatte, die von einem Kapitell getragen wurde, standen eine Flasche Sherry und Gläser aus böhmischem Kristallglas. Der Kunsthändler läutete mit einer kleinen, goldenen Glocke, die auf dem Kaminsims lag. Wenige Augenblicke später kam ein leibhaftiger englischer Butler herein und stellte einen Teller mit Biskuit auf den Tisch. Er bemühte sich um eine distinguierte Miene, obwohl seine Neugier unübersehbar war. Offensichtlich sahen wir anders aus als die reichen Besucher, die sein Arbeitgeber gewöhnlich bewirtete.

Holmes sprach mit großer Leichtigkeit und schnitt dabei die unterschiedlichsten Themen an, unter anderem französische Violinensonaten und technische Probleme des Schiffsbaus. Am ausführlichsten sprach er über den Buddhismus des Diamantenen Fahrzeuges, wobei er sich vor allem

Gedanken über das negative Karma machte, das die Verbrecher auf ihrem Haupt anhäufen. Später fragte ich mich, ob er bereits damals die nächste Station seines Exils plante oder ob er, unabhängig von praktischen Überlegungen, Gefallen an diesem für meinen Geschmack ziemlich abwegigen Wissensgebiet gefunden hatte.

Mister Hopper tat sein Bestes, um Interesse zu heucheln. »Sind Sie Theologe?«, fragte er schließlich?

»Nein«, erwiderte Holmes, »Gutsbesitzer, aber bevor ich mich sehr widerstrebend dazu durchgerungen habe, den väterlichen Betrieb zu übernehmen, habe ich in Oxford Chemie studiert.«

Mister Hopper räusperte sich. »Wissen Sie eigentlich, dass es auch in Florenz seit über zehn Jahren einen Lehrstuhl für Chemie gibt? Hugo Schiff aus Frankfurt hat ihn gegründet. Er hält übrigens regelmäßig öffentliche Vorlesungen im Museo di Scienze Naturali.«

Offensichtlich wollte der Händler sein Opfer zu einem längeren Aufenthalt in Florenz animieren.

»Ein schönes Haus haben Sie«, erwiderte Holmes, der es offen ließ, ob er den Köder geschnappt hatte. »Sie können sich glücklich preisen, dieses Kleinod Ihr Eigen zu nennen. Wie man bei uns sagt: *My home is my castle.*«

Schlagartig fiel die unechte Freundlichkeit von unserem Gastgeber ab. »Ich habe schon oft darüber nachgedacht, es wieder zu verkaufen!«, hörte ich ihn zu meinem Erstaunen sagen. War er denn nicht stolz auf sein bis zur Decke mit Kunstwerken vollgestopftes Domizil?

Holmes zog seine Augenbrauen hoch, sagte aber nichts.

Auch Mortimer Hopper schwieg einen Augenblick. »Seit Jahren widme ich meine Zeit der Verschönerung von Haus und Garten. Der heruntergekommene Bauernhof mit seinem verwilderten Garten, den ich übernommen habe, ist nicht wiederzuerkennen! Ich war es, der die schattigen Hecken aus Buchsbaum anlegen ließ. Wo jetzt mein Rosengarten die Amateurkünstler anlockt, wuchs nur die Macchia. Sie sollten die reizenden Aquarelle sehen, die Lady Subbock hier gemalt hat. Jeder Besucher ist von meinem Heim begeistert, nur ich fühle mich hier nicht mehr wohl.« Hopper nippte am Sherry. »Es ist mir fast peinlich dies zuzugeben, aber in diesem Haus spukt es.«

Ich verschluckte mich fast an meinem Sherry, und auch Holmes starrte Mister Hopper verblüfft an. Dann lachte er.

»Dies ist einer der Gründe dafür, dass ich eine Verkaufniederlassung in der Stadt eröffnet habe«, gab der Kunsthändler zu. Es war ihm anzuhören, dass ihm diese Enthüllung äußerst unangenehm war.

Holmes schüttelte amüsiert den Kopf. »Ein Gespenst unter diesem Himmel? Das ist kaum zu glauben. Ich dachte, sie treiben nur bei Nebel ihr Unwesen?«

Offensichtlich glaubte Holmes genauso wenig an Gespenster wie ich.

Mister Hopper lachte grimmig auf. »Dieses Gespenst ist offensichtlich aus der Art geschlagen.«

»Zufällig interessiere ich mich für kleine, rätselhafte Fälle«, sagte Holmes mit gespielter Beiläufigkeit. Ich wusste, dass ihn das Gespenst weit mehr interessieren würde als der gemeuchelte Bildhauer. »Wenn es Ihnen nichts ausmacht, würde ich gerne Näheres über Ihren Hausgeist erfahren.«

Mister Hopper verzog sein Gesicht zu einem missglückten Lächeln. »Also, wenn Sie das zustande bringen könnten! Ich wäre Ihnen äußerst verbunden, wenn Sie mich von dem Spuk befreien.« Man sah förmlich, wie er nach Worten suchte. »Als Gegenleistung gewähre ich Ihnen gern einen Rabatt auf meine Ware«, sagte er schließlich.

Das Wort Bezahlung schien nicht zu seinem Wortschatz zu gehören.

Ohne dazu aufgefordert worden zu sein, begann er zu erzählen: »Es fing vor einem Monat an. Seitdem höre ich jede Nacht, wenn die Standuhr Mitternacht schlägt, etwa zehn Minuten lang Schritte über mir, begleitet von einem schaurigen Heulen, das durch Mark und Bein geht.«

»Und wie kommen Sie darauf, dass es sich bei diesem zuverlässigem Wanderer auf ihrem Dachboden um ein Gespenst handelt?«

Der Kunsthändler goss sich Sherry nach und trank einen großen Schluck. »Vielleicht sollte ich meinen Bericht früher beginnen. Im Grunde genommen ist es meine eigene Schuld, dass es hier spukt.« Mister Hopper räusperte sich. »Sie werden dies möglicherweise seltsam finden, aber ich bin Gründungsmitglied einer okkulten Vereinigung.«

»Unfassbar, in der Geburtsstadt Galileis!«, kommentierte Holmes.

»Der Geburtsstadt Dantes«, korrigierte Mister Hopper. »Galilei hat in Florenz geforscht und ist hier gestorben, aber er ist gebürtiger Pisaner.« Hopper nippte erneut an seinem Sherry. »Die Mitglieder sind ausschließlich Anglobeceri[3]. Es begann bei einem feuchtfröhlichen Herrenabend im Haus eines Kunstsammlers, dessen Namen ich lieber aus dieser Geschichte herauslassen möchte. Im Übermut haben wir einen Hell Fire Club der Expatriati gegründet, den »Nuovo Circolo

[3] Anm.: Anglobeceri hießen die Mitglieder der im 19. Jahrhundert großen englischen Gemeinschaft in Florenz. Die scherzhafte Bezeichnung Chiantishire für die Toskana ist heute noch in Großbritannien gebräuchlich.

del Fuoco d'Inferno«. Am nächsten Morgen habe ich die Sache bereut und nie wieder darüber gesprochen. Aber vor einem Monat hat meine alte Freundin Lady Rutherford zwei durchreisende Amerikanerinnen zu einem meiner Abende mitgebracht. Eine von ihnen war angeblich ein Medium. Lady Rutherford hat mich solange bedrängt, bis ich erlaubt habe, in diesem Hause eine spiritistische Sitzung zu veranstalten. Ich kann nur sagen, dass ich von Anfang an kein gutes Gefühl hatte, und so war ich beruhigt, dass es nicht funktionierte. Keiner der herbeigerufenen Geister ist erschienen.«

»Selbstverständlich nicht«, erwiderte Holmes trocken. »Denn diese Séancen sind die reinste Scharlatanerie. Kein ernsthafter Wissenschaftler würde auch nur einen Gedanken daran verschwenden.«

Aber so leicht ließ sich Hopper nicht überzeugen. »Sagen Sie das nicht! Denken Sie nur an den großen schwedischen Mystiker Emanuel von Swedenborg. Er war von Haus aus Bergwerksingenieur und hat über Algebra, den Planetenlauf und die Gezeiten publiziert, bevor er zum Theoretiker des Geisterwesens wurde. Aber, um zu meiner Geschichte zurückzukehren: Als die Gäste endlich gegangen waren – ich sage endlich, weil die beiden Geisterbeschwörerinnen reichlich überspannt waren – schaute ich aus dem Fenster und erkannte in der Dunkelheit die schemenhafte Gestalt eines Mönches im schwarzen Habit. Er war fast durchsichtig, und ich bemerkte zu meinem Schrecken, dass seine Füße den Boden nicht berührten. Er schwebte durch meinen Garten. Entsetzt rief ich nach meinen Leibwächtern, aber als sie endlich kamen, hatte sich die Gestalt bereits in der Dunkelheit verloren.« Der Kunsthändler goss sich Sherry nach.

Ich wollte etwas sagen, aber Holmes bedeutete mir mit einer Geste zu schweigen.

»Am nächsten Morgen hatte Maestro Boldoni zufällig im Hause zu tun. Ich weiß selbst nicht mehr, warum ich ihn ins Vertrauen zog, aber vielleicht tat ich es nur, weil er der erste Besucher nach diesem schrecklichen Abend war. Als ich Maestro Boldoni von der spiritistischen Sitzung und von dem Schatten erzählte, erschrak er sehr. Er äußerte die Befürchtung, dass wir bei der Séance den Geist des Savonarola herbeibeschworen haben könnten, der vor einem halben Jahrhundert Prior des nahe gelegenen Klosters San Domenico war. Maestro Boldoni malte in glühenden Farben aus, was der fanatische Bußprediger Savonarola, dem alle weltliche Prachtentfaltung verhasst war, wohl zu meiner Sammlung von heidnischen Kunstwerken gesagt hätte. Dabei wies er anklagend auf eine Statue der unbekleideten Aphrodite.« Man sah dem Kunsthändler an, dass es ihn schauderte. »Savonarola ließ nämlich auf der Piazza della Signoria einen riesigen Scheiterhaufen errichten.« Mit einem Blick auf Holmes fügte er hinzu: »Das ist der große Platz zwischen Dom und Palazzo Vecchio.«

»Ich weiß«, erwiderte Holmes und klang leicht amüsiert.

»Also: Savonarola hatte eine Art Kinderpolizei aufgestellt. So konnte er Scharen von ihm ergebenen Kindern durch Florenz ziehen lassen, die im Namen Christi alles beschlagnahmten, was als Symbol für die Verkommenheit der Menschen gedeutet werden konnte. Dazu zählten heidnische Schriften und pornografische Darstellungen, aber auch Luxusgegenstände wie Porträts schöner Frauen, Schmuck, Kosmetika, Spiegel, Musikinstrumente, Spielkarten, kostbare Möbel oder Kleidungsstücke. Der Vandalismus fand seinen Höhepunkt, als Savonarola für den Abend des Fastnachtsdienstags im Jahre 1497 eine große Prozession anordnete, die in der Verbrennung der konfiszierten Gegenstände auf dem

›Scheiterhaufen der Eitelkeit‹ gipfelte. Und dies sollte nicht die letzte Barbarei dieser Art bleiben! Im folgenden Jahr organisierte Savonarola einen zweiten, noch gewaltigeren Scheiterhaufen der Eitelkeiten.«

»Diese Zeiten sind glücklicherweise vorbei«, sagte Holmes lachend. Dann schaute er sich im Raum um. Es war in der Tat unbestreitbar, dass die Villa angefüllt war mit Gegenständen, die den Zorn des fanatischen Dominikaners herausgefordert hätten. »Savonarola wurde, wie Sie selbst schon vorhin bemerkt haben, vor fast fünfhundert Jahren gestürzt und hingerichtet. Seine Asche hat man aus Angst vor Reliquienräubern in den Arno geschüttet. Dies sollte es ihm unmöglich machen, in ihrem Anwesen herumzugeistern.«

Der Kunsthändler schaute Holmes vorwurfsvoll an, dessen Spottlust ihn offensichtlich ärgerte. »Das Schlimmste kommt noch: Seit dem Tag, an dem ich den Schatten des Mönchs im Garten gesehen habe, höre ich jede Nacht diese gespenstischen Schritte auf dem Dachboden. Wenn meine Diener oben nachschauen, ist der Dachboden immer leer. Ich habe sogar einmal einem meiner Diener eine hohe Geldsumme gegeben, damit er oben auf den Spuk wartet. Wie immer habe ich zur üblichen Zeit Schritte gehört, aber der Diener behauptet, niemanden gesehen zu haben.«

»Vielleicht wollte sich der ruhelose Geist bei Ihnen nur etwas aufwärmen und sucht seitdem verzweifelt den Rückweg, so verwinkelt wie die Raumabfolge in ihrer Villa ist«, schlug ich scherzhaft vor. Zwar glaube ich keinesfalls an Gespenster, aber, wenn ich jemals ein Gebäude gesehen habe, das meiner Vorstellung von einem Spukhaus hundertprozentig entsprach, so war es die Villa Hopper.

Hopper durchbohrte mich förmlich mit Blicken.

»Außerdem wäre ihr Fall eher etwas für ihre Freunde Nuovo Circolo del Fuoco d'Inferno als für einen privaten Ermittler«, fügte ich hinzu.

Der Kunsthändler machte eine wegwerfende Handbewegung. »Auf solche Freunde kann ich verzichten. Zuerst beschwören sie in meinem Heim die düsteren Schatten der Vergangenheit herbei, und dann lassen sie mich im Stich.« Mortimer Hopper ging im Raum auf und ab. »Seit ich ihnen von dem Spuk erzählt habe, meiden sie mich wie die Pest!«, rief er verärgert aus und sah Holmes geradezu flehentlich an.

»Wäre es möglich, dass ich mit diesem Diener spreche, der auf dem Dachboden übernachtet hat?«

Hoppers Gesicht nahm einen verdrießlichen Ausdruck an. »Leider nicht. Er hat am nächsten Morgen gekündigt und ist kurzerhand nach Amerika ausgewandert. Dies hatte er schon seit Längerem geplant, was ich nicht wusste, und durch meine stattliche Belohnung konnte er endlich für seine Schiffspassage aufkommen.« Hopper ging mit auf dem Rücken verschränkten Armen im Raum auf und ab. »Und ich hatte mich schon gewundert, dass sich ausgerechnet der kränkliche Alessandro freiwillig gemeldet hatte.«

»Es war leicht verdientes Geld«, erwiderte Holmes trocken. »Haben Sie mittlerweile statt seiner einen neuen Diener eingestellt?«

»Selbstverständlich.« Hopper schaute sich mit einem selbstgefälligen Lächeln in dem Raum um. »Um standesgemäß in einem derartigen Haus zu leben, bedarf es zahlreichen Hauspersonals, wenn ich nur an die Küche denke ...«

»Und nach welchem Kriterium sind Sie bei der Neuanstellung vorgegangen?«, unterbrach Holmes den Redefluss des Kunsthändlers.

Hopper sah ihn erstaunt an. »Eigentlich wie immer. Entweder meine italienischen Arbeitskräfte empfehlen mir einen Verwandten, wenn sie vom Freiwerden einer Stelle hören, oder ich gebe eine Anzeige auf, weil ich einen Diener mit englischen Sprachkenntnissen benötige. In diesem Fall war dies aber nicht erforderlich. So habe ich auf das Angebot von Alessandros jüngerem Bruder Leonardo zurückgegriffen, der gern bei mir arbeiten wollte.« Er schüttete den letzten Schluck seines Sherrys herunter. »Könnten Sie dem Spuk auf dem Dachboden ein Ende machen?«

»Ich werde der Sache nachgehen«, erwiderte Holmes mit einem Elan, der mich verblüffte, »und ich bin sicher, es wird sich eine natürliche Erklärung für die Schritte auf Ihrem Dachboden finden, aber jetzt würde ich mir gerne die Skulpturen ansehen, deretwegen ich nach Fiesole gekommen bin.«

Eine halbe Stunde später hatten wir Bronze- und Marmorstatuen aller Größen gesehen, wobei ich bezweifelte, dass sich tatsächlich viele alte Stücke darunter befanden, aber im fernen Amerika war man weniger kritisch. Dort würden bald nackte Männer mit ihren züchtig verhüllten Partnerinnen den Häusern ihrer Besitzer einen Hauch von Kultur verleihen.

Dann wurden wir in einen achteckigen Raum geführt, der von einer kassettierten Kuppel überwölbt wurde. Auf dem kunstvoll eingelegten Marmorfußboden standen Vitrinen mit Marmorstatuen, die Hopper offensichtlich als Höhepunkt für den Schluss aufgespart hatte. Was für ein Unterschied zur Massenproduktion der Werkstatt Boldoni, die wir am Vormittag inspiziert hatten! Hier ähnelte kein Werk dem anderen.

»Fürchten Sie sich nicht vor Einbrechern?«, fragte Holmes. »Sie stellen für Sie eine weit größere Gefahr dar als fanatische Mönche früherer Jahrhunderte.«

»Die Villa ist gut bewacht. Die Diener, die Sie sicher im Garten gesehen haben, sind bewaffnet. Sie patrouillieren rund um die Uhr. Außerdem laufen nachts meine Hunde frei auf dem Grundstück herum.«

Holmes betrachtete mit bewundernden Blicken eine Büste aus der Frührenaissance.

»Eine besonders schöne Arbeit«, kommentierte der Händler. »Lorenzo Boldoni war ein Genie. Ein ähnliches Stück habe ich letztes Jahr an einen englischen Mathematiker verkauft, ein sehr kultivierter Gentleman. Er trug ein Medaillon bei sich, das eine sehr schöne Frau zeigte. Sie sah der Büste erstaunlich ähnlich.«

»Ein Mathematiker?«, fragte Holmes in dem gelangweilten Tonfall, mit dem man reine Höflichkeitsfragen stellt.

»Ja, das sagte er. Wenn ich mich recht entsinne, hieß er Professor Moriarty.«

Mich durchfuhr ein eisiger Schauer. Ich konnte kaum glauben, was ich da eben gehört hatte.

Holmes hob eine Augenbraue. »Der gute Professor hat nicht lange Freude an seiner schönen Florentinerin gehabt. Er ist vor zwei Wochen eines gewaltsamen Todes gestorben«, bemerkte Holmes fast beiläufig.

Ein unverschämtes Grinsen huschte über das Gesicht des Händlers. »Was für ein Verlust für die Wissenschaft!« Dann wurde er wieder ernst. »Im letzten Monat ist übrigens eine Büste Lorenzo Boldonis spurlos aus meinem Haus verschwunden«, sagte der Kunsthändler.

Mit einem Ruck richtete sich Holmes auf. »Haben Sie die Polizei eingeschaltet?«, wollte er wissen.

»Ich habe schweren Herzens davon Abstand genommen, weil ich Kunden habe, die Händler meiden, die allzu enge Kontakte mit der Polizei pflegen.«

»Handelte es sich um eine eigenständige Schöpfung Lorenzo Boldonis?«, wollte Holmes wissen.

Der Kunsthändler winkte ab. »Nein, glücklicherweise nicht. Es war nur eine Kopie. Anderenfalls hätte ich vielleicht doch die Polizei gerufen.«

Holmes holte eine Taschenuhr aus der Westentasche. »David«, sagte er zu mir, »fast hätte ich unsere Verabredung mit Lady Summer vergessen.« Er nickte dem Kunsthändler gönnerhaft zu. »Mister Hopper, es war mir ein Vergnügen. Sie hören von mir.«

Wir verließen die unheimliche Villa des Kunsthändlers.

Erst jetzt konnte ich den schönen Frühlingstag genießen. Ich pfiff vor mich hin, als wir das Gartentor durchschritten hatten.

»Was halten Sie von Mortimer Hopper?«, fragte mich Holmes, als wir wieder in der Droschke saßen.

»Er hat einen Sprung in der Schüssel.«

»Mag sein, aber trotzdem haben wir einige wichtige Dinge erfahren.«

Mir war klar, dass mein Gesicht einem Fragezeichen glich, denn um ehrlich zu sein: Ich hatte keine tieferen Einsichten gewonnen.

Holmes schüttelte amüsiert den Kopf. »So war es unübersehbar, dass Mister Hopper mich durchschaut hat.«

Machte Holmes sich über mich lustig? »Das habe ich auch bemerkt. Was ich mich aber gefragt habe, ist, warum Sie sich den Dachboden nicht angesehen haben.«

»Nach dem Zustand des restlichen Hauses zu schließen, muss es dort schrecklich staubig sein. Der geringe Erkenntnisgewinn, den ich auf dem Dachboden erlangen könnte, steht in keinem Verhältnis zur damit verbundenen Verschmutzung meiner Garderobe.« Holmes weidete sich einen

Augenblick lang am Erstaunen in meinem Gesicht. »Ich ziehe es vor, den Tatort zu untersuchen, ohne dass dieses Gespenst gewarnt wird.«

»Aber Sie haben doch hoffentlich nicht vor einzubrechen«, entfuhr es mir. »Denken Sie an die Hunde!«

»Nein, das wird wohl nicht nötig sein.«

Ich erwartete keine Erklärung, und wieder einmal sollte ich mit dieser Einschätzung recht behalten.

Holmes streckte sich. »Holen Sie mich morgen früh um acht bei meiner Wirtin ab«, sagte er, während er sich zurücklehnte und die Augen schloss.

4. Ein Besuch im Bargello

Das Haus, in dem sich die Wohnung der Witwe Rossi befand, mochte bessere Zeiten erlebt haben, denn der Verputz war fleckig geworden, und auf den Dachziegeln wuchs Moos, aber es war sehr zentral gelegen, nahe dem Arno, mit Blick auf den Ponte Vecchio. Kein Wunder, dass der Besitzerin die Idee gekommen war, zu vermieten.

Ich zog an der Klingel, und die Signora ließ mich hinein. Ihr war offensichtlich mein Besuch angekündigt worden, denn sie grüßte mich mit Namen.

»Guten Morgen, Signor Tristram. Mister Baker Radcliffe erwartet sie bereits«, sagte sie und klopfte an eine grün gestrichene Tür am Ende des Flurs.

Holmes öffnete, und ich wollte schon eintreten, aber der Anblick des Rauminneren versetzte mir einen Schock. Im Gästezimmer war es nicht besonders hell, aber hell genug, um das Chaos zu beleuchten, das im Raum herrschte. Das kleine Zimmer war randvoll mit abgewohnten Möbelstücken. Trotzdem hatte Holmes das Seine getan, jeden verfügbaren Raum in Besitz zu nehmen. Die Schubladen der alten Kommode standen offen. Zerknüllte Zeitungen und wurmstichige Bücher stapelten sich kniehoch auf den Holzdielen des Bodens. Ein scharlachroter Morgenmantel war auf das ungemachte Bett geworfen. Die Tischdecke wies Brandflecken auf. Darauf türmten sich Flaschen, Tiegel und Röhren um eine Petroleumlampe. In der Luft lag ein scharfer Geruch von Säure. Offensichtlich experimentierte Holmes in seinem Zimmer. Verglichen mit dem desolaten Zustand dieses Raums war unsere Rumpelkammer ein Muster an Ordnung und Sauberkeit.

»Mein Gott! Hat man bei Ihnen eingebrochen?«, rief ich aus und bekam ein schlechtes Gewissen, ihn zu kriminalistischen Untersuchungen in Florenz verleitet zu haben.

Holmes machte eine wegwerfende Handbewegung. »Keinesfalls«, sagte er, »ich selbst habe alles so angeordnet. Auch wenn es nicht den Anschein erweckt, so bemerke ich die geringfügigste Veränderung in der Position der Gegenstände zueinander. Es gibt keinen besseren Schutz vor Spionen! Wie vor ihr die verdiente Miss Hudson, so hat auch Signora Rossi endlich kapituliert. Sie schnüffelt nicht mehr in meinen Habseligkeiten herum.«

Die Witwe musste ein Muster an weiblicher Leidensbereitschaft sein, dass sie ihren Mieter noch nicht an die Luft gesetzt hatte. Kopfschüttelnd ließ ich meinen Blick über die Spur der Verwüstung schweifen, die Holmes hinterlassen hatte. »Es ist sicher Ihre Privatangelegenheit, wenn Sie Ihre Pfeife in einen Blumentopf stecken und den Zahnputzbecher als Tabakdose verwenden, aber war es nötig mit einer Zigarette Löcher in die Tischdecke zu brennen? Ich finde, das geht eindeutig zu weit!«

»Ha«, rief Holmes aus. »Das sind nicht irgendwelche Löcher, sondern sie bilden das Monogramm unserer Queen! Sind Sie denn gar kein Patriot, dass sie dies nicht erkannt haben?«

»Denken Sie daran, dass Sie bald Norweger sein werden«, erwiderte ich, um von der Tatsache abzulenken, dass ich mittlerweile die italienische Staatsangehörigkeit angenommen hatte, weshalb die Frage nach meinem Patriotismus schwieriger zu beantworten gewesen wäre als Holmes vermutete.

Ich zog die Vorhänge auf und öffnete das Fenster, denn es war ein schöner, sonniger Tag. Der durch den Fensterrahmen begrenzte Blick auf den Ponte Vecchio glich den Fotografien, die die Brüder Alinari zu hohen Preisen an die Touristen verkaufen. Aber die Fotografien waren nicht nur schwarz-weiß, es fehlten ihnen vor allem die charakteristischen Gerüche und Geräusche der Stadt. An diesem Morgen glitt ein Boot lautlos über den Arno, während die metallbeschlagenen Räder der Pferdegespanne über das Kopfsteinpflaster polterten. Geschirr klapperte in der Küche. Ein Vogel sang auf dem Balkon des Nachbarhauses, und auf dem anderen Ufer des Flusses läutete die Glocke einer mittelalterlichen Kirche.

Holmes räusperte sich, und ich drehte mich um. Trotz des offenen Fensters war es im Raum noch immer stickig.

»Wollen Sie nicht wenigstens die überquellenden Aschenbecher leeren?«, fragte ich. »Die Luft ist ja so dick, dass sie in den Augen brennt.«

Holmes sah mich alarmiert an. »Hände weg von meinen Aschenbechern! Ich analysiere gerade die Aschen einiger italienischer Zigaretten, die mir bisher völlig unbekannt waren. Ich möchte sie in der Neuauflage meiner Abhandlung zu diesem Thema berücksichtigen.«

»Haben Sie Signora Rossi darüber informiert?«

»Ich habe Sie mit Details verschont, aber es ist mir wohl gelungen ihr klarzumachen, dass ich es nicht schätze, wenn Sie irgendetwas im Raum anfasst«, sagte Holmes, »und was die Luft hier drin betrifft, so erinnert sie mich an das heimatliche London.« Holmes stand auf und durchwühlte die Wanderdüne auf seinem Bett.

Mein Blick blieb an einem Paar Schuhe italienischer Machart hängen, die in dieser Umgebung völlig deplaziert wirkten.

»Ich weiß«, sagte Holmes. »Das englische Schuhwerk mit einem italienischen Gehrock zu kombinieren, war ein unverzeihlicher Fehler, aber diese Prachtexemplare, die ich bei einem Florentiner Schuhmacher in Auftrag gegeben habe, sind nicht fristgerecht geliefert worden. Mein Versuch, für die Übergangszeit Schuhe bei einem Händler zu erwerben, war ebenfalls ein Fehlschlag. Offensichtlich werden für die Ladengeschäfte in diesem Land nur mikroskopisch kleine Schuhgrößen produziert.«

Erst jetzt bemerkte ich, dass Holmes an diesem Tag im englischen Landstil gekleidet war.

Er lächelte über mein erstauntes Gesicht. »Anfangs plante ich, jede Woche in eine neue Identität zu schlüpfen, und so war für den Anfang nichts nahe liegender, als bei einem italienischen Gebrauchtwarenhändler die etwas nachlässige Garderobe zu erwerben, die ich bei unserer ersten Begegnung trug. Aber ich gestehe, dass ich mich etwas überschätzt hatte. Ich spreche nicht gut genug italienisch, um unter einem italienischen Namen reisen zu können.« Holmes fand offensichtlich, was er gesucht hatte, denn er steckte einen kleinen Gegenstand in seine Westentasche. Dann drehte er sich um und sah mich leicht missbilligend an. »Wird man Sie nicht an Ihrem Arbeitsplatz vermissen?«

»In der Buchhandlung gibt es momentan nicht viel zu tun. Ich kann also mühelos frei nehmen, und ich möchte es um nichts in der Welt missen, Ihnen bei der Arbeit zu helfen.« Ich war nicht sicher, ob Holmes fand, dass ich ihn eher behinderte, aber wenigstens schickte er mich nicht weg. »Wollen Sie tatsächlich das Gespenst suchen?«, fragte ich.

»Selbstverständlich, denn ich glaube, dass mehr dahintersteckt, als es den Anschein hat. Aber zuerst schauen wir uns etwas im Bargello um.«

»Warum untersuchen wir nicht zuerst die Todesumstände meines Schwiegervaters?«, fragte ich, da ich bereits das enttäuschte Gesicht meiner Frau vor mir sah.

»Ich bin davon überzeugt, dass ein Zusammenhang zwischen dem Verschwinden der Skulptur aus der Villa Hopper und den Sorgen besteht, die Ihren Schwiegervater in seinen letzten Lebenswochen bedrückt haben.«

Als wir das Haus verließen, lächelte Signora Rossi glücklich.

Wir mussten ein seltsames Paar abgegeben haben: ein langer, dünner Hagestolz mit dunklem Vollbart und schlecht sitzender Tweedjacke, der sich im Sturmschritt eine Gasse durch die überfüllten Straßen bahnte, und ein wesentlich kleinerer, unsportlicher Brillenträger, der vergeblich versuchte, Schritt zu halten.

Auf der Piazza della Signoria hatten sich trotz der frühen Stunde bereits so viele Touristen versammelt, dass ihr Geschnatter den melodischen Klang der *lingua dolce* übertönte. Die meisten von ihnen blätterten in ihren Reiseführern und würdigten ihre Umgebung keines Blickes.

Als wir die Loggia dei Lanzi passierten, blieb Holmes stehen. Auf der umlaufenden Steinbank der Umfassungsmauer saßen Männer in dunklen Anzügen und schauten den Passantinnen nach. Holmes legte seinen Kopf in den Nacken, um den berühmten Perseus des Benvenuto Cellini studieren zu können. Dies brachte einen uniformierten Wächter auf den Plan, der einen quergestellten Zweispitz trug, was ihm das Aussehen eines italienischen Napoleons gab. Er richtete sich mit vor der Brust verschränkten Armen zu seiner gesamten Größe auf und warf uns finstere Blicke zu. Dieses Zurschaustellen seiner Macht entbehrte nicht einer gewissen Komik, da Wächter und Hut kaum die Hälfte des Podests erreichten, auf dem sich die überlebensgroße Bronzefigur erhob.

Holmes schenkte dem Wächter keine Beachtung. Sein Blick glitt über den triumphierenden Perseus, der auf dem leblosen Körper der Medusa stehend mit der linken Hand das abgetrennte Haupt seines Opfers präsentierte, während die Rechte das bluttriefende Schwert umklammerte. Offensichtlich betrachtete Holmes das Kunstwerk mit den Augen eines Kriminalisten, denn er schüttelte mit sichtlichem Befremden den Kopf.

Eine Reisegruppe, überwiegend aus gut situierten Engländerinnen bestehend, näherte sich, angeführt von einem Florentiner Cicerone. Holmes verzog das Gesicht und bedeutete mir mit einer Geste, ihm zu folgen. Wir flüchteten, zumal wir riskierten, fotografiert zu werden. Damals kamen die Kodakkameras auf, die so einfach zu bedienen waren, dass jeder Tourist sie handhaben konnte.

Holmes ignorierte Michelangelos David mit seiner todbringenden Schleuder, blieb aber fasziniert vor der Judith des Donatello stehen. Kopfschüttelnd betrachtete er die kräftige Frau, die den Arm erhoben hatte, um den betrunkenen assyrischen General mit seinem eigenen, gebogenen Schwert zu enthaupten.

»Hier wird das Verbrechen zur Kunst. Ich habe noch nirgends so viele Darstellungen von Enthauptungen gesehen wie in Florenz«, bemerkte Holmes schließlich.

Dies war mir gar nicht aufgefallen, aber ich musste zugeben, dass Holmes nicht unrecht hatte. »Das liegt vielleicht daran, dass Johannes der Täufer unser Stadtpatron ist«, schlug ich vor.

Als wir unser Ziel erreicht hatten, konsultierte ich meinen Reiseführer von Murray, den ich eingesteckt hatte, um mich nicht zu blamieren. Ich las Holmes laut vor, dass der Palazzo del Podestà 1250 als Amtssitz des Capitano del Popolo errichtet worden war, der die kommunale Freiheit garantieren sollte. Holmes schien dies nicht sonderlich zu interessieren.

»Aber das wird Ihnen gefallen«, sagte ich. »1574 nahm der ›Bargello‹ genannte Polizeihauptmann in dem Bau Quartier und verwandelte ihn in ein Gefängnis. Damals waren die Außenwände mit abschreckenden Bildern von Verbrechern und politischen Gegnern bedeckt. Außerdem gab es hier eine Art Briefkasten, in dem man die Untaten seiner Mitbürger anprangern konnte. Erst 1857, also vor vierunddreißig Jahren, zog die Strafanstalt in das Kloster La Murate um, und der Bargello konnte einer würdigeren Funktion zugeführt werden.«

Kein Kommentar.

Wir durchquerten den weitläufigen Innenhof, stiegen die steile Treppe hinauf und begaben uns in den ehemaligen Versammlungsraum des Großen Rates, wo die Werke Donatellos und seiner Zeitgenossen ausgestellt wurden.

»Unvorstellbar, dass hier Zwischengeschosse eingezogen worden waren, um vier Reihen Gefängniszellen übereinander unterbringen zu können«, sagte ich staunend. An diesem Tag schien mir der Palast düster, obwohl ich mich hier früher wohlgefühlt hatte.

Da der Bargello nicht so hoch in der Gunst der Touristen stand wie die Uffizien, hatten wir freien Zugang zu den Kunstwerken. Die leeren Säle ermöglichten aber leider den Wärtern, uns ihre ungeteilte Aufmerksamkeit zukommen zu lassen. Genauer gesagt war es ein bestimmter Kustos, der uns wie ein Schatten folgte. Er war mittleren Alters, klein, untersetzt und von einer Nervosität ergriffen, die mich an die notorische Unruhe von Holmes erinnerte.

Dieser ließ sich indes nicht stören. Mit der Lupe in der Hand näherte er sich einer Büste aus dem Quatrocento.

»Signore! Wenn ich Ihnen vielleicht behilflich sein kann?«, fragte der Wärter in gebrochenem Englisch.

»Nein, das ist nicht nötig. Ich finde mich schon zurecht«, erwiderte Holmes und ging zur nächsten Büste. Er schloss sein linkes Auge und positioniert die Lupe vor dem rechten.

Schon kam der Wärter erneut angeschossen. »Sind Sie vom Kultusministerium?«, wollte er wissen.

»Nein!« Es war unüberhörbar, dass Holmes enerviert war. »Ich bin Kunstliebhaber, falls Sie wissen, was das ist.«

Der Wächter schnaubte laut hörbar.

Divide et impera, dachte ich und schlenderte in die andere Ecke des Raums. Ich bedauerte, keine Lupe zu haben. Trotzdem versuchte ich, genauso aufmerksam wie Holmes die Skulpturen zu studieren. Holmes arbeitete sich langsam durch den Raum, und ich imitierte ihn. Aus dem Augenwinkel beobachtete ich den Wächter, der auf und ab ging, uns dabei beäugte und ein Gesicht machte, als seien wir gefährliche Verbrecher. Seine Blicke wanderten zwischen Holmes und mir hin und her. Ich dachte, dass er sich eine andere Arbeit suchen sollte, wenn ihn das Beaufsichtigen der Besucher derart aufregte.

Nach etwas mehr als einer Stunde verließ Holmes den Saal des Donatello und ging in den Saal des Verocchio, wo sich ebenfalls einige Werke befanden, die die Werkstatt meines Schwiegervaters kopierte. Endlich hatten wir das Revier des aufdringlichen Wärters verlassen. Ich musste ihn also nicht mehr ablenken. Daher setzte ich mich auf einen Stuhl und beobachtete Holmes, der mit konzentriertem Gesichtsausdruck auch den Skulpturen zu Leibe rückte.

Nach einer weiteren Stunde runzelte Holmes die Stirn. Offensichtlich waren seine Bemühungen nicht von Erfolg gekrönt gewesen. Er kehrte in den Donatello-Saal zurück, und ich folgte. Ich wusste nicht, wer mir mehr leid tat; ich selbst mit meinem knurrenden Magen oder der Wächter, der gehofft hatte, uns los zu sein.

Holmes kannte keine Müdigkeit. Mit großer Akribie studierte er die Rückseite einer Büste.

»Sie müssen schon einen Mindestabstand wahren«, ermahnte ihn der Wärter.

Holmes trat einen Schritt zurück, setzte aber seine Untersuchung fort. Schließlich huschte ein Lächeln über sein Gesicht. »Wir können gehen«, sagte er kurz angebunden.

Ich war erleichtert, nicht zwischen Steinen verhungern zu müssen.

»Haben Sie mittlerweile erraten, warum wir hierher gekommen sind?«, fragte Holmes, als wir den Innenhof durchquerten.

Ich drückte mich so vage wie möglich aus. »Sie haben die Originale studiert, um deren Nachahmungen beurteilen zu können.«

»Es fehlt Ihnen nicht an Einbildungskraft, aber Sie laufen durch die Welt wie ein Schlafwandler. So entgeht Ihnen das Offensichtliche.«

»Und was haben Sie gesehen?«, fragte ich.

»Was ich erwartet habe. Es ist genau, wie ich vermutet habe.«

Ich verstand noch immer nichts, aber der Gesichtsausdruck meines Gegenübers gab mir zu verstehen, dass er im Augenblick nicht bereit war, weitere Erklärungen abzugeben.

»Würde es Ihnen etwas ausmachen, mit mir erneut das Atelier von Maestro Boldoni aufzusuchen?«, fragte Holmes.

»Natürlich nicht«, antwortete ich, glaubte aber, dass dies eine reine Höflichkeitsfrage war und Holmes auch ohne mich die Werkstatt an der Piazza Santa Croce aufgesucht hätte. Wieder trottete ich Holmes nach, der mit seinen langen Beinen so schnell vor mir hereilte, dass ich ihm nur mühsam folgen konnte.

Andrea empfing uns wortkarg und mit einem mürrischen Gesichtsausdruck, hielt Holmes aber nicht davon ab, seine Skulpturen erneut zu studieren. Als ich Holmes folgen wollte, hielt mich mein Schwager zurück.

»Die Polizei hat die Untersuchungen beendet«, informierte er mich. »Man bezweifelt nicht mehr, dass es sich um Selbstmord handelt. Die Beerdigung findet morgen früh um zehn statt.«

Holmes kam aus der Werkstatt zurück. »Sind Sie sicher, dass sich im Haus nicht weitere Werke ihres Vaters befinden?«, fragte er meinen Schwager. »Ich suche einen bestimmten Frauenkopf von Mino da Fiesole.«

Andrea zuckte mit den Schultern.

»Entweder die Büste ist verkauft, oder sie steht noch bei Signor Hopper herum, aber wir haben kein anderes Lager.«

»Da kann man nichts machen. Ich wünsche Ihnen einen schönen Tag«, erwiderte Holmes und ging zur Tür.

Wir wollten gerade das Haus verlassen, als uns Giovanna in den Weg trat. Sie war noch blasser als am Vortag und wirkte, als ob sie ihr eigenes Essen nicht mehr genießen könne.

»Signor Baker Radcliffe! Sie müssen unbedingt zum Mittagessen bleiben. Es gibt Bistecca alla Fiorentina, das Lieblingsessen von Maestro Boldoni.«

Ich fragte mich, warum Giovanna schon wieder darauf bestand, dass Holmes mitaß. Hatte er ihre mütterlichen Instinkte geweckt?«

»Falls Sie den Kunsthändler besuchen wollen, der ist heute in Siena.«

Offensichtlich suchte Giovanna nach Argumenten.

Holmes musterte sie von Kopf bis Fuß. »Das muss uns nicht bekümmern, denn ich habe vor, sein Ladengeschäft in der Stadt aufzusuchen.«

Giovanna ließ nicht locker. »Das ist mittags geschlossen. Wir sind in Italien.«

Endlich kapitulierte Holmes, und wir blieben zum Essen.

Der anschließende Besuch des Ladens brachte keine neuen Erkenntnisse, jedenfalls nicht für mich. Holmes warf nur einen kurzen Blick auf die Ware und verließ dann den Raum mit der triumphalen Miene eines Mannes, der seine Theorien bestätigt sieht. Ich konnte mir aus seinem Verhalten keinen Reim machen.

»Es bekümmert Sie nicht, dass Sie die Büste, die Sie suchen, auch hier nicht gefunden haben?«, fragte ich in der Hoffnung, in den Fortschritt der Untersuchungen eingeweiht zu werden.

»Nicht im Mindesten, denn man muss immer auch die andere Möglichkeit in Betracht ziehen. Ich will aber ihre kostbare Zeit nicht weiter in Anspruch nehmen«, sagte Holmes unvermittelt und nickte mir zum Abschied zu.

Er war in der Menge verschwunden, ehe mir eine passende Antwort eingefallen war. Wie ich später erfuhr, suchte er die Bibliothek auf, um sich über Savonarola zu informieren.

5. Die Büste

Ich wusste aus den Aufzeichnungen Dr. Watsons, dass Sherlock Holmes ein Frühaufsteher war. Also wagte ich es am nächsten Morgen, noch vor der Beerdigung einen kurzen Abstecher zum Wohnhaus der Witwe Rossi zu unternehmen.

Die Sonne erhob sich gerade über den Horizont, als ich mit einem flauen Gefühl im Magen an der Klingel zog. Ich hörte schlurfende Schritte und ein wimmerndes Geräusch, das ich nicht identifizieren konnte. Dann öffnete die Wirtin die Wohnungstür. Sie trug einen Morgenmantel und bedachte mich mit missbilligenden Blicken, sagte aber nichts.

Mir schwebte schon die Frage auf den Lippen, ob Mister Baker Radcliffe im Hause sei. Dann erkannte ich, dass es seine Geige war, die die Geräusche produzierte, die mich irritiert hatten. Ich erwog umzukehren, da ich Holmes nicht stören wollte, aber es war bereits zu spät, denn Signora Rossi hatte an die Tür ihres Mieters geklopft, und die Geige verstummte.

Wenn ich einen herzlichen Empfang erwartet hätte, so wäre ich sicher enttäuscht gewesen, aber, um ehrlich zu sein, war ich froh, dass Holmes mich überhaupt empfing.

»Ah, der anhängliche Mister Tristram«, entfuhr es ihm nach einer Schrecksekunde.

»Sie entführen mich aus dem Reich der Klänge, wo reine Harmonie herrscht, in die Welt der Kopisten, Gespenster und Selbstmörder«, sagte er und legte seine Stradivari sorgfältig in den Geigenkasten, der auf dem Schrank lag. »Ich kann mich des Verdachtes nicht erwehren, dass ihre Familie keinesfalls darüber glücklich ist, dass Sie mich hinzugezogen haben. Die abweisende Art Ihres Schwagers bestätigt meine

Theorie, dass mehr hinter der Sache steckt, als es den Anschein hat. Haben Sie Zeit, mich heute Mittag nochmals nach Fiesole zu begleiten?«

»Gern!«, rief ich aus, denn dies war weit mehr, als ich zu hoffen gewagt hatte.

»Ich benötige jemanden, der Mister Hopper ablenkt, während ich mich etwas in seinem Haus umschaue«, erläuterte Holmes. »Daher wäre ich Ihnen sehr verbunden, wenn Sie sich diesmal nicht mit der Rolle des Zuschauers begnügen würden.«

Ich atmete tief ein, um zu protestieren, denn schließlich hatte ich das letzte Mal nicht freiwillig geschwiegen. Die beiden Egozentriker hatten mich nicht zu Worte kommen lassen.

Aber Holmes war schneller: »Ich werde mit der Mietkutsche vor dem Friedhof auf Sie warten«, sagte er, und sein Blick verriet mir, dass für ihn das Gespräch zu Ende war.

»Nehmen Sie sich die Zeit, die Aussicht von der nahe gelegenen Piazzale Michelangelo zu genießen! Der Blick auf Florenz ist von dort schlichtweg spektakulär«, schlug ich vor.

Dann rannte ich zum Haus meines Schwiegervaters, um dort zu erfahren, dass sich die Trauergemeinde bereits auf den Weg gemacht hatte. Mit einer Mietkutsche fuhr ich zum Friedhof, wo mich die Boldonis mit vorwurfsvollen Blicken durchbohrten. Der Pfarrer stockte in seiner Rede, und ich versuchte, betreten dreinzuschauen, aber es wollte mir nicht recht gelingen. Die Zeremonie nahm mit quälender Langsamkeit ihren Lauf. Es wurde einer der schlimmsten Vormittage meines Lebens. Ich hatte schon fast die Hoffnung aufgegeben, an diesem Tag noch nach Fiesole fahren zu können, als ich endlich das schöne Wort »Amen« hörte. Da ich es nicht gewagt hatte, meine Frau darüber zu informieren, dass ich sofort wieder aufbrechen wollte, musste ich mich heimlich davonstehlen.

Ich habe nie erfahren, ob Holmes meinen touristischen Ratschlag befolgt hatte, aber er hielt sein Versprechen, mich abzuholen.

»Ich weiß nicht, ob das eine gute Idee war«, sagte ich, nachdem ich in der Droschke Platz genommen hatte. »Giovanna wird es mir nie verzeihen, dass ich den Leichenschmaus verschmäht habe, und mein Schwager ist ein einziger wandelnder Vorwurf. An meine Frau will ich lieber gar denken.«

»All dies ist mir nicht entgangen«, erwiderte Holmes, »und ich muss mich bei Ihnen für die Unannehmlichkeiten entschuldigen, die ich Ihnen bereitet habe, aber es war mir wichtig zu erfahren, wer an der Trauerfeier teilnimmt. Da Ihre Familie es leider versäumt hat, mich einzuladen, war dies die unauffälligste Methode, die Gäste zu observieren.«

Ich nannte Holmes also die Namen derjenigen Trauergäste, die mir bekannt waren.

»Aber natürlich war dies nur ein Bruchteil der Trauergemeinde«, fügte ich entschuldigend hinzu. »Die allermeisten habe ich heute zum ersten Mal gesehen.«

Holmes erwiderte nichts.

»Und fanden Sie es interessant, wer dem Sarg gefolgt ist?«, fragte ich also nach, da Holmes nicht reagierte. Mir war wieder einmal nichts Besonderes aufgefallen.

»Noch interessanter war, wer nicht gekommen ist, zum Beispiel der geehrte Kunsthändler Mortimer Hopper.«

Ich musste zugeben, dass ich ihn nicht vermisst hatte.

»Dafür, dass Maestro Boldoni mir als lebenslustig geschildert wurde, war die Anzahl der Trauergäste eher gering«, fuhr Holmes fort.

Ich suchte nach einer diplomatischen Umschreibung für die Tatsache, dass mein Schwiegervater ein schlecht gelaunter, alter Despot war, dem nur meine Frau und die Haushälterin eine Träne nachweinten. »Ich habe nicht gesagt, dass er ein beliebter Mann war, sondern, dass er lebenslustig war und seine Arbeit liebte. Maestro Boldoni war für seinen Jähzorn berüchtigt und wurde von den Nachbarn gemieden.«

»Ich verstehe«, erwiderte Holmes, und der Wagen setzte sich endlich in Bewegung.

Ich schaute nicht zurück, spürte aber geradezu die vorwurfsvollen Blicke meiner Verwandtschaft. Ihnen würde beim Leichenschmaus nicht der Gesprächsstoff ausgehen.

Wieder zeigte Holmes sich während der Fahrt schweigsam. Er ließ mich allein mit meiner Neugier und meinen Befürchtungen.

Der enttäuschte Gesichtsausdruck des Lakaien am Portal der Villa Hopper zeigte deutlich, dass er davon ausgegangen war, uns nie wieder vor die Augen zu bekommen, aber er ließ uns ohne Rückfrage ins Haus eintreten, wo uns der Hausherr entgegenkam.

»Schön, Sie wiederzusehen, Mister Baker Radcliffe«, sagte der Kunsthändler zur Begrüßung, und er schien dies tatsächlich so zu meinen. »Sie schrieben, Sie hätten Genaueres über den Spuk in meinem Haus in Erfahrung gebracht?«

»Ja, ich wollte schon gestern mit Ihnen darüber sprechen, aber ich hörte, sie seien in Siena«, sagte Holmes. »Ich hoffe, Sie waren dort erfolgreich.«

Mister Hopper sah uns verblüfft an. »Ich war seit Monaten nicht in Siena!«

Holmes nickte. »Dann habe ich wohl etwas falsch verstanden.«

Wir machten es uns wieder im Kaminzimmer gemütlich, wo auf einem Bestelltisch mehrere Hefte der Zeitschrift *The Strand* in malerischer Unordnung herumlagen. Holmes sah nonchalant darüber hinweg.

Ein modriger Geruch lag in der Luft, der mir bei meinem ersten Besuch des Hauses nicht aufgefallen war. Ob der Kunsthändler im Keller eine Leiche verscharrt hatte?

»Ist es Ihnen nicht seltsam erschienen, dass das Gespenst kurze Zeit nach dem Verschwinden der Büste begonnen hat, sein Unwesen zu treiben?«, fragte Holmes.

»Eigentlich nicht«, erwiderte der Händler, sichtbar verblüfft.

»Ich gehe doch recht in der Annahme, dass sie die Büste nach dem Besuch von Maestro Boldoni vermisst haben?«

Der Kunsthändler wirkte, als ob er in eine saure Zitrone gebissen hätte. »Das stimmt schon, aber Maestro Boldoni kann sie nicht heraustransportiert haben, denn mein Portier kontrolliert die Gepäckstücke der Handwerker und der Kunden. Das ist eine peinliche, aber leider notwenige Vorsichtsmaßnahme, zu der ich mich gezwungen sah, seit ein angeblicher Lord hier eine antike Kleinbronze gestohlen hat. Dabei war er so ein würdiger, alter Herr! Hinterher musste ich erfahren, dass er in dem Hotel, dessen Adresse er mir angegeben hatte, unbekannt war. Wahrscheinlich war er kein Lord, sondern ein Hochstapler.«

»Dann befindet sich die Büste also noch in dieser Villa«, unterbrach Holmes den Redefluss. »Ich vermute, dass es sich um das Bildnis einer anmutigen, jungen Frau nach einem Original von Mino da Fiesole gehandelt hat?«

Der Kunsthändler war sichtbar beeindruckt. »Woher, um Gottes willen, wissen Sie das?«

Holmes lächelte. »Die Dinge haben sich fast von selbst gelöst«, sagte er, nicht ohne Stolz. »Aber bevor ich die verschwundene Büste suche, möchte ich Ihnen noch einige Informationen über ihr Gespenst geben. Ich bezweifle zwar, dass es Sie nochmals heimsucht, aber falls doch, brauchen Sie keine Angst vor Mönchen im Garten zu haben, denn nicht der fanatische Bußprediger Savonarola hat vor fünfhundert Jahren das nahe Kloster San Domenico geleitet, sondern ein anderer berühmter, toskanischer Mönch, nämlich der Maler Fra Angelico. Ich wüsste nicht, welche Sündenlast dem für seine Frömmigkeit berühmten Künstler die ewige Ruhe rauben könnte, aber sollte er es trotzdem für nötig halten, sein Grab zu verlassen, so glaube ich nicht, dass ein Maler einem Kunsthändler etwas zuleide tut. In Wahrheit haben Sie aber nur einen undeutlichen Schatten gesehen. Es war die Séance des Vorabends, die ihre Fantasie derart angeregt hatte«

»Aber die Schritte über mir habe ich mir nicht eingebildet!«, insistierte der Kunsthändler, der sich nicht so leicht besänftigen ließ.

»Ich bin davon überzeugt, dass Sie nie wieder Schritte auf dem Dachboden hören werden, nachdem die Büste ihr Haus verlassen hat.«

»Sie vermuten, dass die Büste noch in meinem Haus ist?«, rief Hopper verblüfft aus.

»Bevor ich aber mit der Suche beginne, habe ich noch eine letzte Frage«, sagte Holmes ohne die Frage Hoppers zu beantworten. »Welche Geschäfte hatten Signor Boldoni an dem Tag, als der Spuk begann, in ihre Villa geführt? Hatte er Ihnen neue Ware geliefert?«

Mister Hopper sah Holmes nachdenklich an. »Daran erinnere ich mich gar nicht mehr.« Der Kunsthändler dachte einen Augenblick nach. »Jetzt fällt es mir wieder ein: Er war mit dem Maurermeister gekommen, den ich gerufen hatte, um eine einsturzgefährdete Wand zu verstärken. Der Maurer sagte, sein Geselle sei krank und Maestro Boldoni würde ihm daher zur Hand gehen. Die beiden waren alte Schulfreunde.«

»Ha!«, rief Holmes aus. »Und dann fragen Sie sich noch, wie die Büste verschwunden ist?« Seine Augen glänzten. Holmes holte einen Zettel aus der Westentasche, auf dem ein Plan aufgezeichnet war. »Ihr Haus hat einen äußerst komplizierten Grundriss«, bemerkte Holmes. »Es hat mich einige Mühe gekostet, ihn zu rekonstruieren.«

»Dann ist Ihnen etwas gelungen, was mir bisher nicht vergönnt war. Man könnte meinen, der Entwurf des Hauses sei von den Carceri Piranesis inspiriert. Keine Spur von der Klarheit, die den Florentinern üblicherweise nachgesagt wird.«

Bis jetzt hatte ich vermutet, dass mich Holmes doch nur als Zeugen seiner brillanten Beweisketten benötigte, so wie er sich in London von Dr. Watson begleiten ließ, dessen einziger Vorzug war, dass er einen alten Armeerevolver besaß. Ich konnte mich des Verdachts nie erwehren, dass Holmes fand, meine Begriffsstutzigkeit lasse seinen eigenen Intellekt in noch hellerem Licht erstrahlen.

Aber dann hörte ich Holmes sagen: »Ich möchte mich gern etwas umsehen. Sie könnten mittlerweile die Freundlichkeit besitzen, Mister Tristram über die Modalitäten ihrer Zusammenarbeit mit Maestro Boldoni aufzuklären, denn er möchte in Zukunft eine größere Verantwortung in der Firma seiner Familie übernehmen.«

Ich versuchte, meine Verblüffung und meine Enttäuschung zu verbergen, hatte ich doch gehofft, bei der Suche assistieren zu dürfen.

»Wie jeder Künstler brauche ich Ruhe«, antwortete Holmes und überreichte dem Kunsthändler seine Skizze. »Ich wäre

Ihnen äußerst verbunden, wenn Sie mir auf dem Grundriss mit je einem Kreuz markieren könnten, wo die Büste verschwunden ist und wo sich die Mauer befindet, die sie haben verstärken lassen.«

Der Kunsthändler holte einen Bleistift. Er schaute mit gerunzelter Stirn auf den Plan, drehte ihn dann mit einer entschlossenen Bewegung um, grübelte eine Weile und sagte schließlich: »Die Statue stand im Bibliothekszimmer, das müsste hier sein und die Mauer ist dann hier, drei Räume weiter, aber mir ist noch immer rätselhaft, wie sie dieses Labyrinth durchschauen konnten.«

»Für das Erstellen des Plans war ein Besuch des Katasteramts äußerst hilfreich«, erwiderte Holmes und verließ den Raum.

Ich hatte gehofft, dass der Kunsthändler den Auftrag vergessen hatte, den Holmes ihm erteilt hatte, aber leider war dies nicht der Fall. Mit gnadenloser Weitschweifigkeit referierte er mir die Konditionen, unter denen er die Werke »seiner« Künstler im Allgemeinen und die der Werkstatt Boldoni im Besonderen vertrieb. Bald schwirrte mir der Kopf vor Zahlen, und meine Gedanken wanderten zu Holmes. Ob er gerade Mauern einriss?

Dann hörte ich etwas, das mich interessierte.

»Es ist eine Tragödie, dass Andrea Boldoni mir nun nur noch Kopien liefern kann. Ich hätte weit mehr Neuschöpfungen im Stil der Frührenaissance verkaufen können, als sein Vater herzustellen vermochte, aber diese Zeiten sind nun endgültig vorüber.«

Leider kehrte Mortimer Hopper zum Thema Vertrieb zurück, und sein Redeschwall rauschte wieder an mir vorbei, denn ich lauschte in die Ferne, in der Hoffnung, wenigstens akustisch an der Arbeit von Holmes teilhaben zu können. Aber ich hörte keinen Mucks.

Nach etwas mehr als einer Stunde kam Holmes zurück. Wie eine Monstranz präsentierte er die Marmorbüste einer schönen, jungen Frau. Man musste kein Meisterdetektiv sein, um am desolaten Zustand seines Anzugs zu erkennen, dass er auf dem Boden herumgekrochen war.

»Ich habe sie gefunden«, sagte Holmes und setzte die Büste vorsichtig auf den Tisch.

»Tatsächlich!«, rief der Kunsthändler aus. »Das ist die verschwundene Kopie!«

Holmes klopfte sich den Staub von der Kleidung.

»Viel besser noch. Es ist das Original. Mir war im Bargello bei der näheren Untersuchung der Kunstwerke aufgefallen, dass bei einer Büste die Inventarnummer fehlte und ich vermutete daher, dass es sich um eine Fälschung handelte. Diese Hypothese hat sich hiermit als richtig erwiesen.«

»Sie meinten eine Kopie«, verbesserte der Kunsthändler.

»Möglicherweise wurde die Büste, die heute im Bargello steht, als Kopie angefertigt, aber in dem Augenblick, in dem man sie gegen das Original austauschte, wurde sie zur Fälschung.«

Mortimer Hopper runzelte die Stirn. »Ich verstehe gar nichts mehr.«

Leider ging es mir genauso.

Holmes lächelte nachsichtig. »Für mich stellt sich der Fall folgendermaßen dar: Maestro Boldoni ist es gelungen, das Original durch eine Kopie zu ersetzen – wie, weiß ich leider noch nicht. Wahrscheinlich hat er das Original dann in seinem Lager versteckt, aber durch ein Missgeschick ist es in ihren Besitz gekommen. Ich vermute, dass sein Sohn Andrea, der offensichtlich nicht eingeweiht war, Ihnen die Büste verkauft hat. Ich weiß nicht, ob es ein Vorwand war, sich bei Ihnen umzusehen, als Maestro Boldoni sagte, dass er zu dem Maurer wollte, oder ob er bei dieser Arbeit zufällig das vermisste Original bei Ihnen wiedergefunden hat, aber die Eile, in der er vorgegangen ist, spricht für Letzteres. Wahrscheinlich war er zuerst ratlos. Sie sagten ja selbst, dass es unmöglich ist, einen größeren Gegenstand am Pförtner vorbei hinauszuschmuggeln. Dann erinnerte er sich daran, dass Sie ihm erzählt hatten, Sie hätten den Schatten eines Dominikaners im Garten gesehen, und der Bildhauer fasste den Plan, Sie aus Ihrem Haus zu vertreiben. Er machte Ihnen weis, dass Savonarola in der Nähe gelebt habe. Nun musste er nur noch den Spuk inszenieren, um Ihnen Angst zu machen. Er wird einen ihrer Diener dafür bezahlt haben, dass er auf Ihrem Dachboden auf und ab gegangen ist. Kein Außenstehender kann der Verursacher der Schritte gewesen sein, denn Ihr Anwesen ist eine wahre Festung.«

Der Kunsthändler schüttelte den Kopf. »Und warum hat der Spuk dann nicht aufgehört, jetzt wo Maestro Boldoni tot ist?«, fragte er ungläubig.

»Vielleicht hat sich dies nicht unter Ihren Dienern herumgesprochen, aber ich bin davon überzeugt, dass die Schritte Sie nicht mehr lange beunruhigen werden, denn schließlich wird das Gespenst nicht mehr bezahlt.«

Ich war beeindruckt von der Kette der Schlussfolgerungen, aber das für mich entscheidende Teil des Puzzles blieb noch übrig. »Aber warum hat mein Schwiegervater sich umgebracht?«, fragte ich. »Oder war es doch Mord?«

Holmes schüttelte den Kopf. »Ich vermute, dass es ein Unfall war, und ich habe auch schon eine Vermutung, wer uns in dieser Sache weiterhelfen kann.«

Auch die Neugier des Kunsthändlers war noch nicht befriedigt. »Wo genau haben Sie die Büste gefunden?«

Holmes schaute ihn ernst an. »Auch ich irre mich von Zeit zu Zeit«, erwiderte er, »deshalb hat die Suche so viel Zeit in Anspruch genommen. Ich hatte vermutet, dass Lorenzo Boldoni eine Zwischenwand eingezogen hat, um die Skulptur in dem dahinter liegenden Hohlraum zu verbergen, aber dies war nicht der Fall. Vielleicht traute der Maestro dem Maurer nicht genug, um ihn zum Zeugen seiner Tat zu machen. Vielleicht hatte er aber auch Angst, von Ihnen in flagranti überrascht zu werden.« Holmes legte den Plan auf den Tisch und deutete auf einen kleinen Raum. »Hier war das gute Stück, in einem dieser alten Kamine, mit denen ihr Haus so verschwenderisch ausgestattet ist. Offensichtlich wird es im Winter in Florenz kälter, als man vermuten möchte?«

Mister Hopper winkte ab. »Die meisten Kamine dienen nur der Dekoration. Ich habe sie aus Häusern gerettet, die man abgerissen hat, als hier der große Bauboom herrschte. Auch die schönen Statuen in meinem Garten habe ich in verlassenen Besitzungen und ihren von Unkraut überwucherten Parkanlagen gefunden.«

Ich ärgerte mich im Stillen über die schamlose Beschönigung für das Ausplündern fremder Villen und Parks.

»Aber dieser Kamin war keine Attrappe«, erwiderte Holmes, immer noch auf den Plan zeigend. »Maestro Boldoni hat die Büste darin versteckt und dann einen Schrank davor gestellt, in der richtigen Annahme, dass Ihnen dies nicht so schnell auffallen würde. Trotzdem bedeutete dies, dass er Sie vor Beginn der kalten Tage aus der Villa vertrieben haben musste.«

»Wie haben Sie das nur alles herausgefunden?«, fragte ich bewundernd.

Holmes lächelte. »Man merkte sofort, dass es die Arbeit eines Amateurs war. Es wimmelte nur so von Spuren. Nicht einmal die Schleifspuren des Schranks auf dem Boden hat Lorenzo zu vertuschen versucht.« Dann wandte er sich an den Kunsthändler. »Mister Hopper, wenn ich mich recht erinnere, schadet es Ihrem Geschäft, wenn Sie Verbindung mit der Polizei aufnehmen. Sie werden also sicher nichts dagegen haben, wenn Mister Tristram und ich die Büste ihrem rechtmäßigen Besitzer zurückerstatten und ihren Namen dabei aus dem Spiel lassen. Ich bin sicher, dass Ihnen Andrea Boldoni eine Kopie des Werkes als Ersatz überlässt.«

In diesem Augenblick bewunderte ich die Selbstbeherrschung des Kunsthändlers, der es sich nicht anmerken ließ, wie sehr es ihn geärgert haben musste, dass sich eine derart wertvolle Skulptur in seinem Hause befunden hatte, ohne dass er dies bemerkt hatte.

»Mein Angebot gilt weiterhin, Mister Baker Radcliffe, wenn Sie etwas bei mir kaufen …«

»Wohl kaum«, unterbrach ihn Holmes, »denn ich werde in nächster Zeit nicht nach Hause zurückkehren.«

6. Das Gespenst

Unser Gespräch wurde jäh unterbrochen durch ein dumpfes, polterndes Geräusch, das von oben herabdrang. Wenige Augenblicke später stieß eine Frauenstimme einen schrillen Schrei aus, mehrere Türen wurden geöffnet, und laute Stimmen schienen sich beinah zu überschlagen. Der Kunsthändler stürzte aus dem Raum, Holmes ergriff die Büste und folgte ihm. Ich eilte ihm nach.

Wir gelangten ins Treppenhaus, wo sich uns augenblicklich der Anlass für die Aufregung offenbarte: Ein schlecht rasierter, magerer Mann um die Dreißig mit nachlässiger, stark verstaubter Kleidung war auf dem Boden zusammengebrochen. Seine Gesichtszüge waren verzerrt, die Gesichtshaut bläulich angelaufen. Er röchelte leise, und es bedurfte keines Dr. Watsons, um zu erkennen, dass der Mann im Sterben lag.

Eine Schar von weiblichen Bediensteten und von livrierten Dienern stand im Halbkreis um den Unglücklichen herum, die Frauen mit Tränen in den Augen, auch in den Gesichtern der Männer spiegelte sich das Entsetzen, das sie empfanden.

Neben dem jungen Mann kniete ein Mädchen. Sie betupfte seine Stirn mit einem Taschentuch, und wahrscheinlich war sie es auch gewesen, die sein Hemd geöffnet hatte, aber alle Hilfe kam zu spät.

Der hagere, junge Mann rang mühsam nach Luft. »Amerika!«, murmelte er mit letzter Kraft. Ein Zucken ging durch seinen Körper, und dann lag er reglos da, der leere Blick der glasigen Augen zur Decke gerichtet, wo eine Leiter aus der geöffneten Luke heruntergeklappt war, mittels derer man in den Speicher gelangen konnte.

»Alessandro?«, fragte Holmes leise.

Hopper nickte, offensichtlich sprachlos über diese unerwartete Wendung.

Das Mädchen, das neben dem Toten saß, brach in Tränen aus. Laut schluchzend schloss sie dem Mann die Augen.

»Gut, dass sein Bruder sich das nicht ansehen musste«, sagte eine wohlbeleibte Frau, bei der es sich um die Köchin handeln mochte, und bekreuzigte sich. »Ich frage mich nur, woher Alessandro plötzlich gekommen ist. Sagte man uns nicht, er habe den Dienst quittiert?«

Niemand ging auf den mitfühlenden Kommentar ein.

Holmes drückte mir die schwere Büste in die Hand, die ich auf eine Frisiertoilette im Rokokostil stellte, die nahe der Treppe etwas deplatziert vor der Wand stand.

Holmes hingegen beugte sich zu Alessandro hinunter und betrachtete den Toten aus der Nähe, aber es war seinem angestrengt-forschenden Gesichtsausdruck nicht zu entnehmen, zu welchem Resultat er gelangte.

»Hol sofort Dottor Pazzi«, fuhr der Kunsthändler den blasiertesten seiner Lakaien an. Offenbar weinte er dem Toten keine weitere Träne nach, aber er wirkte noch immer sehr angegriffen. »Und ihr anderen steht nicht herum. Geht zurück an eure Arbeit!«

Keiner der Umstehenden machte Anstalten, der Aufforderung ihres Arbeitgebers Folge zu leisten.

»Ich habe keine Ahnung, wo der Bursche die ganze Zeit gesteckt hat«, sagte der Kunsthändler zu Holmes, »und es ist mir schleierhaft, woran Sie ihn identifiziert haben, aber über die Todesursache dürfte es wohl keinen Zweifel geben.« Nach einem fragenden Blick meinerseits – Holmes hatte die Ursache für das vorzeitige Ableben des Dieners wohl bereits selbst diagnostiziert – fügte Hopper hinzu: »Alessandro war schon seit Langem schwer herzkrank.«

»Er glaubte, man könne ihm in Amerika helfen«, fügte die Frau, die ich für die Köchin hielt, hinzu.

Hopper blickte sie an, als habe er ihre Existenz vergessen. »Ich möchte allein mit Mister Baker Radcliffe sprechen! Geht also alle wieder an eure Arbeit.«

Diesmal verließen die Dienstboten das Treppenhaus, wenn auch nicht ohne Unmutsbekundungen.

Hopper wischte sich die Stirn. »Das ist zu viel für mich, zuerst das Gespenst, und dann taucht Alessandro aus dem Nichts auf. Musste er ausgerechnet in meinem Treppenhaus sterben? Damit hätte er auch warten können, bis er tatsächlich in Amerika ist. Ich brauche jetzt unbedingt einen Drink.« Er ging zu einer wurmstichigen Truhe mit Metallbeschlägen, die neben der Frisiertoilette stand, und klappte deren Deckel hoch. Im Inneren befand sich eine veritable Hausbar.

»Woher wussten Sie eigentlich, dass dies Alessandro war?«, fragte Hopper, während er sich einen doppelten Whisky eingoss. Offenbar ärgerte er sich, dass Holmes nicht auf seine indirekte Frage eingegangen war. »Sie haben ihn doch noch niemals zuvor gesehen!«

»Das war eine ganz einfache Schlussfolgerung. Ich hatte schon vorher den Verdacht gehabt, Alessandro könne das Gespenst gewesen sein. Als Sie diese Belohnung in Aussicht gestellt haben, sah er die unverhoffte Gelegenheit, sich nicht länger bei seinen abendlichen Ausflügen auf den Dachboden der Gefahr auszusetzen, erwischt zu werden. Nun konnte er es sich ganz gemütlich dort oben einrichten.«

»Sie meinen, er war die ganze Zeit dort oben?« fragte der Kunsthändler mit ungläubigem Staunen in der Stimme.

Holmes beugte sich zu der Leiche hinunter. »Ja, davon ist auszugehen. Die Länge seiner Bartstoppeln entspricht exakt dem Zeitraum, der seit dem rätselhaften Verschwinden der Büste vergangen ist.«

»Aber Alessandro musste doch essen und trinken!«, entfuhr es Hopper.

»Deshalb hat er seinen Bruder bei Ihnen eingeschleust.«

Hopper zeigte fragend auf die Flasche in seiner rechten Hand. Ich nickte, während Holmes mit angespanntem Gesichtsausdruck auf die Büste starrte, als ob er erwartete, sie könne sich im nächsten Augenblick auflösen. Dann blickte er hoch zu der offenen Luke.

»Kann ich mich auf dem Dachboden Ihrer Villa umschauen? Ich würde ihn gern einer gründlichen Untersuchung unterziehen.«

Das wollte ich um keinen Preis auf der Welt versäumen. Also schüttete ich hastig meinen Drink hinunter, was ein Akt der Barbarei war, denn es handelte sich um einen ausgezeichneten schottischen Whisky. Er ließ die Wärme in mich zurückkehren, die die unheimliche Atmosphäre der Villa vertrieben hatte.

»Selbstverständlich, solange Sie nicht erwarten, dass ich Ihnen Gesellschaft leiste. Aber nehmen Sie sich vor dem Gespenst in Acht!« Hopper lachte über seinen eigenen Scherz, aber es war unüberhörbar, dass es ihm nicht zum Lachen zumute war.

»Mister Hopper, das Gespenst ist tot. Sie können nun ganz unbedenklich ihren eigenen Dachboden betreten.«

»Ich bleibe lieber hier unten und warte auf den Arzt.«

Holmes hatte schon den Fuß auf die unterste Sprosse der Leiter gesetzt, als er sich nochmals umdrehte und mich anschaute. »Lassen Sie bitte die Büste nicht aus den Augen.«

»Selbstverständlich«, erwiderte ich, »aber ich dachte ...«

»Mister Hopper«, unterbrach Holmes meine Proteste, sich nun an den Kunsthändler wendend, »ich wäre Ihnen sehr verbunden, wenn Sie bis zu meiner Rückkehr am Tatort nichts verändern würden.«

Der Kunsthändler nickte ihm wortlos zu, aber es war ein recht mechanisches Nicken.

Holmes stieg die Leiter hoch, und ich folgte, obwohl es mich einige Mühe kostete, mit der schweren Büste unter dem Arm Sprosse um Sprosse zu erklimmen. Jeden Augenblick erwartete ich zurückgeschickt zu werden, aber Holmes ließ es zu, dass ich ihn in das Domizil des Gespenstes begleitete. Schließlich betrat auch ich den Speicher, ohne dass ich selbst oder die wertvolle Skulptur Schaden genommen hätten.

Rechts der Dachluke stapelte sich bis in die Dachschräge hinein alles übereinander, was in den letzten hundert Jahren keinen Platz in der Villa gefunden hatte. Ein größerer Kontrast zur geordneten Welt der Wohnräume, in denen jedes Detail die gestaltende Hand des Hausherrn verriet, war kaum vorstellbar. Der Speicher übertraf an Unordnung selbst das Zimmer, welches Holmes bei der braven Signora Rossi bewohnte. Die Spinnweben und die dicke Staubschicht, die Boden und Möbel bedeckten, bezeugten, dass der Kunsthändler die Herrschaft über seinen Speicher schon seit geraumer Zeit Gespenstern und Spinnen überlassen hatte.

Auf der linken Seite der Luke hingegen war ein Teil des Dachbodens abgetrennt und als Zimmer ausgebaut. Durch die offene Tür sah man eine Pritsche mit Bettzeug, einen Schrank und einen alten Holzsekretär mit Stuhl, alles einfach, aber zweckmäßig und sauber. Wenn nicht die Leiter so unbequem und der sonstige Speicher so heruntergekommen gewesen wären, hätte es sich um eine Dienstbotenunterkunft handeln können, aber so war mir schleierhaft, wozu dieser Raum möbliert worden war.

Holmes ging mit eiligen Schritten in das Zimmer. Ich folgte ihm und stellte die Büste auf den Boden, wobei ich sorgsam eine saubere Stelle auswählte.

Alles in der Dachstube atmete die Atmosphäre eines hastigen Aufbruchs: Das Bett war zerwühlt. Das einzige Fenster, eine hoch angebrachte Luke, stand offen. Der Stuhl war umgestürzt. Auf dem Tisch lag neben einem Aschenbecher und einem Teller mit Krümeln ein zerknitterter Brief, der mich magisch anzog.

Wir lasen gemeinsam den mit Druckbuchstaben geschriebenen italienischen Text: *Ich lasse mich nicht erpressen. Sie haben keine Stunde länger zu leben, zumal ich Ihrer nicht mehr länger bedarf, denn ich werde die Stadt verlassen. Dieser Brief ist mit einem tödlichen Gift parfümiert. Dies soll allen zur Mahnung dienen, die mir in die Quere kommen.*

Ich weiß nicht, was ich zu lesen erwartet hatte, aber eine Morddrohung war es nicht.

»Wenn dies ein Scherz sein sollte, so war es ein ziemlich missglückter!«, entfuhr es mir daher.

Holmes zündete sich eine Pfeife an und betrachtete die Rauchkringel mit einem gedankenverlorenen Blick. »Nein, dies ist tödlicher Ernst.«

Ein eisiger Schrecken durchfuhr mich, denn es hätte nicht viel gefehlt, und ich hätte den Brief in die Hand genommen. Nur die Befürchtung, dafür gerügt zu werden, hatte mich davon abgehalten. Ein weiterer beunruhigender Gedanke kam mir in den Sinn. »Ich glaube nicht, dass Andrea Boldoni diesen Brief geschrieben hat. Die Schrift ähnelt seiner nicht im Mindesten.«

Holmes schüttelte lächelnd den Kopf. Glücklicherweise fragte er nicht nach, ob ich schon in Druckbuchstaben verfasste Texte meines Schwagers gelesen hätte. Dann verfinsterte sich seine Miene wieder. »Das habe ich auch nicht behauptet. Ohne ihrem Schwager näher treten zu wollen, so bezweifle ich, dass er die nötige Fantasie besitzt, um sich einen derartigen Plan auszudenken.« Holmes betrachtete durch die Lupe den Teller mit den Überresten des Frühstücks. Dann wandte er seine Aufmerksamkeit dem Fayence-Aschenbecher auf dem Schreibtisch zu. Dieser war randvoll mit Asche gefüllt.

»So krank wie er war, hätte Alessandro besser nicht rauchen sollen.«

Holmes sah mit einem herblassend-nachsichtigen Blick zu mir hinauf. »Er war herzkrank und nicht lungenkrank. Außerdem ist dies weder die Asche von Zigarren, noch die von Zigaretten, das sind die Überreste weiterer Briefe, die Alessandro erhalten und nach der Lektüre verbrannt hat.«

Holmes zog an seiner Pfeife. Dann öffnete er die Schubladen des Sekretärs, doch sie enthielten nur einige Bögen einfachen weißen Papiers. Er reckte sich nach dem geöffneten Fenster in der Schräge des Dachs und griff schließlich nach etwas. Es waren ein Eichenblatt und eine weiße Feder, die er vorsichtig neben den Brief legte. Die Hände auf dem Rücken verschränkt ging Holmes langsam im Raum auf und ab und blieb nach der dritten Runde vor der Tür stehen. »Ich glaube, ich habe alles gefunden, was dieser Raum an Erkenntnissen zu bieten hat«, sagte er. »Jetzt wollen wir doch auch den restlichen Speicher einmal etwas genauer betrachten.« Mit gerunzelter Stirn steckte Holmes seine Pfeife ein und holte erneut seine Lupe aus der Jackentasche. Er ließ seinen Blick mit einem missbilligenden Gesichtsausdruck über den mit groben Planken belegten Boden des Dachbodens schweifen. »Man könnte meinen, dass hier eine Büffelherde herumgetrampelt sei.«

Ich blieb in der Tür stehen.

Holmes hingegen ging mit großen Schritten über den Boden und sah mit seinen langen Beinen dabei aus wie ein Storch im Dorfteich. Dann betrachtete er eine besonders staubige Partie des Bodens. »Also, in den letzten zwei Wochen haben mindestens zwei Männer dem Gespenst ihre Füße geliehen. Betrachten Sie nur die Abdrücke dieser groben Schuhe mit kräftigem Profil. Sie entsprechen denen, die Alessandro trug. Auch der Abstand zwischen zwei Abdrücken passt zu Alessandros mittlerer Körpergröße. Seine Schritte gehen von diesem Raum bis zu dem Dickicht der übereinandergetürmten Möbel. Sie gehen auf und ab, hin und her, im Kreise herum und verschwinden wieder in seinem Raum. Hier hingegen die Spuren viel kleinerer Füße, dies mag sein Bruder Leonardo gewesen sein, den ich leider noch nicht kenne. Sie führen zielstrebig von der Leiter in den Raum und zur Leiter zurück. Aber daneben sehe ich auch die Abdrücke von feinen Maßschuhen englischer Machart, wie sie kein Lakai sich leisten könnte, auch keiner, der Bestechungsgeld nimmt. Sie werden teilweise von den anderen Spuren verwischt, sodass es schwer zu entscheiden ist, was diesen Besucher hierher geführt hatte, aber es ist unschwer zu erkennen, dass es sich um einen großen, schlanken Mann gehandelt hat, der etwas nach vorn gebeugt gegangen ist. Das sieht man daran, dass die Ferse sich nicht so stark in den Staub eingegraben hat wie gewöhnlich.«

Holmes kehrte in das Zimmer zurück, in dem Alessandro gehaust hatte. Er nahm den Brief in die Hand.

»Um Gottes willen, tun Sie das nicht! Der Brief ist vergiftet.«

Holmes sah mich nachsichtig lächelnd an. »Das bezweifle ich.«

»Aber der arme Alessandro ist gestorben, nachdem er ihn berührt hat.«

»Nein, er ist gestorben, nachdem er den Brief gelesen hat«, verbesserte Holmes. »Und er war auch nicht arm, Alessandro war ein Betrüger und ein Erpresser.«

Holmes deutete auf die Gegenstände auf dem Tisch.

»Was folgern Sie aus all dem?«

Ein ungeheuerlicher Verdacht stieg in mir auf. »Der Mörder wusste, dass Alessandro herzkrank war?«

»Gar nicht so übel. Dieses Verbrechen ist perfekt eingefädelt worden. Der Täter hat die Krankheit seines Opfers geschickt ausgenützt, und wie er vorhergesehen hatte, erlag der Empfänger des Briefes seiner Herzkrankheit, nachdem er die Todesdrohung gelesen hatte. Das ist ganz klar Mord, aber wahrscheinlich würde kein italienisches Gericht ihn dafür verurteilen.«

»Zumal es den Namen des Täters nicht kennt«, fügte ich hinzu, da mir das Ganze etwas zu hoch war.

Holmes sah angestrengt auch dem Fenster. Dann dreht er sich mit einer jähen Bewegung herum und sah mich an.

»Sie haben hoffentlich herausgefunden, wie dieser Brief hierher gelangt ist?«

Ich fand diese Frage etwas irritierend. Hielt Holmes mich zum Besten? »Mit der Post selbstverständlich.«

»Alessandro war offiziell nach Amerika ausgewandert, auch wenn der Mörder wahrscheinlich im Hause weitere Komplizen hatte – denn an wen sollte sonst die in dem Brief enthaltene Drohung gerichtet sein? – so konnte er es doch nicht wagen, das Risiko einzugehen, dass dem Hausherrn die Briefe in die Hände fielen.«

»Er hätte sie ja an dessen Bruder adressieren können.«

»Viel zu auffällig. Normalerweise erhalten Lakaien keine Post.«

»Sein Bruder, der ihn mit Lebensmitteln versorgte, hätte als Mittelsmann fungieren können.«

»Schon besser. Das wäre eine Möglichkeit gewesen. Warum der Mörder sich dagegen entschieden hat, wissen wir nicht. Hier befinden wir uns im Reich der Spekulation. Vielleicht wollte er den Jungen nicht ins Vertrauen ziehen, um die Zahl seiner Mitwisser möglicht gering zu halten. Vielleicht war es Alessandro selbst, der seine Einnahmen vor seinem Bruder geheim hielt, da er nicht mit ihm teilen wollte. Schließlich waren es nicht zuletzt seine Krankheit und der daraus resultierende erhöhte Geldbedarf, die ihn auf die schiefe Bahn gebracht haben. Wir werden es wohl nie erfahren.« Holmes deutete mit einer weit ausholenden Geste auf die Gegenstände, die auf den Tisch lagen.

Mein Blick fiel auf den Teller. »Was haben Sie aus diesen Krümeln geschlossen?«

»Sie stammen von demselben Kuchen, von dem uns Mister Hopper angeboten hat. Wahrscheinlich hat die freundliche Köchin ihn gebacken, und der Bruder hat Alessandro ein Stück davon in seine Dachkammer gebracht, ob mit oder ohne Wissen der Köchin, vermag ich nicht zu sagen.« Holmes nahm die Feder in die Hand, die er auf den Tisch gelegt hatte. »Diese weiße Feder ist unser wichtigster Hinweis. Außerdem haben Sie den Brief nicht genau genug betrachtet. Sehen sie sich die kleinen, aber tiefen Kerben an dessen oberer Kante an. Wahrscheinlich handelt es sich hier um die Abdrücke eines Schnabels.«

»Ein Vogel?«

Ich fragte mich einen Augenblick, ob Holmes scherzte. Dann ging auch mir ein Licht auf. »Eine Taube!«

»Ja, genauer gesagt, dürfte es sich um die Feder einer Columba palumbus handeln, einer Ringeltaube, die als Brieftaube abgerichtet wurde.«

»Das ist genial!«

»Ja, der Mörder entbehrt nicht eines gewissen Einfallsreichtums, auch wenn es bedauerlich ist, dass er diesen nicht zum Wohle der Menschheit einsetzt.« Holmes steckte den Brief ein.

»Das nennt man Unterschlagung von Beweismitteln!«, protestierte ich, vor meinem inneren Auge die juristischen Bücher in der Niccoló-Machiavelli-Buchhandlung und mich selbst im Bargello sehend, wo ich bei Wasser und Brot hinter Gittern schmachtete.

»Die Polizei würde Ihren Schwager verhaften. Das ist für sie die einzig vorstellbare Lösung dieses vertrackten Falls. Dies kann ich nicht zulassen. Schließlich ist er mein Klient.«

»Werden Sie Andrea Boldoni erzählen, dass Alessandro ermordet wurde?«

»Ich glaube, darauf sollte ich verzichten. Schließlich sind dies Ergebnisse, die ich aus der Ermittlungen für einen anderen Klienten, nämlich Mortimer Hopper gewonnen habe.« Holmes schaute auf seine Taschenuhr. »Wir sind schon eine dreiviertel Stunde in diesem staubigen Speicher. Wir sollten wieder in die Villa zurückkehren, denn wahrscheinlich wird bald der Arzt aus Florenz eintreffen, und ich würde gern ein paar Worte mit ihm reden.«

Als wir unten ankamen, mussten wir feststellen, dass entgegen der Weisung Holmes' die Leiche nicht mehr am Treppenabsatz lag. Aus einem der angrenzenden Räume drangen Stimmen. Wir folgten ihnen und gelangten in einen Raum, der ein Gästezimmer sein mochte. Auf dem Bett hatte man Alessandro aufgebahrt. Er trug schwarze, saubere Kleidung, und auch Gesicht und Hände waren sauber gewaschen. Vor dem Bett saßen schwarz gewandete Frauen und beteten Rosenkränze.

»Mister Baker Radcliffe und Mister Tristram! Es freut mich, dass Sie den Dachboden heil verlassen haben«, begrüßte uns Hopper, der sich vergeblich bemühte, einen gelassenen Gesichtsausdruck zu machen.

»Hatte ich nicht angeordnet, dass am Tatort nichts verändert wird?«, fuhr Holmes den Kunsthändler an.

»Ich habe es mir anders überlegt. Ich konnte doch den Toten nicht einfach so auf dem Boden herumliegen lassen. Außerdem wollte ich nicht riskieren, dass Dottor Pazzi herumerzählt, dass ich meine Dienstboten in schmutzigen Lumpen herumlaufen lasse. Schließlich habe ich als Kunsthändler einen gewissen Ruf zu verlieren.«

Angesichts dieser Unverfrorenheit fehlten mir die Worte, und auch Holmes erwiderte nichts, obwohl ihm bestimmt eine passende Antwort eingefallen wäre.

»Der Arzt hat übrigens bereits den Totenschein ausgestellt, klarer Fall von Herzversagen«, fügte der Kunsthändler mit provozierender Beiläufigkeit hinzu.

Holmes sah Hopper an, als sei dieser das Gespenst. »Der Arzt war bereits hier? Warum hat man mich nicht gerufen? Ich dachte, er würde länger benötigen, um aus Florenz bis zu dieser einsamen Villa zu gelangen.«

»Wo denken Sie hin? Dottor Pazzi wohnt ebenfalls im Villenviertel vor den Hügeln von Fiesole. Wir sind sozusagen Nachbarn. Daher ist er auch der Arzt der Anglobeceri, aber ich konsultiere ihn selbstverständlich auch, wenn einer meiner Angestellten ärztlicher Hilfe bedarf.«

Ein Diener flüsterte Hopper etwas ins Ohr. Dann verschwand er wieder.

»Ich wollte mir übrigens während Ihrer Abwesenheit den Bruder Alessandros vorknöpfen. Schließlich hat er mein Vertrauen auf das Sträflichste missbraucht, aber leider ist er nicht von einem Botengang zurückgekehrt. Ich habe mich bei allen Dienstboten nach ihm erkundigt, aber ich musste leider erfahren, dass ihn seit heute Morgen keiner mehr gesehen hat.«

Holmes hob eine Augenbraue. »Vielleicht ist auch er nach Amerika ausgewandert. Aber bedauerlicherweise kann ich dieser Sache nicht nachgehen, denn ich muss heute Abend noch eine wichtige Angelegenheit in Florenz erledigen.«

Holmes erhob sich, und Hopper machte keine Anstalten ihn aufzuhalten.

»Was haben Sie heute Abend in Florenz vor?«, fragte ich, als sich die Tür der Villa hinter uns geschlossen hatte. »Möchten Sie noch woanders ermitteln?«

»Nein«, erwiderte Holmes und bedachte mich dabei mit einem ironisch-herblassenden Blick. »Ich möchte ein Konzert besuchen.«

7. Die Wette

Am nächsten Morgen fühlte ich mich wenig erholt, denn seit Tagen quälte mich ein hartnäckiger Albtraum von bewaffneten Statuen, die zum Leben erwachten und sich mit dem blanken Schwert in der Hand auf mich stürzten. Immer wenn ich flüchten wollte, wachte ich schweißgebadet auf. Ich log also nicht, als ich mich bei dem Buchhändler krank meldete.

Nur mühsam hatte ich Holmes am Vorabend davon abhalten können, die Steinmetzwerkstatt aufzusuchen. Mein Hinweis auf die Trauerfeier schien ihn nicht überzeugt zu haben, aber er hatte schließlich nachgegeben.

Ich ärgerte mich etwas darüber, dass meine Frau unbedingt eine Verwandte besuchten wollte, weshalb sie mich nicht begleiten konnte. Dies hätte den Besuch bei meinem Schwager weit weniger peinlich gemacht.

Giovanna öffnete die Tür. Sie schaute mich mürrisch an. Der Blick meines Schwagers ließ mich einen Augenblick lang befürchten, dass er mich des Hauses verweisen könnte. Ich murmelte eine Ausrede vor mich hin, aber mir war klar, dass es in den Augen der Familie Boldoni keine Entschuldigung dafür geben konnte, dass ich mich direkt nach der Beerdigung abgesetzt hatte. Da man mich nicht in die Wohnung einlud, nahm ich in der Werkstatt platz.

Um 9.30 Uhr läutete endlich die Türglocke. Hoffentlich ist dies nicht der Briefträger, dachte ich, aber ich hatte Glück. Es war Holmes.

»Ich würde gern mit Giovanna sprechen«, sagte er zu Vittoria, die seinen Hut in Empfang nahm.

Ich ging Holmes entgegen.

»Ich dachte, Sie würden heute mal wieder arbeiten«, sagte er, als er mich erblickte.

»Ich habe mich krank gemeldet, um dem bevorstehenden Finale beizuwohnen.«

Giovanna schlurfte mit schleppenden Schritten in den Raum. Sie war noch blasser als bei der Beerdigung, soweit dies überhaupt möglich war.

»Sie brauchen sich gar nicht erst die Mühe zu machen, mir Crostini toscani oder Tagioli all'Uccelletto anzubieten, um mich abzulenken«, sagte Holmes nicht unfreundlich.

Giovanna starrte ihn mit weit aufgerissenen Augen an. Dann stieß sie einen lautlosen Seufzer aus.

»Ich konnte mich in den letzten Tages des Verdachts nicht erwehren, dass Sie mich von meinen Untersuchungen ablenken wollten. Dafür gibt es eigentlich nur eine Erklärung: Sie besitzen genauere Informationen über den Tod Ihres Herren, als sie bisher zugegeben haben.«

»Sie glauben doch wohl nicht, dass Giovanna damit etwas zu tun hat!«, sagte Vittoria völlig konsterniert. Ich fragte mich, ob es wirklich ein Zufall war, dass Vittoria stets im Nachbarraum putzte, wenn Holmes zu Besuch war.

Andrea kam herein. Er schien wütend zu sein.

Holmes musterte ihn. »Da Sie sich schon die Mühe gemacht haben, ihre Werkstatt zu verlassen, habe ich auch an Sie eine Frage: Können Sie mir erklären, wie eine gewisse Büste von Mino de Fiesole in die Villa Hopper gelangt ist und warum Ihr Vater Sie dort versteckt hat?«

Es war unübersehbar, dass Andrea schockiert war. »Sie haben sie doch nicht etwa gefunden?«, entfuhr es ihm. »Wo ist sie jetzt?«

»In meinem Zimmer bei der braven Signora Rossi, die sie bestimmt nicht meistbietend versteigern wird. Wenn ich

Ihnen helfen soll, die Büste heimlich in den Bargello zurückzubringen, benötige ich mehr Informationen.«

Andrea atmete erleichtert auf. »Mein Vater war kein Dieb«, beteuerte er.

Holmes machte eine einladende Handbewegung, und Andrea begann zu erzählen: »Bei seinen zahlreichen Besuchen im Bargello hatte mein Vater sich mit einem der Wärter angefreundet. Giorgio, so hieß er, behauptete eines Tages, ein wahrer Kunstkenner würde mit einem Blick den Unterschied zwischen einer Kopie und einem Original erkennen. Mein Vater fühlte sich natürlich in seiner Berufsehre gekränkt. Leider war er Zeit seines Lebens leidenschaftlich der Wetterei verfallen. So hatte er die unglückliche Idee, mit Giorgio zu wetten, dass es niemand bemerken würde, wenn statt des Minos eine von meinem Vater angefertigte Kopie im Bargello stünde. An einem Dienstag, als das Museum geschlossen war, tauschte Giorgio heimlich die Büsten aus. Leider weihte mein Vater mich nicht ein, und so habe ich aus Versehen das Original an Hopper verkauft, als mein Vater im Steinbuch war. Ich hatte die Büste im Schrank gefunden und gedacht, sie sei durch ein Versehen dorthin gelangt.«

Holmes sah ihn skeptisch an. »Und warum haben Sie den Händler nicht einfach über den Irrtum aufgeklärt?«

Andrea lachte freudlos. »Sie kennen Hopper nicht so gut, wie ich ihn kenne. Er hätte für sein Schweigen Geld verlangt. Wir haben ihm sogar zugetraut, dass er sich weigern könnte, das Original wieder herauszurücken.«

Holmes nickte langsam. »Als Ihr Vater vorgab, dem Maurer helfen zu wollen, war dies also nur ein Vorwand, um die Villa des Kunsthändlers betreten zu können?«

Andrea dachte einen Augenblick lang nach. »Ja und nein. Sein Freund hat ihn tatsächlich um Hilfe gebeten, aber mein

Vater hat nicht zuletzt deshalb zugesagt, weil er hoffte, die Büste zu finden. Er hatte allerdings nicht damit gerechnet, dass die Villa bewacht war wie der Tresorraum einer Bank.«

»War er wirklich nie zuvor in der Villa Hopper gewesen?«, unterbrach ihn Holmes.

Andrea machte eine wegwerfende Handbewegung. »Natürlich nicht! Wo denken Sie hin? Für Hopper waren wir doch nur Dienstboten! Leute wie uns empfängt er nicht.«

Ich bezweifelte dies, äußerte aber meine Bedenken nicht.

»Und wer hat den Spuk veranstaltet?«, fragte Holmes.

»Vittoria, unser Hausmädchen, ist mit einem der Diener Hoppers verlobt. Wir haben ihm dafür Geld gegeben, dass er versucht hat, Hopper aus seiner Villa zu vertreiben.«

»Jetzt wissen wir wenigstens, wer Hopper meinen Besuch angekündigt hat«, sagte Holmes zu mir.

»Es spricht für die Kunst Ihres Vaters, dass niemand den Austausch bemerkt hat. Er hat also seine Wette mit Bravour gewonnen. Es bleibt nur noch eine Sache zu klären: die genaueren Umstände seines Todes, und darüber würde ich gern mit Giovanna sprechen.«

Ich traute meinen Ohren nicht.

»Quälen Sie Giovanna nicht«, sagte Andrea mit leiser Stimme. »Sie macht sich schon genug Vorwürfe.«

Giovanna bracht in Tränen aus.

»Es war ein Fehler, meine Schwester nicht ins Vertrauen gezogen zu haben«, gab Andrea zu und sah mich an. »Dann hätte mein Schwager keinen Außenstehenden hinzugezogen.«

»In diesem Fall wäre die Büste für immer verloren gewesen!«, protestierte ich. »Du hattest doch keine Ahnung, wo sie versteckt war. Über kurz oder lang hätte Hopper sie gefunden und ins Ausland verkauft.«

Ich glaube nicht, dass ich Andrea überzeugt hatte, denn er beäugte mich noch immer mit finsteren Blicken.

»Ich bin nicht der Handlanger der italienischen Polizei«, versicherte Holmes. »Mister Tristram hat mich konsultiert. Also vertrete ich seine Interessen. In gewisser Weise betrachte ich mich als Anwalt Ihrer Familie.« Holmes schaute Giovanna in die Augen.

Unter seinen scharfen Blicken geriet die alte Haushälterin sichtbar in Verlegenheit.

»Also seien Sie so freundlich, mir zu berichten, was sich an jenem Morgen in der Werkstatt zugetragen hat.« Seine Stimme erlaubte keinen Widerspruch.

Wieder brach Giovanna in Tränen aus, aber sie begann zu erzählen: »Als Maestro Boldoni am Vorabend des schrecklichen Tages aus der Stadt zurückkam, war er außer sich vor Wut, aber er erzählte niemanden, was vorgefallen war. Am nächsten Tag läutete es in aller Herrgottsfrühe bei uns Sturm. Ich öffnete die Tür. Draußen stand Giorgio, der Wärter aus dem Bargello. Er war völlig außer Atem. ›Ich weiß nicht, ob der Meister schon aufgestanden ist‹, sagte ich zu ihm. Ich wunderte mich sehr über sein Verhalten, denn gewöhnlich ist er ein zurückhaltender Mann. ›Im Zweifelsfall musst du ihn wecken‹, fuhr Giorgio mich an. Irritiert fragte ich mich, was ihm über die Leber gelaufen war. ›Ich komme nur schnell vor der Arbeit vorbei‹, fügte der Wärter etwas freundlicher hinzu, ›ich habe also leider nicht viel Zeit, aber ich muss unbedingt mit Lorenzo sprechen. Es ist wirklich sehr dringend.‹ ›Schon gut, Giovanna‹, hörte ich den Meister aus dem Nachbarraum rufen. ›Du kannst ihn reinlassen. Ich bin schon bei der Arbeit.‹ ›Was ist denn so dringend, dass es nicht hätte bis heute Abend warten können?‹ hörte ich den Meister fragen, als ich die Tür öffnete. Ohne zu antworten trat Giorgio ein und schloss die Tür hinter sich. Ich weiß, dass es sich nicht gehört, an der Tür zu lauschen, aber ich wollte endlich wissen, was den Meister so beunruhigte. Glücklicherweise hat Giorgio eine laute Stimme. Wahrscheinlich braucht er diese, um im Bargello die Fremden zurechtzuweisen. ›Hast du die Büste gefunden?‹, fragte er. ›Übernächste Woche will der Oberkustos die Inventarnummern überprüfen. Bis dann muss der Mino zurück sein, sonst komme ich in Teufels Küche. Ich kann es noch immer nicht fassen, dass er aus deinem Haus verschwunden ist!‹ ›Bis dahin habe ich die Angelegenheit bereinigt‹, versprach Maestro Boldoni. ›Ich habe sowieso noch ein Hühnchen mit Mortimer Hopper zu rupfen! Mir ist heute etwas Ungeheuerliches zu Ohren gekommen! Ich kann es noch immer nicht fassen: Signor Hopper hat einige meiner Büsten als Originale verkauft. Angeblich hat er es sogar geschafft, dem Kensington-Museum in London Werke von meiner Hand unterzuschieben.‹ Ich hörte Schritte. Der Meister ging offensichtlich im Raum auf und ab wie ein eingesperrtes Tier. ›Wenigstens soll er mich an seinem Gewinn beteiligen!‹, rief er dann so laut aus, dass es die Nachbarn gehört haben müssen. ›Mich speist er mit einem Hungerlohn ab, und dann verkauft er meine Skulpturen für das mindestens Zehnfache weiter! Ich habe ihn nie leiden können, aber eine derartige Gemeinheit habe ich selbst dem aalglatten Mortimer Hopper nicht zugetraut!‹ ›Mich verblüfft es nicht im Mindesten‹, erwiderte Giorgio, ›aber ich kann nicht länger hier bleiben. Ich muss zur Arbeit. Sonst kriege ich den Ärger schon heute und nicht erst in zwei Wochen.‹ Signor Boldoni begleitete Giorgio selbst zu Tür. Dann stürmte er an mir vorbei die Treppe hoch, die zur Wohnung führt. Kurze Zeit später stieg er die Stufen langsam wieder hinab. Seine Ruhe war noch schrecklicher als seine

Zornausbrüche. In der Hand hielt er die Pistole, die er seit einiger Zeit unter seinem Kopfkissen versteckt hatte. Ich weiß, dass mich all dies eigentlich nichts anging, aber die Szene, deren unfreiwilliger Zeuge ich geworden war, hatte mir schreckliche Angst gemacht. ›Maestro Boldoni!‹, habe ich also ausgerufen. ›Was um der Heiligen Jungfrau willen haben Sie vor?‹ ›Ich bringe Mortimer Hopper um‹, antwortete er, mit vor Zorn bebender Stimme. ›Stürzen Sie sich und Ihre Familie nicht ins Unglück‹, flehte ich ihn an. ›Das ist dieser Betrüger doch gar nicht wert!‹ Er antwortete nicht. Ich wollte ihm in den Arm fallen. Er wich mir aus, und dabei löste sich ein Schuss aus der Pistole. Ich wusste nicht, dass sie geladen war. Maestro Boldoni stieß einen leisen Schrei aus und brach zusammen.«

»Dann handelte es sich also um einen Unfall«, sagte Holmes sachlich. »Ich hatte mir schon so etwas gedacht.«

Ich fragte mich verärgert, warum ich immer als Letzter erfuhr, was um mich herum vorging. »Und du hast das von Anfang an gewusst?«, fuhr ich also meinen Schwager an.

Andrea schüttelte den Kopf. »Nein, natürlich nicht. Sonst hätte ich verhindert, dass Mister Baker Radcliffe … Trotzdem: Ich hatte von Anfang an kein gutes Gefühl dabei, einen Fremden in Dingen herumschnüffeln zu lassen, die nur unsere Familie etwas angehen. Giovanna hat es mir erst gestern gestanden. Sie war halb krank vor Angst, ahnte aber, dass der englische Ermittler ihr bereits auf die Schliche gekommen war.«

Ich musste all dies erst einmal verdauen. Nachdenklich sah ich Holmes an. »Was hat Sie eigentlich auf die Idee gebracht, dass Giovanna in die Sache verwickelt war?«

Holmes nickte lächelnd. Ein noch größeres Vergnügen als das Lösen von Rätseln bereitete es ihm, seine Mitmenschen zu deklassieren. Er hätte es uns nie verziehen, wenn wir ihn der Möglichkeit beraubt hätten, seine brillanten Beweisketten in aller Ruhe aufzufädeln. »Es ist meine Überzeugung, dass, wenn man das Unmögliche ausgeschlossen hat, das was übrig bleibt, die Wahrheit sein muss. In diesem Fall stimmten alle Zeugenaussagen darin überein, dass Giovanna das einzige Mitglied des Haushalts war, das sich zur fraglichen Zeit im Haus aufhielt. Bei unserer ersten Begegnung sagte Mister Tristram, Giovannas altersbedingte Schwerhörigkeit sei die Ursache dafür, dass sie den Schuss nicht gehört habe. Um diese Behauptung zu überprüften, habe ich mich, als ich bei Ihnen bewirtet wurde, über den Tisch hinweg nach dem Huhn erkundigt. Trotz des Stimmengewirrs antwortete die Haushälterin ohne zu zögern. Es war also völlig ausgeschlossen, dass sie den lauten Schuss überhört hatte. Die einzige Erklärung dafür war, dass sie etwas zu verbergen hatte.«

»Wussten Sie auch vom Besuch des Kustos?«, fragte ich.

Holmes lachte. »Natürlich war mir die Identität des Besuchers unbekannt, aber die Tatsache, dass der Geselle die Tür unverschlossen vorgefunden hatte, war ein untrüglicher Hinweis darauf, dass Pietro an diesem Morgen nicht der Erste war, der dieses Portal durchschritten hatte.«

Einen Augenblick herrschte Schweigen.

»Dann möchte ich Ihre wertvolle Zeit nicht über Gebühr in Anspruch nehmen«, sagte Holmes schließlich und holte seinen Hut von der Garderobe.

»Ihr Pass ist fertig, Signor Sigerson«, rief Andrea ihm nach, »aber Antonio benötigt noch eine Fotografie von Ihnen. Das Beste wird sein, Sie bringen sie ihm persönlich. Er wohnt auf der anderen Seite der Piazza, Hausnummer 13. Das ist in Italien übrigens eine Glückszahl.«

8. Die Aldehyde

Die Erzählung Giovannas hatte mich derart erschüttert, dass ich Holmes kampflos gehen ließ, zumal ich innerlich nicht auf seinen abrupten Aufbruch vorbereitet war.

Dies bereute ich jedoch augenblicklich. Trotz der schrecklichen Dinge, die in der letzten Stunde aufgedeckt worden waren, bedauerte ich, dass meine Zusammenarbeit mit Sherlock Holmes nun zu Ende war. Ich hatte den Wunsch, ein letztes Mal mit ihm zu sprechen, aber leider fehlten mir der Mut und ein geeigneter Vorwand, um ihn bei seiner Wirtin aufzusuchen. Da es in einer Stadt von dieser Größe unwahrscheinlich war, einem Eigenbrötler wie Holmes ein zweites Mal zufällig über den Weg zu laufen, überlegte ich, wie ich dem Zufall nachhelfen konnte, zumal ich befürchtete, dass Holmes bald abreisen würde. Mir kam die Idee, ihm im Café Rasmofsky aufzulauern, aber erstens zeigte mir ein Blick in meine Börse, dass dieses Vergnügen zu teuer für mich war, und zweitens lief ich dort Gefahr, meinem Arbeitgeber zu begegnen, der ein Stammkunde des Hauses war. Ich wollte ihm keinesfalls den Eindruck vermitteln, mein Gehalt sei zu hoch.

Plötzlich erinnerte ich mich an den Chemieprofessor, den Mortimer Hopper erwähnt hatte. Ich überflog die Veranstaltungshinweise der lokalen Presse und fand heraus, dass Professor Schiff am Abend desselben Tages einen Vortrag über Aldehyde halten würde. Wie ich später erfuhr, war er eine der weltweit führenden Autoritäten auf diesem Gebiet, was man leider von mir nicht behaupten konnte. Trotzdem wollte ich unter den Zuhörern nach Holmes Ausschau halten, für den die Aldehyde sicherlich alte Hüte waren.

Abends machte ich mich also im fahlen Licht der Gaslaternen auf den Weg zum Museo di Scienze Naturali, das im Palazzo Castellani an der Piazza Giudici untergebracht war. Droschken und Fuhrwerke bewegten sich polternd durch die engen Straßen des historischen Stadtzentrums, und noch immer waren Scharen von Touristen unterwegs, aber nur wenige Passanten steuerten das Museum an.

Beim Betreten des repräsentativen Baus sah ich die charakteristische, hagere Silhouette von Sherlock Holmes, der die Treppe heruntergestiegen kam.

»Sie sehen ja schrecklich aus«, entfuhr es mir, als ich sein bleiches Gesicht aus der Nähe sah.

»Ich nehme an, Sie sind nicht gekommen, um mich zu untersuchen?«

Ich wusste nicht, was ich mit diesem Kommentar anfangen sollte.

»Ach, ich vergaß, dass Sie kein Arzt sind«, sagte Holmes, als er mein Erstaunen sah.

»Nein, ich bin ein Buchhändler.«

»Mit dem schönen Namen David Tristram«, sagt er, mehr zu sich selbst. »Ich wusste gar nicht, dass Sie sich für Chemie interessieren!«

Ich gab zu, dass mir Aldehyde, was auch immer sich hinter diesem hässlichen Wort verbergen mochte, herzlich gleichgütig waren. »Ich bin gekommen, weil ich gehofft habe, Sie hier anzutreffen.«

»Kennen Sie wenigstens die Sammlung des Museo di Scienze Naturali?«

Ich schüttelte den Kopf.

»Dann ist Ihnen etwas entgangen. Hier werden zahlreiche Gegenstände aus dem Nachlass Galileis ausgestellt. Dank meines heraldischen Steckenpferdes erkannte ich sofort das

Wappen von Galileis Förderer, Kardinal Maffeo Barberini, des späteren Papstes Urban VIII. Ich nehme an, es ist Ihnen geläufig?«

Ich dachte angestrengt nach, und in einer überfüllten Kiste meines Gedächtnisses wurde ich fündig. »Bienen, im Wappen der Barberini sind Bienen, oder?«

»Ja, die Barberini führen Bienen im Wappen. Urban VIII. interpretierte die drei Bienen als Symbole für Arbeit, Sparsamkeit und Süße.«

»Tatsächlich«, sagte ich etwas mechanisch, denn ich fragte mich, worauf Holmes hinauswollte.

»Interessieren Sie sich für Bienen?«, wollte er wissen.

Langsam wurde ich ungeduldig. Zwar hatte ich längst erkannt, dass Holmes sich nicht drängen ließ – er wartete mit seinen Enthüllungen bis sie besonders effektvoll waren, aber diese Verzögerungstaktik brachte mich immer wieder zur Weißglut.

»Nicht im Mindesten, und ich wundere mich, dass Sie es tun. Eine geknechtete Masse von weiblichen Arbeitern, regiert von einer absolutistischen Königin, die als einzige Frau ihres Volkes fruchtbar ist. Das Schicksal der Männer dieser Spezies ist noch viel unerfreulicher. Man entledigt sich ihrer, wenn sie ihre Pflicht bei der Fortpflanzung getan haben. Würde Ihnen ein derartiges Dasein gefallen?« Holmes zog eine Augenbraue hoch. »Ich habe nicht gefragt, ob Sie gern eine Biene wären, sondern, ob Sie sich für die Imkerei interessieren. Meiner Meinung nach ist sie ein höchst reizvolles Steckenpferd, dass sich zudem gut mit einer meiner anderen Passionen verbinden lässt, mit dem Pfeiferauchen.«

»Ach so«, erwiderte ich, »jetzt verstehe ich: Es macht Ihnen Spaß, Bienen mit Rauch zu quälen! In diesem Wunsch zeigt sich wieder einmal Ihre Frauenfeindlichkeit, die mich schon immer befremdet hat. Außerdem ist mir noch immer unklar, worauf Sie hinaus wollen! Sie wollen mir doch irgendetwas durch die Biene mitteilen?«

Holmes machte eine Kunstpause. »Die Bienen riefen mir ins Gedächtnis, dass ich das Studium der Natur erhellender finde als das der Menschen«, fuhr er fort. »Ich fühlte mich aber auch an die Produktion Ihres verstorbenen Schwiegervaters erinnert. Zuerst sind alle Bienenlarven gleich. Nur die spezielle Nahrung, mit der eine einzelne Larve versorgt wird, der sogenannte Gelee Royale, verwandelt sie in die Königin. Die anderen sind identisch, wie die Büsten der Firma Boldoni. Unmöglich die Grenze zwischen Original und Kopie zu ziehen. Irgendwie kann ich mich des Verdachts nicht erwehren, dass Ihr Schwiegervater ein sehr fähiger Kunstfälscher war. Wahrscheinlich waren Sie der Einzige, der dies nicht wusste, und deshalb haben Sie versehentlich in dieses Nest gestochen und mich um Hilfe gebeten.«

Zwar glaube ich bis auf den heutigen Tag, dass Lorenzo Boldoni tatsächlich nicht wusste, dass Hopper seine Büsten als Originale verkauft hatte, aber auch in mir nagte der Zweifel. Hatte mein Schwiegervater vielleicht selbst seine Skulpturen als Originale verkauft? War sein Zorn weniger moralische Entrüstung als Ärger über den entgangenen Gewinn gewesen? Ich würde es nie mit letzter Gewissheit erfahren.

Es gab aber noch etwas, das mein Gerechtigkeitsgefühl verletzte. Es provozierte mich, dass der aalglatte Kunsthändler ungeschoren davonkommen sollte. »Warum legen wir nicht wenigstens diesem Mister Mortimer Hopper das Handwerk?«, fragte ich also. »Soll er weiterhin den Markt mit Fälschungen überschwemmen?«

Holmes schüttelte den Kopf. »Wie ich bereits sagte, bin ich nicht der Handlanger der italienischen Polizei. Außerdem war wohl Ihr Schwiegervater der einzige Bildhauer seiner Werkstatt, der imstande war, Skulpturen zu schaffen, die den Originalen ebenbürtig sind. Jetzt wo er tot ist, wird der Strom von Fälschungen wohl austrocknen. Daher sehe ich keine Veranlassung, Ihre Familie in eine unschöne Untersuchung hineinzuziehen, die dem guten Ruf Ihres Schwiegervaters schaden würde.«

»So habe ich die Sache noch nicht gesehen«, musste ich zugeben, »aber Giovanna hat doch gesagt, er sei wütend darüber gewesen, dass Hopper seine Werke als Originale verkauft hat.«

Holmes schüttelte den Kopf. »Dafür gibt es keinen Zeugen. Der Staatsanwalt könnte auch vermuten, Ihr Schwiegervater habe nur einen größeren Anteil verlangen wollen und die treue Haushälterin habe versucht, dies zu beschönigen.«

Ich schluckte. Irgendwie war alles schief gegangen. »Es tut mir leid, dass ich Sie auf der Post angesprochen habe. Eigentlich habe ich nur Schaden angerichtet.«

Holmes lachte. »Sie müssen sich nicht entschuldigen. Im Grunde genommen habe ich auf eine Aufgabe gewartet, denn nichts ist meinem Geist so zuwider wie der Stillstand. Ich habe mich bereits gefragt, ob es schon Todesfälle aus bloßer Lethargie gegeben hat.«

»Man hat Sie nicht einmal bezahlt«, erwiderte ich und verfluchte mein niedriges Einkommen.

»Ich finde meine Bezahlung in den interessanten Erfahrungen, die ich in Florenz gemacht habe.« Holmes holte ein patiniertes Dokument aus seiner Tasche. »Vergessen Sie außerdem nicht den Pass! Er ist das Werk eines Meisters seiner Zunft. Richten Sie Ihrem Schwager meine Komplimente aus, denn er hat mir ein neues Leben geschenkt. Vor Ihnen steht nun der norwegische Forschungsreisende Sven Sigerson.«

9. Die Kopie

Als ich am nächsten Morgen aufwachte, klangen mir diese Worte noch immer im Ohr. Sie hörten sich nach einem Abschied für immer an, aber es kam völlig anders.

Ich blätterte gerade lustlos in einem dicken Buch über Erbrecht, als sich am späten Vormittag die massige Gestalt meines Schwagers durch die Tür der Libreria Niccoló Machiavelli schob. Auch wenn Andrea weniger blass gewesen wäre, hätte ich sofort gewusst, dass etwas passiert sein musste, denn was hatte mein Schwager in einer Fachbuchhandlung für juristische Bücher verloren? Er nahm sich in diesem Ambiente aus wie ein Mohammedaner in einer Taverne.

»Was um Gottes willen ist los?«, fragte ich also.

Glücklicherweise befand sich kein Kunde im Laden, was zugegebenermaßen in der Libreria Niccoló Machiavelli kein ungewöhnliches Ereignis war.

»Bei der Büste handelt sich schon wieder um eine Kopie«, meinte Andrea mit der Stimme eines Mannes, der selbst kaum glauben konnte, was er sagte.

»Ich bin sicher, dass es das Original war«, entfuhr es mir, »ich habe mit eigenen Augen die Inventarnummer auf der Rückseite gesehen.«

Andrea verzog das Gesicht zu einer Grimasse. »Der Kopf, den Giorgio bei dieser Signora Rossi abholen sollte, besitzt nicht nur keine Inventarnummer, sondern es handelt sich um eine unterdurchschnittliche Kopie. Ich will nicht ausschließen, dass ich selbst sie auf dem Gewissen habe.«

Einen Augenblick lang herrschte Schweigen, denn ich musste die Neuigkeit erst einmal verdauen. Zuerst war ich geschockt, dann sprang mich die Erkenntnis förmlich an: Diese unerwartete Wendung bot mir die Gelegenheit, nochmals mit Holmes zusammenzuarbeiten. Ich gestehe, dass ich die Statue selbst gestohlen hätte, wenn mir eingefallen wäre, dass es diese Konsequenz haben würde.

»Ich entnehme deinen Worten, dass du noch nicht mit Holmes gesprochen hast?«, fragte ich und bemühte mich, nicht zu gut gelaunt zu klingen.

»Mit wem?«

»Ach, ich war in Gedanken woanders. Ich meinte natürlich Mister Baker Radcliffe.«

»Herrn Sigerson?«, fragte Andrea, und ich fragte mich erstmals, seit ich ihn kannte, ob mein Schwager so etwas wie Humor besaß.

Ich nickte wortlos.

»Nein, er war außer Haus, als Giorgio die Büste abholen wollte.«

Ich sah mich vergeblich nach einem leeren Zettel um. »Ich schreibe Herrn Baker Radcliffe einen Brief, in dem ich ihm mitteile, was vorgefallen ist. Wir sparen viel Zeit, wenn du ihn bei seiner Wirtin abgibst. Wenn wir Glück haben, erwischt du ihn doch noch persönlich. Er geht morgens oft sehr früh aus, kehrt aber häufig gegen Mittag wieder zurück.«

»Kannst du nicht…«, druckste Andrea.

»Nein«, unterbrach ich ihn. »Ich kann nicht schon wieder behaupten krank zu sein! Ich möchte meinen Arbeitsplatz nicht verlieren.«

Andrea schüttelte den Kopf, sehr langsam wie alles, was er tat. »Ich habe mit Violetta gesprochen. Jetzt, wo sie ein mittleres Vermögen geerbt hat, hast du es nicht mehr nötig, deine Zeit in dieser Buchhandlung zu verschwenden und schon gar nicht für einen Hungerlohn, der gerade für die Miete eurer heruntergekommenen Wohnung reicht. Der Engländer hatte recht: Du solltest lieber in unserer Firma mitarbeiten. Du kannst den Vertrieb übernehmen. Vielleicht können wir dann irgendwann völlig auf Mortimer Hopper verzichten.«

Dieser Vorschlag kam so unerwartet, dass ich überrumpelt war. Doch sofort kam mir eine Idee, die ich noch attraktiver fand. »Lieber würde ich eine eigene Buchhandlung betreiben! An mir bleibt doch hier sowieso die ganze Arbeit hängen. Ich weiß kaum noch, wie der Besitzer dieses Ladens aussieht, so selten, wie er sich die Ehre gibt, sich hier blicken zu lassen! Er spielt im Café Rasmofsky den Gentleman, und ich soll ihm das Geld dazu erwirtschaften.«

Andrea schaute sich schlecht gelaunt in dem leeren Laden um. Man musste nicht Sherlock Holmes sein, um zu wissen, was in ihm vorging. Erstens hielt er mich für einen Erpresser, und zweitens registrierte er, dass diese Buchhandlung nicht gerade eine Goldgrube war. Irgendwo musste ich überzeugendere Argumente finden.

»Natürlich keine Buchhandlung mit Büchern, für die sich niemand interessiert. Mir schwebt eher eine Kunstbuchhandlung vor. Dort könnte ich auch gut Werbung für eure Werkstatt machen.«

Andrea starrte mich finster an. »Wir werden sehen«, antwortete er, und dies klang entschieden nach *nein*. »Aber momentan haben wir andere Probleme. Du musst unbedingt diese verdammte Büste aufspüren. Ich zahle dir dafür das Doppelte deines normalen Lohnes, plus Spesen.«

Ich war wie elektrisiert. Die Sache entwickelte sich besser, als ich in meinen kühnsten Träumen gehofft hätte. Ich schrieb eine kurze Nachricht auf einen Bestellschein und überreichte ihn Andrea. »Ich weiß, dass du nicht mein Botenjunge bist, aber mit der Post dauert es einen Tag länger.«

Andrea nickte.

Kaum war mein Schwager gegangen, als sich die Ladentür erneut öffnete. Ein eiskalter Schauer durchfuhr mich. Hoffentlich war das nicht der Buchhändler! Ihn konnte ich momentan gar nicht gebrauchen! Wieso kreuzte er ausgerechnet jetzt hier auf? Er ließ sich doch auch sonst tagelang nicht blicken!

Dann atmete ich wieder auf, denn es war doch nicht mein Arbeitgeber, sondern nur ein älterer Stammkunde, der wahrscheinlich nur deshalb ab und zu ein juristisches Buch erwarb, weil er wusste, dass er hier einen Zuhörer für seine Kriegserlebnisse fand, der nicht flüchten konnte. Das Verhängnis nahm seinen Lauf.

Der Veteran war gerade dabei, im Alleingang die Lombardei von den Österreichern zu befreien, als Andrea schwer atmend zurückkam. Offensichtlich war er gerannt.

»Ich habe mit Mister Baker Radcliffe gesprochen! Er erwartet dich im Café Rasmofsky.«

Wie gut, dass Andrea die Spesen übernahm! So hatte auch das Café mit dem unaussprechlichen Namen seinen Schrecken verloren! In diesem Augenblick war es mir sogar gleichgültig, ob ich meinem Arbeitgeber dort begegnete, aber trotzdem konnte ich natürlich seine Buchhandlung nicht einfach schließen. »Dann musst du aber bis zur Mittagspause den Laden hüten«, sagte ich, wohl wissend, dass ich Andrea dem Veteranen zum Fraß vorwarf. »Die Preise stehen in den Büchern. Du kannst eigentlich nichts falsch machen.«

Andrea nickte resigniert. Ich versprach, für die nächste Woche Urlaub zu nehmen.

»Und für heute Nachmittag schicke ich den Lehrling in die Buchhandlung«, brummte mein Schwager.

»Ausgezeichnete Idee«, erwiderte ich und verschwand, bevor Andrea es sich anders überlegen konnte. Der Veteran machte keinerlei Anstalten es mir gleichzutun.

Wenige Minuten später hatte ich die kurze Wegstrecke zur Piazza Vittorio Emanuele II hinter mich gebracht.

»Dieser Fall entwickelt sich zu einem wahren Albtraum«, sage ich zu Holmes und ließ mich in einen bequemen Sessel fallen. Er stand an demselben Tisch, an dem wir bereits an dem ersten Tag unserer Bekanntschaft gesessen hatten.

»Mir ist klar, dass ich Ihren Schwager nicht im Stich lassen kann«, sagte Holmes. »Es war ein unverzeihlicher Fehler, die Büste unbeaufsichtigt bei Signora Rossi zurückgelassen zu haben. Sie ist selbst so ehrlich, dass sie auch anderen nichts Böses zutraut. Also hat sie die Diebe hereingelassen, ohne groß nachzufragen. Falls ich die Sache richtig rekonstruiert habe, hat sich Folgendes ereignet: Während ich gestern Abend in die faszinierende Welt der Aldehyde eingetaucht bin, hat ein Mann bei Signora Rossi geläutet, der sich als Andrea Boldoni vorgestellt hat. Er war in Begleitung eines Komplizen, der als Kustos des Bargello auftrat. Sie sagten, dass sie im Schutze der Nacht die Büsten austauschen wollten. Die gute Signora hat die beiden Schurken gewähren lassen. Als ich zurückkam, war sie bereits zu Bett gegangen. Also erfuhr ich erst heute, was vorgefallen war.«

»Mortimer Hopper!«, rief ich aus.

»Dies war auch meine erste Idee, aber die Täter waren Italiener. Sie können natürlich im Auftrag Hoppers gehandelt haben, aber das können wir nicht beweisen.«

Ein schrecklicher Verdacht stieg in mir auf. »Kann es sein, dass Andrea die Büste gestohlen hat? Und jetzt spielt er das Unschuldslamm!«

»Trauen Sie Ihrem Schwager dies zu?«, fragte Holmes. In seiner Stimme mischten sich Befremden und Amüsement.

»Nicht so recht, aber ich habe ein tief sitzendes Misstrauen gegen schweigsame Menschen.«

Holmes schüttelte lachend den Kopf. »Signora Rossi hätte ihn wiedererkannt, als er heute bei ihr vorbeigeschaut hat. Außerdem war keiner der beiden Täter übergewichtig. Vor allem aber ist Andrea Boldoni kein kaltblütiger Verbrecher, der einen Ermittler auf sich selbst ansetzt.« Holmes holte eine Banknote aus der Tasche und präsentierte sie, als ob es sich um ein Beweisstück handelte. »Ihr mürrischer Schwager war völlig verwandelt. Er hat mir nicht nur einen Vorschuss angeboten, sondern er hat ihn mir förmlich aufgezwungen.«

»Auch mir gegenüber hat sich Andrea von einer vorher unbekannten Großzügigkeit gezeigt«, gab ich zu, erwähnte aber nicht, dass ich bisher das ungute Gefühl gehabt hatte, dass mich mein Schwager für einen Mitgiftjäger und Erbschleicher hielt.

Einen Augenblick lang herrschte Schweigen.

»Es freut mich, dass Andrea Boldoni Ihnen gegenüber nicht knauserig war«, sagte Holmes schließlich und zückte sein Notizzeug. »Dann verdienen Sie sich Ihren Lohn und beantworten Sie mir folgende Frage: Wer wusste, dass sich diese Büste in meinem Zimmer befand, außer Hopper und Andrea Boldoni natürlich?«

Es war eine Angewohnheit von Holmes, seine Assistenten Hypothesen aufstellen zu lassen, nur um diese dann mit einer Handbewegung vom Tisch zu fegen. Ob dies der Schulung meiner Beobachtungs- und Deduktionsgabe dienen sollte, oder ob er vor der Folie meiner Unzulänglichkeit das Licht seines eigenen Verstandes noch heller erstrahlen lassen wollte, vermochte ich nicht zu entscheiden.

Ich ließ innerlich die letzten Tage Revue passieren. »Der Butler des Kunsthändlers! Ich verwette Ihren Vorschuss und meine Spesen, dass er an der Tür gelauscht hat.«

»Davon ist auszugehen, aber wir suchen zwei Italiener«, korrigierte mich Holmes.

»Vielleicht hat er Komplizen unter den Dienern des Kunsthändlers. Ich traue diesem arroganten Knaben nicht über den Weg!«

Ich zögerte, weil ich eine Antwort erwartete, aber Holmes sah mich schweigend an. Offensichtlich sollte ich weitere Vorschläge machen. Ganz plötzlich kam mir ein Gedanke, der mir gar nicht gefiel. »Wir müssen auch die Hausangestellten und Mitarbeiter meines Schwagers überprüfen.«

»Und Ihre Frau«, fügte Holmes hinzu. »Auch sie hatte die Gelegenheit zur Tat gehabt.«

»Wie Sie selbst!«, konterte ich empört. »Außerdem sagten Sie doch, dass wir zwei Männer suchen.«

»Eine Frau kann sich als Mann verkleiden.«

Langsam ärgerte ich mich über diese Unterstellungen. »Und Sie selbst könnten als Italiener verkleidet wiedergekommen sein …«, sagte ich daher.

»Ich möchte Sie an den denkwürdigen Tag erinnern, an dem ich Ihre Bekanntschaft auf der Post gemacht habe. Wenn selbst Sie mir den Italiener nicht abgenommen haben, wie sollte ich dann eine Florentinerin getäuscht haben? Außerdem habe ich ein Alibi. Nach dem Vortrag habe ich noch ein Glas Wein mit Professor Schiff getrunken.«

»Es wird sich noch erweisen, ob dieses Alibi einer gründlichen Untersuchung standhält«, sagte ich scherzhaft. »Sie könnten sich während des Vortrags herausgeschlichen haben. Wie lange hat der Vortrag gedauert? Doch bestimmt mindestens eine Stunde. Dies hätte völlig ausgereicht, um die

Büste wegzuschaffen und trotzdem wieder im Vorlesungssaal zu sitzen, wenn das Licht angeht. Außerdem könnten Ihre Komplizen allein agiert haben, und Sie haben den Vortrag nur besucht, um sich ein Alibi zu verschaffen. Was sagen Sie zu ihrer Verteidigung?«

Holmes stopfte seine Pfeife. »Ich sehe, Sie sind doch kein völlig unbegabter Ermittler«, sagte er schließlich.

Aus seinem Munde war dies wohl als Kompliment aufzufassen. Dies machte mich so kühn, dass ich hinzufügte: »Signora Rossi ist ebenfalls eine Tatverdächtige.«

»Nein«, unterbrach mich Holmes. »Ich glaube, dass sie sich an die Weisung gehalten hat, nicht in meinen Sachen herumzuschnüffeln. Das Ergebnis der Spurensuche war ganz eindeutig: Mein Zimmer ist nicht durchsucht worden, sondern jemand hat zielstrebig das Objekt seiner Begierde aus dem Schrank geholt, Jemand, der wusste, wonach er suchte.«

»Und die Kinder der Signora Rossi? Vielleicht hat eines von ihnen die Büste zufällig gefunden.«

»Sie hat nur zwei Kinder: einen Sohn, der noch kurze Hosen trägt, und eine verheiratete Tochter in Volterra.«

»Haben Sie Signora Rossi bereits verhört?«, fragte ich erstaunt.

»Nein, das hat sie mir schon am ersten Abend erzählt. Signora Rossi ist eine sehr miteilungsfreudige Person.« Holmes warf mir einen kritischen Blick zu. »Ich habe Sie aufgefordert, logische Schlüsse zu ziehen, und nicht wahllos alle Personen aufzuzählen, die Ihnen einfallen. Die Täter oder ihr Auftraggeber wussten, dass eine wertvolle Büste in meinem Zimmer versteckt war. Außerdem hatten sie Zugang zu Kopien des verschwundenen Werks. Daher dürfte der Kreis der Verdächtigten auf den Kunsthändler und seine Diener sowie auf die Mitarbeiter der Firma Boldoni einzuengen sein.«

»Ich glaube, dass Hopper der Täter ist«, sagte ich, »denn ein gewöhnlicher Dieb hätte Schwierigkeiten, seine Beute zu verkaufen. Wenn er sie einem Kunsthändler anbietet, muss er erklären, wie das wertvolle Stück in seinen Besitz gelangt ist.«

Holmes machte eine wegwerfende Handbewegung. »Dies dürfte eine ganz einfache Übung sein. Er muss nur behaupten, dass es sich um alten Familienbesitz handelt.«

Ich konnte mich dieser Einschätzung nicht anschließen. »Dafür ist die Büste zu bekannt. Zumindest in Florenz würde sie jeder Händler wiedererkennen. Deshalb glaube ich auch, dass der Dieb versuchen wird, die Skulptur außerhalb der Stadt zu verkaufen.«

»Was nichts an der Tatsache ändern würde, dass jeder Kenner wüsste, dass es sich um ein gestohlenes Kunstwerk handelt«, erwiderte Holmes.

Ich musste zugeben, dass Holmes recht hatte.

»Wenn der Dieb intelligent ist, wird er nichts überstürzen«, sagte Holmes. »Er kann einen höheren Preis erzielen, wenn der Austausch publik wird, denn damit wäre der Beweis für die Echtheit der Büste erbracht. Auch auf dem Schwarzmarkt verlangen die Kunden einwandfreie Provenienzen.«

Ich ließ innerlich die potenziellen Täter Revue passieren. »Ich glaube ja, dass Hopper hinter dem Diebstahl steckt, aber was ist, wenn wir es mit keinem Profi zu tun haben? Wenn die Tat spontan begangen wurde und der Dieb sich erst nachher gefragt hat, wie er das gute Stück verscherbeln kann?«

Holmes sah mich nachdenklich an. Er schüttelte den Kopf. »Alle Anzeichen sprechen dafür, dass wir es mit einem erfahrenen Dieb zu tun haben. Dies macht ihn berechenbar.« Er schwieg einen Augenblick mit geschlossenen Augen, die Fingerspitzen aneinandergelegt. »Wohin würden Sie in Florenz gehen, um reichen Leuten zu begegnen?«, fragte er dann ganz unvermittelt.

»Die Pferderennen in Poggio a Caiano sind ein beliebter Treffpunkt der Müßiggänger, allerdings eher der Italiener als der Ausländer. Vielleicht würde ich mich daher für den Parco delle Cascine entscheiden, in dem ebenfalls Pferderennen stattfinden. Außerdem beherbergt der Park den Florentiner Golfplatz. Im vorletzten Jahr haben nämlich sportbegeisterte Mitglieder der britischen Kolonie den ›Florence Golf Club‹ gegründet.«

»Er wird sicher auch einen italienischen Namen haben?«, fragte Holmes leicht erstaunt.

»Nein, er heißt wirklich so, und er ist der älteste Golfclub Italiens, obwohl er erst zwei Jahre alt ist.«

»Wenigstens haben sich die okkulten Freunde Mortimer Hoppers die Mühe gemacht, ihrem Club einen italienischen Namen zu geben«, kommentierte Holmes.

»Vielleicht hätte Hopper besser dem Florence Golf Club beitreten sollen. Golfen ist besser für die Nerven als die Schatten der Vergangenheit zu beschwören.«

Mir kam der Geigenkasten in den Sinn, den ich bei Holmes gesehen hatte. Er brachte mich auf eine Idee. »Das Teatro della Pergola ist auch eine erste Adresse für Menschen, die viel Zeit und Geld haben.«

Holmes lachte lautlos. »Danke, Mister Tristram. Das waren einige sehr wertvolle Anregungen. Wir werden dem Dieb an einem dieser Orte eine Falle stellen.«

Ich war Feuer und Flamme. »Was haben Sie vor?«

»Ich werde einen reichen Sammler mimen, der für Kunstwerke jede Summe zu zahlen bereit ist und der es mit der Legalität nicht allzu genau nimmt. Aber zuerst suchen wir im Haus Ihres Schwagers nach der reiselustigen Statue.«

Das Frustrierende an den Gesprächen mit Holmes war, dass er Dinge vorschlug, die sich geradezu lächerlich einfach anhörten, aber die mir nicht in den Sinn kamen. »Und wenn der Wächter der Versuchung nicht widerstehen konnte?«, fragte ich vorsichtig.

Holmes schüttelte nachsichtig den Kopf und sah mich an wie ein Kind, dem man eine einfache Aufgabe zehnmal erklären muss. »Die Büste ist nicht einfach verschwunden, sie wurde durch eine Kopie aus Marmor ersetzt. Diese Kopie mag schlecht sein, aber sie ist trotzdem zu teuer für einen Wärter. Aber, um alle Eventualitäten auszuschließen, werde ich mich bei Hopper erkundigen, ob gestern ein Exemplar des gesuchten Typs verkauft wurde. Ihre Aufgabe wird es in der Zwischenzeit sein, Ihrem Schwager die gleiche Frage zu stellen. Außerdem müssen Sie ihn davon überzeugen, dass wir sein Haus sowie die Wohnungen seiner beiden Gesellen durchsuchen müssen.« Holmes betrachtete mich prüfend. »Sie haben eine Taschenuhr?« fragte er.

»Selbstverständlich«, antwortete ich. Wofür hielt er mich?

»Dann machen wir einen Zeitvergleich. Ich habe jetzt 10.30 Uhr.«

Der Minutenzeiger meiner Uhr zeigte auf fünfundzwanzig, und ich drehte ihn vor.

»In genau zwei Stunden treffen wir uns im Haus Ihres Schwagers.«

Ich nickte. Zwar degradierte Holmes mich schon wieder zur Hilfskraft, aber ich war dankbar, dass er mir wenigstens eine Aufgabe gab, so bescheiden sie auch sein mochte. Ich war es leid, nur immer staunend seinen Enthüllungen beizuwohnen.

10. Das leere Haus

Holmes traf zur vereinbarten Zeit im Haus der Boldoni ein. Er hatte in der Zwischenzeit herausgefunden, dass keine Kopie des gestohlenen Werkes in letzter Zeit verkauft worden war, weder von den Boldonis noch von einer der beiden Verkaufsstellen Hoppers.

»Und was haben Sie nun vor?«, fragte ich Holmes, als er mir dies mitgeteilt hatte.

»Nachsehen ob die gestohlene Büste im Lager versteckt ist«, antwortete er mit einem distinguierten Tonfall, der allenfalls knapp an der Arroganz vorbeiging.

Ein Blick genügte, um festzustellen, dass auf den Regalen bestimmt kein Original stand, denn – um es ganz höflich auszudrücken – der Qualitätsunterschied zu der Büste, die Holmes bei Hopper sichergestellt hatte, war beträchtlich.

»Haben Sie eigentlich Hopper darüber informiert, dass das Original verschwunden ist?«, fragte ich.

»Selbstverständlich nicht! Das ist eine absurde Idee. Ich habe vorgegeben, vielleicht doch eine Skulptur zum Vorzugspreise kaufen zu wollen. Natürlich habe ich Interesse an dem Mino geheuchelt und habe behauptet, dass ich mich kaum von dem auserlesen schönen Stück hätte trennen können. Hopper hat mir daraufhin eine mäßige Kopie des fraglichen Werkes angeboten, und ich habe einen halben Rückzieher gemacht. Ich habe betont, dass ich kein Werk besitzen wolle, das in jeder zweiten englischen Wohnung steht. Hopper hat dies weit von sich gewiesen. Mittels seiner Bücher hat er mir demonstriert, dass er dieses Jahr noch keine einzige Büste des Typs verkauft hat.«

»Das entlastet ihn nicht.«

»Nein«, sagte Holmes, »aber es entlastet den Museumswärter, der sonst einer der Tatverdächtigen wäre.«

»Dem traue ich trotzdem alles zu«, sagte Giovanna, die die Treppe heruntergekommen war, um uns zu Tisch zu rufen. »Wenn er den Meister nicht zu dieser leichtsinnigen Wette verleitet hätte, dann würde dieser sicher noch leben.«

Zu meinem Erstaunen ließ Holmes sich ohne jeden Protest einladen. Andrea schloss die Werkstatt ab, und die Gesellen gingen nach Hause, wo ihre Frauen oder Mütter sicher schon mit dem Zubereiten des Mittagsessens beschäftigt waren.

Wie immer, wenn Giovanna kochte, war die Mahlzeit köstlich. Sie bestand aus Insalata caprese als Vorspeise, Braten mit Gemüse als Hauptgang und frischem Obst als Nachtisch. Alle sprachen dem Dargebotenen reichlich zu. Nur Holmes rührte kaum etwas an. Wir tranken noch einen Kaffee und plauderten eine Weile. Ich fragte, worauf Holmes noch wartete, als er nach dem Mittagessen keine Anstalten machte aufzubrechen.

Die Gesellen kamen zurück, und Holmes wechselte einige Worte mit Paolo, dem zweiten Gesellen. Er war ein schlanker, junger Mann mit pechschwarzem, lockigem Haar und nervösen Augen.

»Ich habe nichts Ungewöhnliches bemerkt«, hörte ich ihn so erstaunt sagen, dass es fast echt klang.

Auch der Lehrling mimte den Ahnungslosen, aber ich glaubte den beiden kein Wort, denn ich war sicher, dass sich das Malheur in der Werkstatt herumgesprochen hatte.

Es läutete an der Haustür. Vittoria öffnete, und herein trat Signora Rossi, die sich offensichtlich ihr bestes Kleid angezogen hatte. »Bin ich hier richtig in der Bildhauerwerkstatt Boldoni?«, fragte sie mit einer Schüchternheit, die nicht recht zu ihrer pompösen Aufmachung passen wollte.

»Ja, kommen Sie nur herein, Signora«, sagte Vittoria.

Mir war klar, was Holmes bezweckte, und ich ärgerte mich, dass nicht ich es gewesen war, der vorgeschlagen hatte, es mit einer Gegenüberstellung von Signora Rossi und den Gesellen zu versuchen.

Holmes begleitete seine Wirtin in die Werkstatt.

»Signora Maddalena Rossi«, stellte Holmes vor.

»Es ist mir eine Ehre, Signora Rossi«, antwortete Andrea, der offensichtlich in den Plan eingeweiht war, denn schließlich kannte er mittlerweile die Witwe. »Schauen Sie sich nur in Ruhe um. Ich bin sicher, Sie werden etwas Passendes finden.«

Mein Schwager spielte seine Rolle besser als Signora Rossi, die nur äußerst zaghaft in die Werkstatt eintrat. Holmes und ich folgten. Mit schüchternem Gesichtsausdruck sich schaute Signora Rossi im Raum um.

Dann sagte sie ganz leise, nur für Andrea, Holmes und mich hörbar: »Es war ganz bestimmt keiner von ihnen« und laut: »Wenn ich es mir recht überlege, hätte ich für das Grab doch lieber einen Engel im modernen Stil. Führen Sie nichts dergleichen?«

»Nein, leider nicht, aber ich kann Ihnen eine Werkstatt nahe bei San Miniato empfehlen«, sagte Andrea und drückte der erstaunten Signora Rossi eine Visitenkarte in die Hand. »Sagen Sie Signor Alessandrini, dass ich Sie schicke; eine Höflichkeit unter Kollegen.«

Signora Rossi entschuldigte sich – wofür, wusste nur sie selbst – und verließ die Werkstatt so schnell, als hätte sie aus Versehen eine verrufene Spelunke betreten, in der sie nicht gesehen werden wollte.

»Ich habe dies erwartet, als ich bemerkte, dass keiner der Gesellen beim Anblick von Signora Rossi erschrak«, sagte Holmes leise zu mir.

Dann gab Andrea der Haushälterin und dem Hausmädchen den Auftrag, etwas zu besorgen. Ich entsinne mich nicht mehr daran, was es war, sondern nur noch daran, dass sie dafür halb Florenz durchqueren mussten, wodurch Holmes freie Hand erhalten hatte, die Stuben der beiden Frauen zu inspizieren, aber er fand keine Spur von der entwendeten Büste.

»Schade«, sagte er, als wir nachmittags bei einem Glas Tee in der Küche zusammen saßen, »aber es war den Versuch wert. Ich wäre nicht erstaunt gewesen, wenn ich in Vittorias Kammer fündig geworden wäre.«

Ich hatte mich schon darauf gefreut, die arroganten Diener des Kunsthändlers zu befragen, ihre Kammern zu durchwühlen und eine Spur der Verwüstung hinter mir zu lassen, aber leider konzentrierte Holmes weiterhin seine Aktivität auf das Haus meines Schwagers. Genauer gesagt, verbrachten wir mehrere Stunden damit, das ganze Gebäude vom Keller bis zum Dachboden zu untersuchen, wobei sich mein Anteil an der Arbeit auf das Halten der Petroleumlampe und das Reichen von Gegenständen wie Lupe und Pinsel beschränkte.

Es kam der Abend, und Holmes gab bekannt, dass er sich jetzt absolut sicher war, dass sich das Objekt unserer Begierde nicht in dem Haus an der Piazza Santa Croce befand.

»Sie werden also morgen nicht wiederkommen?«, fragte Andrea, und in seinem Gesicht spiegelten sich die unterschiedlichsten Gefühle: Enttäuschung, dass dieser Albtraum noch immer nicht zu Ende war, aber auch Erleichterung darüber, dass kein Mitglied seines Haushalts in die Tat verwickelt war.

»Nein«, erwiderte Holmes. »Wie haben Sie eigentlich meine Anwesenheit Ihren Angestellten gegenüber begründet?«

Andrea kratzte sich am Kinn.

»Mir ist nichts Besseres eingefallen als zu behaupten, dass Sie weiterhin den Tod meines Vaters aufzuklären versuchen.«

Holmes nickte anerkennend.

»Je weniger Menschen von der Sache wissen, desto besser.« Dann wandte er sich unvermittelt an mich. »Holen Sie mich morgen um acht Uhr ab, wie es langsam zur Gewohnheit wird. Wir werden den Golfplatz besuchen. Also kleiden Sie sich dem Anlass entsprechend, aber es ist besser, wenn man Sie nicht wiedererkennt, denn vielleicht werden wir Mortimer Hopper treffen. Meinen Sie, Sie könnten das zustande bringen?«

»Ich werde mir Mühe geben«, erwiderte ich, obwohl ich – im Gegensatz zu Holmes – kein Meister der Verkleidung war, aber ich wollte der weiteren Ermittlung um jeden Preis beiwohnen. Schließlich war ich dank des Auftrags meines Schwagers jetzt so eine Art Kollege von Holmes.

»Sehr gut«, sagte Holmes und nickte den anderen zum Abschied zu, bevor er – wohin auch immer – verschwand.

11. Der Golfplatz

Am nächsten Morgen schlenderte ich also heiter-beschwingt durch die engen Straßen von Florenz. Andrea Boldoni hatte in der Zwischenzeit meinen Arbeitgeber dazu überredet, mir bis auf Weiteres unbezahlten Urlaub zu geben. Wahrscheinlich hatte Geld seinen Besitzer gewechselt, und ich begann Mitleid für meinen Schwager zu empfinden, dem die ganze Sache doch offensichtlich sehr zu Herzen ging.

Meine Gedanken kreisten aber nur einen Augenblick um Andrea Boldoni. Heute war ein wichtiger Tag. Vielleicht würde es uns gelingen, Hopper zu entlarven! Von dieser angenehmen Vorstellung beflügelt, summte ich ein Lied vor mich hin. Einige schwarz gekleidete Frauen, die wohl gerade aus der Frühmesse kamen kreuzten meinen Weg. Ihre missbilligenden Blicken sprachen Bände. Nicht nur meine gehobene Stimmung ließ sie so reagieren, sondern sicher auch meine seltsame Aufmachung. Da Holmes mir eingeschärft hatte, dass Mortimer Hopper mich nicht erkennen durfte, hatte ich mir das Haar schwarz gefärbt und mir einen breitkrempigen Hut keck in die Stirn gezogen. Meine Aufmachung wurde vervollständigt von einem sehr modischen Anzug und einer Sonnenbrille. Kurz und gut: Ich sah aus wie ein Modegeck. Es war meine Frau, die mich so verkleidet hatte, bei wem auch immer sie die teuren Kleidungsstücke geliehen haben mochte.

Endlich hatte ich mein Ziel erreicht. Ich zog an der Klingelschnur.

Signora Rossi öffnete sofort. Sie wirkte elend. Mit gerunzelter Stirn musterte sie mich von Kopf bis Fuß.

»Besuch, Mister Baker Radcliffe, ein junger, italienischer Signore«, rief sie durch den Flur und zog sich schnell wieder zurück.

Sie hatte mich nicht erkannt! Ein erster Erfolg, der für die Begegnung mit Mortimer Hopper hoffen ließ.

»Einen Augenblick«, klang es durch die Badezimmertür. »Ich bin sofort fertig!«

Da ich nicht im Flur warten wollte, öffnete ich die Tür des Gästeraums und blieb abrupt stehen. Bei meinem letzten Besuch hätte ich es nicht für möglich gehalten, dass der Raum noch unordentlicher sein könnte, aber ich hatte mich geirrt. Es war unübersehbar, dass sich Signora Rossi weiterhin penibel an die Anweisung hielt, nichts anzurühren.

Ich sah mich nach einer Sitzgelegenheit um. Meine Wahl fiel auf einen Stuhl, der relativ stabil aussah, weshalb Holmes einen Stapel alter Bücher auf ihm abgelegt hatte. Das oberste trug den Titel *Die Nagetiere Sumatras*. Vorsichtig platzierte ich den ganzen Bücherstoß auf die Mitte des Tisches. Dann konnte ich mich endlich setzen.

Kurze Zeit später wurde die Tür geöffnet. Ich sprang automatisch auf, als ich einen dicken, etwas zu bunt gekleideten Inder hereinkommen sah, der mich an die Orientalen in den Illustrationen von Märchenbüchern erinnerte. Arbeitete Holmes doch noch für andere Klienten in Florenz?

»Mister Baker Radcliffe muss jeden Augenblick kommen«, stotterte ich, und der Inder brach in schallendes Gelächter aus.

»Der Mummenschanz scheint gelungen zu sein«, sagte Holmes, denn nun sah ich, dass er es war, »wenn er selbst meinen Assistenten täuscht, obwohl dieser weiß, dass ich mich verkleiden wollte!«

Bei näherer Betrachtung fand ich, dass Holmes dank seines Vollbartes eher wie ein Sikh aussah. Sein metalldurchwirkter

Turban war mit drei Reihen Perlen und einem Federbusch verziert, der mich an ein Zirkuspferd denken ließ.

Auch Holmes musterte mich von Kopf bis Fuß.

»Ist dies in Italien die übliche Aufmachung beim Golfen?«, fragte er leicht amüsiert.

»Meine Frau meint, es sei dem Anlass entsprechend«, antwortete ich entschuldigend, »und ich sollte mich doch unkenntlich machen.«

»Es wird annehmbar sein«, sagte Holmes schließlich, »obgleich ich Sie natürlich sofort durchschaut hätte, aber für Hopper wird es reichen.« Er betrachtete mich nochmals stirnrunzelnd. »Wir werden ein seltsames Paar abgeben.«

Ich verkniff mir den Kommentar, dass dies auch der Fall war, wenn wir unsere normale Kleidung trugen.

»Können Sie Golf spielen?«, fragte Holmes.

Ich verneinte.

»Lassen Sie sich deshalb keine grauen Haare wachsen. Meiner Meinung nach ist Golf ein typischer Altherrensport.« Holmes drückte mir eine Broschüre in die Hand. »Das ist eine Einführung. Unterwegs sollten Sie sich wenigstens mit den allergrundlegendsten Regeln dieses Sports vertraut machen.«

Wir verließen das Haus, und Holmes winkte eine Mietdroschke herbei.

»Parco delle Cascine«, rief er beim Einsteigen dem Kutscher zu, der uns mit offenem Mund anstarrte. Wahrscheinlich hatte er noch nie einen Inder in einem glitzernden, wadenlangen Gehrock und mit langem Krummsäbel im Gürtel gesehen, der nicht weniger als sechzehn Reihen Perlen um den Hals trug. Der gesunde Menschenverstand sprach dafür, dass sie falsch waren, aber sie wirkten täuschend echt.

»Und Sie glauben, dass Mortimer Hopper auf dem Golfplatz aufkreuzen wird?«, fragte ich, als sich die Kutsche in Bewegung setzte.

»Ich habe in der Anzeige behauptet, ein reicher Inder zu sein, der den Wunsch hegt, ein Bildwerk der Frührenaissance zu erwerben und der für Hinweise auf ebensolche Kunstwerke, die zum Verkauf stehen, eine hohe Summe als Provision zu zahlen bereit sei. Als Treffpunkt habe ich das sechste Loch um elf Uhr vorgeschlagen. Nun bin ich neugierig, ob jemand Kontakt mit mir aufzunehmen versucht und wenn ja, ob es Mortimer Hopper ist.«

Die Pferde trabten den Arno entlang, und noch bevor ich auch nur die Hälfte der Broschüre gelesen hatte, erreichten wir unser Ziel, den mehr als drei Kilometer langen, aber recht schmalen Park, der sich am rechten Ufer des Arno bis zur Mündung des Flüsschens Mugnone ausdehnte. Der ehemalige Wildpark der Medici gehörte mittlerweile der Stadt Florenz.

Normalerweise hätte ich die Strecke zu Fuß zurückgelegt, aber dies hätte nicht zu einem reichen, dicken Inder und seinem versnobten, italienischen Freund gepasst.

»Hier hat Lord Byron die *Ode to the East Wind* geschrieben«, sagte ich in einem Anflug von Lokalpatriotismus, als wir unter alten Steineichen und Linden spazierten.

»Ich kenne nur die *Ode to the West Wind* von Shelley«, erwiderte Holmes.

Ich musste zugeben, dass auch ich die Byron-Ode nie gelesen hatte, sondern ein Reiseführer mich von ihrer Existenz in Kenntnis gesetzt hatte. Hatte sie ein Florentiner erfunden?

Am Horizont zogen dunkle Wolken auf, passend zum englischen Nationalsport, und ich hoffte, dass der von Byron besungene Wind uns an diesem Tag keinen Regen bringen würde.

Aus dem Pförtnerhäuschen am Eingang des Golfplatzes kam ein gut aussehender, junger Mann geschossen. »Kann ich Ihre Clubkarte sehen?«, fragte er, obwohl er bestimmt wusste, dass wir keine besaßen.

»Ich bin Kumar, der Neffe des Rajahs von Mewar. Ich habe in Oxford studiert, und nun mache ich, zum Abschluss meiner Studien, die traditionelle Grand Tour durch Europa. Dies ist mein Studienfreund Luigi Boldoni. Er hat darauf bestanden, mir seine Heimatstadt zu zeigen«, hörte ich Holmes in einer drolligen Mischung aus »The King's English« und einem holprigen, indischen Akzent sagen. Wenn dies den Tatsachen entsprochen hätte, dann wäre seine Semesteranzahl sicher rekordverdächtig gewesen, denn ich schätzte Holmes auf mindestens siebenunddreißig Jahre.

»Dann müssen Sie unbedingt Mitglied unseres Clubs werden«, antwortete der Pförtner.

Holmes sah ihn mit geheucheltem Bedauern an. »Es ist mir leider nicht vergönnt, lange in Florenz zu bleiben, denn ich werde bereits täglich mit Briefen bedrängt, in den Schoß meiner Familie zurückzukehren.«

Ich musste mich beherrschen, um nicht laut loszulachen, und zwang mich, an etwas Trauriges zu denken.

Der Pförtner verzog keine Miene, aber endlich stellte er uns eine Tageskarte aus. »Sie wollen sicher auch einen Satz Schläger leihen?«, fragte er, nachdem er Holmes eine unverschämt hohe Summe abgeknöpft hatte.

»Ja, davon war ich eigentlich ausgegangen«, erwiderte Holmes und hob die Augenbrauen. Es bedurfte wenig Scharfsinns, um festzustellen, dass wir keine sperrige Golfausrüstung in der Jackentasche versteckt haben konnten.

Der Pförtner verschwand im Hinterraum und schleppte die Golfschläger herbei. Holmes zahlte ohne mit der Wimper zu zucken die horrende Gebühr, die der Pförtner verlangte. Dies gehörte zu seiner Rolle. Der Neffe eines Rajahs durfte sich nicht knauserig zeigen. Andrea würde sich sicher über die Spesenabrechnung wundern.

»Ich nehme an, Sie sind beide Meistergolfer mit einem hohen Handicap?«, wollte der Pförtner wissen.

»Keinesfalls«, erwiderte Holmes, »Ich bin ein Neuling dieses Sports, aber mein Freund wird mich in die Geheimnisse des Golfens einweihen. Ich bin ein leidenschaftlicher Polospieler. Es war für mich eine große Enttäuschung, dass es in Florenz keinen Polo-Verein gibt.«

Der Pförtner zog das dümmste Gesicht, das ich seit Langem gesehen hatte. »Dann wünsche ich Ihnen einen schönen Tag«, stammelte er schließlich.

Wir arbeiteten uns von Loch zu Loch, wobei – wie bei den Ermittlungen – Holmes mein Vorbild war. Mit lässiger Präzision schlug er den Ball, wobei er die Bodenbeschaffenheit und die Windrichtung berücksichtigte. Wahrscheinlich hatte er auch darüber eine kleine Abhandlung veröffentlicht. Ich hingegen musste die Regeln des Sports beugen, indem ich beim Putten meinen Fuß zu Hilfe nahm. Holmes versicherte mir, ich sei nicht unbegabt, und bei einem ersten Versuch sei nichts Besseres zu erwarten, aber ich bezweifelte, dass an mir ein Golfchampion verloren gegangen war.

Die vereinbarte Stunde und Loch Nummer sechs nahten. Schon von Weitem leuchtete uns das blonde Haar Mortimer Hoppers entgegen, der offensichtlich den Köder geschluckt hatte, aber Holmes ließ sich nicht hetzen.

»Überlassen Sie mir die Konversation«, sagte er zu mir, »und falls Sie nicht umhinkommen sollten etwas zu sagen, versuchen Sie wie ein Italiener zu klingen.«

Je näher wir kamen, desto nervöser wurde ich. Würde uns Hopper das vermisste Stück anbieten, oder meinte er einem Inder die schlechtesten Kopien Andrea Boldonis unterschieben zu können?

Wie Holmes vorhergesehen hatte, erreichten wir das sechste Loch exakt in dem Moment, als der Campanile einer nahe gelegenen Kirche elf Uhr schlug.

»Mortimer Hopper, ganz zu Ihren Diensten«, grüßte der Kunsthändler mit seinem Haifischgrinsen, das mir so verhasst war. Offensichtlich war er wieder ganz der alte. Vergessen waren das Gespenst auf dem Dachboden und der Tote im Treppenhaus. »Ich bin Besitzer der führenden Florentiner Kunsthandlung für Skulpturen. Was sage ich: Mein Angebot ist konkurrenzlos in ganz Italien.«

»Woher wissen Sie, dass ich es bin, der die Annonce aufgegeben hat?«, fragte Holmes mit gut gespieltem Erstaunen.

Wieder musste ich mir mühsam das Lachen verkneifen. Als ob sich gerade Hunderte von Indern ein Stelldichein an Loch sechs gaben!

»Man sieht sofort, dass Sie ein Kunstliebhaber sind«, sagte Hopper und fügte mit einem komplizenhaften Lächeln hinzu: »Selbstverständlich kann ich Ihnen auch dabei behilflich sein, die schikanösen Ausfuhrbeschränkungen für Kunstwerke zu umgehen, die der italienische Staat verhängt hat.«

Mich würdigte er keines Blickes. Offensichtlich hielt er mich für einen Parasiten des reichen Inders. Mir sollte es recht sein, denn so musste ich nicht radebrechen.

»Schwebt Ihnen etwas Bestimmtes vor? Vielleicht ein Donatello oder noch besser ein Michelangelo, alles selbstverständlich hundertprozentige Originale!«

Jetzt übertrieb Hopper aber wirklich. Meines Wissens hatte sich schon damals keine einzige Skulptur Michelangelos mehr in Privatbesitz befunden.

»Durchaus«, erwiderte Holmes, »ich habe letzte Woche hier ein Museum besichtigt, das in einem alten Kerker untergebracht war, ein sehr schönes Haus, fast so schön wie der Palast des Maharajas von Jaipur. Wissen Sie, was ich meine?«

»Der Bargello?«, schlug Hopper vor. Sein Gesicht leuchtete. Offensichtlich hatte er Blut geleckt.

»Dort habe ich mich in eine Statue verliebt.«

»Eine Frage noch, die Ihnen vielleicht indiskret erscheinen mag, aber ich muss es im Vorfeld wissen«, unterbrach Hopper den indischen Pygmalion. »Möchten Sie Ihre Neuerwerbung öffentlich ausstellen?«

»Aber nein, natürlich nicht!« Holmes heuchelte das Entsetzen mit bewundernswürdigem Realismus. Niemals werde ich diese Sternstunde der Schauspielkunst vergessen. »Gibt man seine Geliebte den Blicken der gaffenden Masse preis? Ich möchte die Statue in einem Kabinett ausstellen, zu dem nur ich selbst Zutritt habe.«

Es grenzte an ein Wunder, dass ich es weiterhin schaffte, nicht zu lachen, aber ich begann mich zu fragen, ob Holmes nicht etwas zu dick auftrug. Ein gewisser Hang zur Theatralik war ihm nicht abzusprechen.

Hopper lächelte fies. Das war genau, was er hören wollte.

»Eigentlich habe ich mich natürlich nicht in eine kalte Büste aus weißem Marmor verliebt, sondern in eine lebende Frau, und zwar in die Schauspielerin Eleonora Primavera, die vorletzte Woche im Teatro della Pergola gastiert hat«, sagte Holmes mit verklärtem Gesicht. »Sie spielte die Julia, und sie war einfach hinreißend. Ich wollte sie vom Fleck weg heiraten, aber leider hat sie meinen Antrag ausgeschlagen. Ich glaubte schon, ihr wunderschönes Gesicht niemals wiederzusehen. Umso größer war mein Entzücken beim Anblick einer Büste von Mino da Fiesole. Diese unglaubliche Ähnlichkeit! Man könnte meinen, die Göttliche hätte ihm Modell gesessen!«

Hopper sah uns verblüfft, geradezu wie vom Donner gerührt an. »Jetzt, wo Sie es sagen, muss ich zugeben, dass Sie vollkommen recht haben. Gestern habe ich ein besonders erlesenes Stück von Mino da Fiesole verkauft, das tatsächlich eine gewisse flüchtige Verwandtschaft mit den Zügen der Primavera aufwies.«

Selbst Holmes konnte nicht völlig verbergen, dass ihn diese Neuigkeit schockierte. »Besser eine flüchtige Ähnlichkeit als gar keine«, sagte er in einem nur mühsam aufrecht erhaltenen gleichgültigen Tonfall. »Nur schade, dass Sie das Werk bereits verkauft haben. Wäre es möglich, dass Ihr Kunde die Büste an mich weiterverkauft, selbstverständlich zu einem entsprechend höheren Betrag? Ich wäre Ihnen sehr verbunden, wenn Sie mir die Adresse des Glücklichen mitteilen könnten.«

Hopper überlegte einen Augenblick. Wahrscheinlich versuchte er eine Strategie zu entwickeln, wie er dem Goldfisch an seiner Leine eine andere Skulptur schmackhaft machen konnte.

»Das heißt natürlich nicht, dass ich mich nicht auch unter Ihrer Ware umsehen möchte«, ergänzte Holmes. »Ich brauche eine ganze Serie von Statuen, denn ich möchte vor unserem Palast eine Eingangshalle im englischen Stil errichten lassen. Für deren Dekoration brauche ich viele große Skulpturen.«

Hopper schluckte. »Leider kenne ich den Namen des Käufers nicht, denn er hat einen Agenten eingeschaltet, einen englischen Notar, also wird der Käufer wohl auch Engländer sein. Es würde mich nicht wundern, wenn er selbst gedenkt, in den Kunsthandel einzusteigen. Er erhofft sicher, für die Büste einen hohen Preis erzielen zu können. Ich habe für dergleichen ein untrügliches Gefühl.«

»Könnten Sie vielleicht die Freundlichkeit besitzen, mir wenigstens die Adresse dieses Agenten zukommen zu lassen?«, fragte Holmes.

»Gern«, antwortete Hopper, der ein miserabler Lügner war, »ein Mister John Miller, der im Hotel Medici wohnt. Möglicherweise kann er einen Kontakt zum Käufer der Büste herstellen, falls dieser ihm die Erlaubnis dazu gibt.«

Holmes schrieb etwas in sein Notizbuch. »Eine letzte Frage: Hat der Kunde in bar bezahlt oder Ihnen das Geld überwiesen?«

Hopper ließ seinen Blick von Holmes zu mir schweifen. Ich hoffte, dass er uns nicht zu durchschauen begann. Diese ständige Fragerei musste den Kunsthändler auf die Dauer misstrauisch machen, zumal er wusste, dass Sherlock Holmes in Florenz war.

»Natürlich in bar«, antwortete Hopper, »das ist üblich bei derart delikaten Angelegenheiten, die allerhöchste Diskretion erfordern.«

»Ich habe dies schon befürchtet«, erwiderte Holmes, »aber Sie waren sehr hilfreich. Wenn ich diesen Mister Miller gefunden habe, werde ich auf Sie zurückkommen. Sie können bereits ein Angebot vorbereiten, aber bitte nur Originale.«

Hopper gab Holmes seine Karte, der sie einsteckte, ohne sie eines Blickes zu würdigen.

Schwarze Wolken hatten sich zusammengezogen, und die Luft roch nach Regen. Dies bot uns einen willkommenen

Vorwand, die Golfpartie vorzeitig zu beenden. Wir gaben die geliehenen Schläger ab und verließen den abgezäunten Bezirk des Parks. Ich dachte an Lord Byron und an die nächtliche Prostitution, für die der Parco delle Cascine berüchtigt war.

Als wir in die Mietdroschke eingestiegen waren, die Holmes hatte vor dem Park warten lassen, prustete ich endlich los vor Lachen. »Was war denn das für eine wahnsinnige Geschichte mit der Ähnlichkeit zwischen der verschollenen Büste und der Primavera?«

»Mir wäre dergleichen auch nicht in den Sinn gekommen«, erwiderte Holmes ohne den Anflug eines Lächelns, »zumal mir die Schauspielerin kein Begriff ist, aber als Signora Rossi die falsche Büste sah, hat sie ausgerufen: »Das ist ja Eleonore Primavera!«. Ich wies Signora Rossi auf ihren Irrtum hin, aber sie hat weiterhin darauf bestanden, dass es sich um ein Porträt der gefeierten Schauspielerin handelte. Zuerst habe auch ich gelacht, aber als ich das Bild von Eleonora Primavera auf einem Plakat sah, das meine Wirtin aus der unergründlichen Tiefe ihrer Wohnung herausgekramt hatte, musste ich zugeben, dass sie völlig recht hatte. Manchmal stellt der unverbildete Blick eines Laien Bezüge her, die dem Experten entgehen.«

Bevor ich diese Information richtig verdaut hatte, hielt die Droschke vor dem Hotel Medici. Es war eines der luxuriösesten Hotels von Florenz. War schon der Bau selbst äußerst repräsentativ, so verschlug mir das Entree die Sprache. Goldene Vorhänge reichten vor rotbraunen Wänden bis zum Boden. Kronleuchter hingen von der freskengeschmückten Decke, und auf den Böden lagen echte Perserteppiche.

Der noch immer als Inder verkleidete Holmes ging zur Rezeption. »Ich möchte Mister John Miller eine Nachricht hinterlassen«, sagte er zu dem geflissentlichen Angestellten, der uns mit übertriebener Freundlichkeit grüßte.

»Ich bedaure sehr, Sir«, antwortete der Mann in erstaunlich gutem Englisch. »Mister Miller ist heute Morgen nach Rom abgereist.«

»Ohne sich von mir zu verabschieden?«, fragte Holmes. »Ich wollte ihn doch zu einer Tigerjagd einladen! Das schulde ich ihm als Dank für die Freundlichkeiten, die er mir während meines Florentiner Aufenthalts erwiesen hat! Hat er wenigstens seine Adresse hinterlassen?«

»Ich fürchte nein, Sir«, erwiderte der Rezeptionist.

Holmes blieb noch einen Augenblick stehen und fluchte mit indischem Akzent vor sich hin. Diese Strategie erwies sich als hervorragend, denn der Page erbarmte sich unserer.

»Ich habe die Koffer von Mister Miller geschleppt. Dabei habe ich zufällig den Adressaufkleber des Grandhotel Garibaldi in Rom gesehen.«

»Das war sehr aufmerksam«, lobte ihn Holmes und drückte dem Pagen eine Münze in die Hand.

Der Junge strahlte.

»Die Koffer waren sicher sehr schwer?«, fragte Holmes.

Der Page nickte. »Ich hatte mich schon gefragt, ob der Engländer Bleibarren transportiert.«

Holmes grüßte die Hotelangestellten und eilte hinaus.

Ich rannte hinterher. »Wohin gehen wir?« fragte ich, als ich ihn eingeholt hatte.

»Das fragen Sie noch? Nach Rom selbstverständlich!«

12. Ankunft in Rom

Da ich diesen Bericht verfasst habe, um den Italienaufenthalt von Sherlock Holmes zu dokumentieren, beschränke ich mich auf die Darstellung der Begebenheiten, die die eigentliche Handlung vorantreiben, und verzichte darauf, das Befremden meiner Frau über meinen überstürzten Aufbruch auszumalen. Es genügt zu erwähnen, dass sie noch heute vermutet, dass eine andere Frau dahintersteckte.

Trotz ihrer Proteste nahmen wir den nächsten Zug nach Rom. Holmes hatte sich offensichtlich noch nicht entschieden, ob er nach Florenz zurückkehren würde, denn einerseits hatte er Signora Rossi eine Monatsmiete im Voraus gezahlt, damit sie das Zimmer für ihn reservierte, aber andererseits führte er seine gesamte Habe bei sich, einschließlich einer Kiste, über deren Gewicht der Kofferträger fluchte. Nur die wertvolle Geige hatte er bei den Boldonis gelassen. Ich hingegen reiste mit leichtem Gepäck.

Der Zug raste mit atemberaubender Geschwindigkeit durch Mittelitalien, und ich freute mich schon auf den Besuch der Ewigen Stadt, aber eine halbe Stunde vor der geplanten Ankunft blieb die Lok aus unerfindlichen Gründen im Feld stehen. Holmes trommelte mit den Fingern auf die Armlehne. Seine Nervosität war derart ansteckend, dass ich ihn um eine Zigarette bat, obwohl ich eigentlich Nichtraucher bin. Ich stellte mich in den Gang und öffnete ein Fenster, um mich zum Rauchen aus dem Zug herauszubeugen. Die Frühlingsluft war angenehm würzig, und ich atmete tief durch.

Dann kehrte ich in das Abteil zurück. »Begleiten Sie mich in den Speisewagen?«, fragte ich Holmes, und dies war eigentlich eine rhetorische Frage, denn es war längst Nachmittag.

»Ich habe keinen Hunger«, erwiderte Holmes und starrte aus dem Fenster.

Also bahnte ich mir allein einen Weg durch die überfüllten Korridore, in denen Gruppen von diskutierenden und rauchenden Fahrgästen standen, musste aber feststellen, dass der Speisewagen an diesem Tag nicht bewirtschaftet wurde. Leider hatten wir es versäumt, uns Lebensmittel mitzunehmen, wie es erfahrene Reisende zu tun pflegen. Also kamen zur Ungeduld und zur Langeweile, die mir zusetzten, noch quälende Hungergefühle hinzu.

Nach vierzig Minuten brachte eine Droschke einen Monteur, der eine Weile an der Lok herumwerkelte. Dann setzten die Räder sich wieder in Bewegung.

Ein langer, anstrengender Tag lag hinter uns, als der Zug endlich in die Stazione Centrale delle Ferrovie Romane[4] einlief.

Holmes rief einen Gepäckträger und ließ diesen die schwere Kiste zur Gepäckaufbewahrung schleppen. Ich trottete ihm nach. Mittlerweile war ich so erschöpft, dass ich einem Schlafwandler glich. Auch war ich seit meiner Zeit in Südafrika nie wieder so hungrig gewesen, aber ich wusste, dass es zwecklos war zu klagen. Wir mussten uns mit den Koffern auf den Weg machen.

Das Erste, was ich von Rom sah, waren moderne, mehrstöckige Wohnhäuser, deren ocker gestrichene Fassaden sich gut in das Erscheinungsbild der historischen Bauten einfügten. Ich schickte mich an, die Via Cavour zu überqueren, ein

[4] Anm.: Der Vorgänger der heutigen Stazione Termini, der 200 Meter weiter in die Stadt hineinreichte.

müder, hungriger Reisender, der sich nur noch automatisch bewegte. Für Holmes hingegen waren »Essen« und »Schlaf« offensichtlich unanständige Wörter.

Dann geschah es, dass sich mein Fuß vom Bordstein löste und Holmes mich augenblicklich wieder zurückriss. Ich sah sofort warum: Um ein Haar wäre ich von einer Kutsche erfasst worden, die mit großer Geschwindigkeit vorbeiraste.

»Sehen Sie«, sagte Holmes mit der Stimme eines Wissenschaftlers, der seine Lieblingstheorie endlich bestätigt sieht, »auch Sie haben sich nach all den Jahren noch immer nicht an den Rechtsverkehr gewöhnt!«

»Das passiert mir sonst nicht«, stammelte ich. Der Schreck saß mir noch immer in den Gliedern.

Holmes sah mich mit einem schwer zu beschreibenden Gesichtsausdruck an. »Vielleicht sollten Sie lieber nach Florenz zurückkehren. Die Sache beginnt gefährlich zu werden. Ich spüre eine bedrohliche Kraft hinter diesem Mister Miller, der bestimmt nicht auf diesen banalen Namen getauft worden ist.«

Ich traute meinen Ohren nicht. »Ich denke nicht daran, wie ein getretener Hund nach Florenz zurückzukehren, jetzt, wo wir fast am Ziel sind! Andrea hat nicht nur Sie, sondern auch mich mit der Wiederbeschaffung der Büste beauftragt! Nun lasse ich mich nicht einfach zurückschicken. Ich bin schlicht so erschöpft, dass ich fast in eine Kutsche gelaufen wäre. Mehr steckt nicht dahinter!«

Glücklicherweise insistierte Holmes nicht. Wahrscheinlich brauchte er mich als Südenbock, dem er den sicheren Misserfolg der Mission in die Schuhe schieben konnte.

Dann wurde mir schwarz vor Augen. Ganz plötzlich fühlte ich mich, als würde mir der Boden unter den Füßen weggezogen. Der Nahrungsentzug und der eben überstandene

Schreck forderten vehement ihren Tribut. »Ich brauche dringend einen Wein und etwas zu Essen«, sagte ich, noch immer am ganzen Körper zitternd. »Trotz der Kutschen, die über das Kopfsteinpflaster poltern, ist mein knurrender Magen bestimmt noch auf der anderen Straßenseite zu hören.«

In einem Eckhaus sah ich eine unscheinbare Trattoria. Sie trug den vertrauenerweckenden Namen »Vecchia Roma«. Ohne mich nach Holmes umzusehen, steuerte ich das Lokal an. Als ich die Tür öffnete, stellte ich mit Erleichterung fest, dass Holmes mir gefolgt war. Die Einrichtung war rustikal, aber zweckmäßig. An kleinen, quadratischen Tischen standen je vier Holzstühle mit geflochtener Sitzfläche. Auf dem Regal hinter dem Tresen waren Wein- und Likörflaschen aufgereiht. Ich hielt es für ein gutes Zeichen, dass die Trattoria offensichtlich überwiegend von Einheimischen frequentiert wurde. Trotz der Nähe zum Bahnhof waren wir an diesem Abend die einzigen Ausländer.

Ein älterer Kellner wies uns einen Tisch in der dunkelsten Ecke zu. Die attraktiveren Plätze hielt er sicherlich für Dreier- und Vierergruppen zurück.

Es gab keine gedruckte Speisekarte, nur eine Kreidetafel, auf der das Menü des Tages aufgeführt war. Zweifellos würde Holmes mir nicht erlauben, eine mehrgängige Speisenfolge zu bestellen, wie es eigentlich üblich war.

Nach Rücksprache mit dem Kellner entschied ich mich für Spaghetti alla Carbonara, da er mir versicherte, dass diese äußerst sättigend seien. Holmes begnügte sich mit einer Minestrone. Dazu tranken wir einen Rotwein, dessen Namen uns der Kellner nicht verriet, der aber recht passabel war. Wahrscheinlich hätte man uns vor die Tür gesetzt, wenn wir nicht wenigstens eine Flasche Wein bestellt hätten. Ich nahm mir vor, Holmes bei Gelegenheit über die Gepflogenheiten der hiesigen Gastronomie aufzuklären, damit er verstand, dass es nicht üblich war, sich mit einem ersten Gang oder gar einer Vorspeise zu begnügen, wie er es getan hatte. Man musste uns für geizige Schotten halten!

Der Ober servierte die Minestrone. Hungrig wie ich war, musste ich Holmes beim Löffeln zusehen. Erst als er gegessen hatte, brachte der Kellner meine Spaghetti. Ich begann sie mit großer Gier zu verschlingen, wobei mich Holmes beobachtete, als sei ich ein seltenes Tier.

»Je mehr ich über die Begegnung mit Hopper auf dem Golfplatz nachdenke, desto wütender werde ich«, sagte ich, als ich wieder etwas zu Kräften gekommen war. »Er ist mit Sicherheit der größte Schurke, dem ich jemals begegnet bin, aber warum erstaunt mich das? In Florenz sagt man *inglese italienizato – diavolo incarnato*: ein italienisierter Engländer ist der wahre Teufel. Dieses Sprichwort war zwar eigentlich auf den englischen Condottiere John Hawkwood gemünzt, aber es passt genauso auf Mortimer Hopper.«

Holmes lächelte süffisant. »Und Sie, sind Sie nicht auch ein *inglese italienizato*?«

»Das ist etwas völlig anderes!«, protestierte ich, obwohl mir klar war, dass ich im Wald gestanden hätte, falls Holmes von mir eine Begründung für meine unlogische Behauptung verlangt hätte.

Holmes lehnte sich mit einem amüsierten Gesichtsausdruck auf seinem Stuhl zurück, der dabei bedenklich knarrte. Er zündete sich seine Pfeife an und wirkte so entspannt, wie ich ihn niemals zuvor erlebt hatte.

Dies gab mir den Mut, eigene Theorien zu entwickeln. »Es hat mich den ganzen Tag beschäftigt, dass die Büste die Züge der Primavera trägt. Wenn es stimmt, was mein Schwiegervater an seinem Todestag gesagt hat, nämlich, dass Mortimer

Hopper seine Werke als Originale verkauft hat und zwar sogar an berühmte Museen …«

Holmes nickte mir aufmunternd zu.

»… dann könnte es doch sein, dass dieser Mister Miller zu einem horrenden Preis ein Werk Lorenzo Boldonis erworben hat? Ich weiß nämlich zufällig, dass mein Schwiegervater zuweilen nach Fotografien gearbeitet hat. Vielleicht hat er die Primavera als Modell ausgewählt, weil sie als eine der schönsten Frauen Italiens gilt?« Ich verschwieg, dass ich mich mittlerweile ernsthaft fragte, ob es meinem Schwiegervater tatsächlich entgangen sein konnte, dass sein Werk im Bargello ausgestellt wurde. Schließlich war er ein Stammgast des Museums gewesen, aber ich wollte mich nicht unloyal gegenüber meiner angeheirateten Familie zeigen. Vielleicht hatte Lorenzo Boldoni erschüttert vor seiner Kreation gestanden und erkannt, dass Hopper ihn hinterging. Aber wie passte dies zu der seltsamen Wette? Wer hatte das Werk ausgesucht, das ausgetauscht werden sollte – der Wärter oder mein Schwiegervater?

Es gab noch etwas, das mir zu denken gab: Falls mein Schwiegervater tatsächlich unschuldig gewesen sein sollte, hätte Mortimer Hopper es gewagt, eines seiner Werke im Bargello zu platzieren und sich damit selbst zu verraten? Mir schwirrte der Kopf. Ich trank einen Schluck Wein und beschloss, dass ich all dies in Wahrheit gar nicht wissen wollte.

Holmes nickte mir anerkennend zu.

»Sie haben zwar recht lange dazu gebraucht, aber immerhin sind Sie mittlerweile zu demselben Ergebnis gekommen wie ich. Sie sehen: Wenn Sie nur die Perspektive ändern, dann wird das Verdächtige plötzlich selbstverständlich – und umgekehrt. Sicher hat der Bargello nicht zuletzt deshalb die Büste erworben, weil sie dem heutigen Schönheitsideal entspricht. Das Einzige, was mir noch unklar ist, ist die Rolle, die Mortimer Hopper in dieser Posse gespielt hat. Hat er den Diebstahl der Büste in Auftrag gegeben, oder ist sie ihm zufällig angeboten worden, zum Beispiel von dem Lakaien, der mit Vittoria verlobt ist? Die Geschwindigkeit, in der die Skulptur ihren Besitzer gewechselt hat, spricht für Ersteres.«

Plötzlich kam mir ein weiterer beunruhigender Gedanke. »Warum fahren wir dann nicht einfach wieder nach Hause?«, fragte ich. »Mir scheint es absurd, einen derartigen Aufwand zu betreiben, um nach einer Fälschung zu suchen.«

Holmes seufzte melodramatisch. »Das gute Stück trägt die Inventarnummer des Bargello und muss daher dorthin zurückgebracht werden.«

»Dieser Antonio, der Vetter von wem auch immer, der den norwegischen Pass angefertigt hat, um es ganz höflich auszudrücken, kann bestimmt auch diesen Zettel mit der Inventarnummer fälschen«, unterbrach ich Holmes. »Dies wäre für ihn doch eine ganz einfache Übung.«

Holmes begann ungeduldig zu werden. »Das bezweifele ich keinesfalls, aber kann er auch die verschwundene Büste fälschen? Vergessen Sie nicht, dass es sich um eine eigenhändige Schöpfung Ihres Schwiegervaters handelt. Seine Werkstatt hat diesen Prototyp zwar später zu Tode reproduziert, aber es gibt trotzdem nur ein Exemplar, das so etwas wie ein Original ist, und das ist die gestohlene Büste aus dem Bargello.«

Holmes schien die juristische Seite des Problems völlig gleichgültig zu sein.

»Sie wollen dem Museum eine unechte Statue zurückgeben?«

Er sah mich nachsichtig an. »Sie ist auf ihre Art durchaus echt, nämlich ein echter Lorenzo Boldoni, aber das ist nicht der Grund, warum wir die Sache nicht auf sich beruhen lassen können. Wenn die Büste nicht wiederauftaucht, bekommen Ihr Schwager und der leichtsinnige Museumswächter große Schwierigkeiten. Außerdem werde ich das ungute Gefühl nicht los, dass es in dem Fall um mehr geht als um Kunstfälschung und Diebstahl.«

Mir schwirrte der Kopf. Ich schaute auf meinen Teller. Er war leer. Ohne, dass es mir auch nur zu Bewusstsein gekommen war, hatte ich die Nudeln verspeist. Ich hätte nicht sagen können, wie sie geschmeckt hatten. Als ich den Kellner mit drei Tellern an mir vorbeibalancieren sah, bestellte ich das Gleiche noch einmal.

Ich vertilgte die zweite Portion mit demselben Appetit wie die erste, aber etwas langsamer, und ich versuchte, mich dabei auf das Essen zu konzentrieren.

Für das ungeduldiges Naturell von Holmes war der lange Aufenthalt in der Trattoria offensichtlich eine Zumutung. Er erhob sich mit gelangweiltem Gesichtsausdruck, ging zur Theke und kam zurück mit dem Messagero, der dort für die Gäste auslag, und verschanzte sich demonstrativ hinter der geöffneten Zeitung.

»Vielleicht wird unsere Büste in einer Kleinanzeige zum Verkauf angeboten«, sagte ich zaghaft.

»Keine schlechte Idee«, erwiderte Holmes ohne die Zeitung zu senken, »aber die Anzeige kann frühestens morgen erscheinen.«

Der Wein hatte mich in eine träge, behagliche Stimmung versetzt, die nur durch den von der Bahnfahrt schmerzenden Rücken gestört wurde. »Es ist höchste Zeit, dass wir uns ein Hotelzimmer suchen«, schlug ich angesichts der fortgeschrittenen Stunde vor.

»Alles zu seiner Zeit.«

Ich für meinen Teil war reif für den Feierabend, aber offensichtlich hatte ich die Rechnung ohne Holmes gemacht.

»Schade, dass Sie sich nicht besonders gut in Rom auskennen«, sagte Holmes, bevor ich protestieren konnte.

Ich tat Holmes nicht den Gefallen nachzufragen, wie er zu dieser Einschätzung kam.

»Sie besitzen nur von einer italienischen Stadt gute Ortskenntnisse, nämlich von Florenz.« Holmes zündete sich seine Pfeife an. »Auf der Hochzeitsreise waren Sie in Venedig, aber damals hatten Sie nur Augen für Ihre Braut. Trotzdem sind Sie einigermaßen passabel über die Geschichte der Lagunenstadt informiert. Rom hingegen kennen Sie fast gar nicht, da sie nur einmal die Ewige Stadt besucht haben, und dies auch nur, weil Ihre Frau zu Ostern den päpstlichen Segen abholen wollte.«

»So ist es«, antwortete ich, wild entschlossen, Holmes zappeln zu lassen.

Eine Weile herrschte Schweigen. Holmes studierte den Messagero, und ich verzehrte meine Spaghetti.

»Fühlen Sie sich endlich gestärkt genug, um zum Grandhotel Garibaldi zu gehen?«, fragte Holmes, als ich auf meinen leeren Teller starrte und mich nach einem weiteren Gang sehnte.

»Andrea wird uns steinigen, wenn wir dort absteigen«, gab ich zu bedenken.

Holmes schüttelte nachsichtig seinen Kopf. »Wir werden für uns natürlich ein wohlfeileres Quartier suchen, aber bekanntlich ist unser ominöser Mister Miller im Grandhotel Garibaldi abgestiegen, und ich möchte ihm sobald wie möglich auf den Zahn fühlen.«

»Schlafen Sie denn niemals?«, fragte ich.

»Nicht, solange die Spur noch warm ist!«

Dies war ein Argument, dem ich nichts entgegenzusetzen hatte. »Ich gehe eine Droschke heranwinken«, schlug ich fatalistisch vor. Dann rief ich den Ober, um die Rechnung zu begleichen.

»Ich glaube nicht, dass wir eine Droschke benötigen. Es dürfte zum Grandhotel Garibaldi nur ein Fußweg von fünfzehn Minuten sein«, erwiderte Holmes. »Die frische Luft wird Ihnen gut tun.«

Wir verließen also das gemütliche Lokal und gingen im Licht der Gaslampen durch das abendliche Rom, bis wir die Piazza Barberini erreicht hatten, wo ich einen Blick auf den Tritonbrunnen Berninis warf, wohl wissend, dass dies keine Vergnügungsreise war.

Bevor wir die Via Veneto erreichten, blieb Holmes vor einem kleinen Brunnen stehen, der eine Ecke der Piazza Barberini zierte. Er zeigte Bienen, die scheinbar vom Wasser tranken, das in das Becken floss. »Was sagte die Inschrift?«, fragte Holmes.

Ich konsultierte meinen Reiseführer. »Dass das Wasser für die Öffentlichkeit bestimmt ist, und zwar gleichermaßen für Mensch und Tier. Das ist die Fontana delle Arpi, der Bienenbrunnen, der 1644 von Bernini für Urban VIII. geschaffen und mit dessen Wappentieren geschmückt worden war. Der Barberini-Papst war doch der Gönner Galileis, von dem Sie mir erzählt haben?«

Holmes nickte. »Sein Wappentier ist die italienische Biene, wissenschaftlich korrekt *Apis mellifera ligustica*, von den Imkern auch einfach Ligustica genannt. Ihre Farbe tendiert zu Gelb mit einer Variation zwischen Zitronengelb und Lederbraun. Sie gilt als beste Sammlerin von Blütenhonigen unter allen Bienenarten.«

Ich konnte mir kaum etwas Absurderes vorstellen, als nachts in Rom über Bienen zu fachsimpeln, statt uns endlich ein Hotelzimmer zu suchen. »Sie können ja eine Wabe mit Königin nach England mitnehmen«, schlug ich vor.

Holmes setzte wortlos seinen Weg fort. Ich folgte.

Wir stiegen die Via Vittorio Veneto hoch, und die Cafés und Luxushotels, die die Straße säumten, erinnerten mich an die Piazza Vittorio Emanuele II in Florenz. Vielleicht war es doch gut, dass Florenz nicht Hauptstadt Italiens geblieben war.

Bald hatten wir unser Ziel erreicht. Hinter schattigen Alleebäumen erhob sich eine vierstöckige Fassade aus gelblichem Sandstein, über deren Eingang in bronzenen Buchstaben *Grandhotel Giuseppe Garibaldi* stand. Die Fenster waren von Dreiecksgiebeln bekrönt. Zu beiden Seiten der Stufen aus weißem Marmor, die zum Hauptportal führten, standen livrierte Pagen.

So betrat ich also schon wieder die Lobby eines Luxushotels, aber diesmal war alles anders als in Florenz, wo dem Inder und dem Stutzer mit offenem Misstrauen begegnet worden war. Im Grandhotel Giuseppe Garibaldi strahlten die Gesichter der Mitarbeiter beim Anblick des norwegischen Forschers und des ihn begleitenden Exilengländers.

Das Hotel machte einen angenehmen Eindruck. Der Innenraum war leicht und freundlich. Ein Glasdach überspannte die Decke. Der Boden aus weißen Marmorplatten war fleckenlos sauber. Darin spiegelte sich das festliche Licht der Kronleuchter.

»Was kann ich für Sie tun, Sirs?«, fragte der Portier mit vollendeter Höflichkeit.

»Wir würden gern in einer sehr wichtigen Angelegenheit mit John Miller sprechen. Er ist Gast Ihres Hauses«, sagte Holmes.

»Sie meinen doch sicherlich Dr. John Miller?«, antwortete der Rezeptionist, der wie der Portier fast akzentfrei englisch sprach. Er sprach dabei das Wort »Doktor« mit großem Nachdruck aus.

Ich konstatierte, dass »Diskretion« in diesem Haus ein Fremdwort zu sein schien.

»Es erstaunt mich nicht, dass Dr. Miller tiefgestapelt hat, was seinen Rang betrifft, denn ich hatte immer den Eindruck, es mit einer wichtigen Persönlichkeit der römischen Gesellschaft zu tun zu haben«, erwiderte Holmes. »Kann ich ihn sprechen?«

»Ich bedaure, Sir, er ist leider nicht im Hotel.«

Ich spürte, wie diese Worte Holmes in Hochspannung versetzten. Dr. Miller war außer Haus! Was würde Holmes nun tun: Ihn durch das nächtliche Rom verfolgen, ihm in der Lobby auflauern oder in sein Zimmer einbrechen und die Büste stehlen?

»Könnten Sie vielleicht die Freundlichkeit besitzen, uns mitzuteilen, wo wir Dr. Miller finden? Die Angelegenheit, in der ich ihn sprechen muss, ist äußerst dringend.«

Der Rezeptionist hob eine Augenbraue. »Ich bin leider nicht dazu berechtigt, diese Information weiterzugeben!«

»Dr. Miller wirkt wie ein Gentleman, der nichts zu verbergen hat«, mischte sich eine ältere Dame ein, die sich in der Zwischenzeit der Rezeption genähert hatte. »Er wird nichts dagegen haben, wenn ich Ihnen sage, dass er eine Vorstellung im Teatro Costanze besucht. Ich habe ihm heute Morgen diesen Tipp gegeben, denn man gibt heute dort die *Cavalleria Rusticana* mit Gemma Bellincione und Roberto Stagno. Ich kann die Aufführung empfehlen. Wenn Sie sich beeilen, kommen Sie noch rechtzeitig zum Beginn der Vorstellung.«

Der Rezeptionist durchbohrte die Dame mit vorwurfsvollen Blicken, aber Holmes beachtete ihn nicht. Er bedankte sich bei der Opernliebhaberin, und wir verließen die Halle mit ihren glänzenden Marmorplatten.

Ich fragte mich, was Holmes nun vorhatte, aber ich hegte schon eine üble Vorahnung. »Wir können die Büste doch nicht einfach stehlen«, sagte ich, als wir draußen waren. »Dieser Dr. Miller hat viel Geld dafür bezahlt. Hopper ist es, dem das Handwerk gelegt gehört!«

»Alles zu seiner Zeit«, erwiderte Holmes. »Übrigens teile ich keinesfalls Ihre Beurteilung Dr. Millers. Er ist alles andere als ein unschuldiger Käufer, denn er hat sicherlich gewusst, dass die Büste Diebesgut ist.«

Ich ließ meinen Blick über die repräsentative Fassade des Hotels schweifen und kam zu dem Schluss, dass sich Verbrechen doch auszahlen.

»Aber Sie können Ihre Skrupel wegen der Büste vernachlässigen. Ich werde mich persönlich um sie kümmern. Ihre Aufgabe hingegen wird es sein, die nächste Droschke herbeizuwinken und ins Teatro Costanze zu fahren. Versuchen Sie, Dr. Miller zu finden, und lassen Sie ihn dann nicht aus den Augen. Wenn die Vorstellung zu Ende ist, folgen Sie ihm. Sollte es Ihnen bis dahin nicht gelungen sein, Dr. Miller ausfindig gemacht zu haben, dann kehren Sie nach der Vorstellung sofort zum Hotel zurück, stürzen Sie in die Halle, und rufen Sie dreimal laut: ›Feuer!‹ Können Sie das?«

»Dreimal ›Feuer‹ rufen sollte mir gelingen. Für alles andere kann ich nicht garantieren«, erwiderte ich, zu erschöpft, um mich darüber zu beschweren, wie ein Lakai behandelt zu werden.

Holmes nickte mir aufmunternd zu. Ich schaute an mir herab. Meine bequeme Reisekleidung würde im Theater ziemlich deplatziert wirken.

»Aber, ich muss mich doch vorher noch umziehen!«

Holmes zog eine Uhr aus der Tasche. »Nein, dafür ist es schon zu spät. Geschwindigkeit entscheidet über Erfolg und Misserfolg unserer Mission. Sie dürfen keine weitere Zeit verschwenden. Wenn Sie auf Ihre Kleidung angesprochen werden, was ich mir nicht vorstellen kann, verweisen Sie auf die Verspätung unseres Zuges. Außerdem genießen Sie hier als Ausländer eine gewisse Narrenfreiheit.«

13. Eine Nacht in Rom

Vom Kutscher erfuhr ich, dass sich das Teatro Costanze in der Nähe des Hauptbahnhofs befand. Ich hatte mich also völlig umsonst die steile Via Vittorio Veneto hochgeschleppt, nur um mit der Kutsche zum Bahnhof zurückzukehren. Mir kam die Sinnlosigkeit alles menschlichen Tuns ins Bewusstsein.

Die Droschke passierte die Piazza della Essedra. Die eleganten Kolonnaden beherbergten noble Geschäfte, und ich überlegte, dass meine Frau sich über ein Geschenk aus Rom freuen würde, falls Holmes mir dafür Zeit lassen sollte.

Schließlich stoppte der Kutscher so abrupt, dass ich mir den Kopf an der Trennwand stieß. Ich war in der Via del Teatro angelangt. Widerwillig bezahlte ich die überteuerte Gebühr für die Passage und eilte zur Theaterkasse. Fast hoffte ich, dass die Vorstellung ausverkauft sei oder bereits begonnen habe, so sehr graute es mir vor der schier unlösbaren Aufgabe, die Holmes mir gegeben hatte.

»Sie haben großes Glück«, sagte die elegante Dame an der Kasse und musterte mich, als ob ich vor ihren Augen aus einer Mülltonne gestiegen wäre. »Ein Abonnent hat gerade seine Karten zurückgegeben. Ich kann ihnen also tatsächlich noch einen Platz anbieten, zwar nur in der obersten Reihe, aber die Akustik ist dort oben nicht schlecht.«

Die Kassiererin deutete mein Zögern falsch.

»Heute Abend singen die Solisten der Uraufführung. Ich würde mir diese Gelegenheit an Ihrer Stelle nicht entgehen lassen.«

Alles in mir sträubte sich dagegen, das Theater zu betreten. Wie sollte ich nur diesen Dr. Miller finden? Aber vielleicht war er ein Stammgast? Ich klammerte mich an diesen Strohhalm. »Ich weiß«, erwiderte ich so blasiert, wie ich nur konnte. »Ein guter Bekannter hat mir die Aufführung wärmstens empfohlen. Dr. Miller ist sein Name. Wissen Sie zufällig, ob er schon eingetroffen ist?«

Die Kassiererin schüttelte mit indignierter Mine den Kopf. »Sie haben seltsame Ideen! Unser Haus hat 2212 Sitze. Glauben Sie tatsächlich, dass wir jeden einzelnen Besucher kennen?«

Es wäre auch zu schön gewesen! »Ja, da kann man nichts machen«, sagte ich. »Aber ich nehme das Ticket, obwohl ich einen Platz im Parkett vorgezogen hätte.«

Ich bezahlte den erstaunlich moderaten Preis für meine Eintrittskarte und nahm auch das Programmheft mit, da mir die Oper Mascagnis unbekannt war. Dann ging ich in den hufeisenförmigen Zuschauerraum. Fast alle Plätze waren besetzt. Mir fiel ein, dass sich mein Platz unter dem Dach befand, und ich suchte das Treppenhaus. Nach dem Erklimmen einer nicht enden wollenden Folge von Treppenfluchten erreichte ich die oberste Reihe, keinen Augenblick zu früh, denn schon begannen die Musiker ihre Instrumente zu stimmen.

»Permesso«, sagte ich und deutete auf den leeren Sessel mit der Nummer fünf. Zwei ältere englische Damen und ein einfach gekleidetes Ehepaar mittleren Alters erhoben sich, um mich hindurchzulassen.

Ich setzte mich und schaute hinab. Der Platz, den ich mir hatte andrehen lassen, war nichts für Menschen mit Höhenangst. Vielleicht war der Abonnent ein Spion, der heute seinen freien Tag hatte. Wenn sich mein Platz nämlich für irgendeine Beschäftigung anbot, so war es nicht das Beobachten der fernen Bühne, sondern das Observieren des Publikums. Der Platz wäre also ideal für meine Aufgabe gewesen, wenn ich nur gewusst hätte, wie der Mann aussah, nach dem ich suchen sollte.

Ich ließ meinen Blick über die prächtige Ausstattung des Theaters schweifen. Der Zuschauerraum wurde von einer Kuppel überwölbt, die mit Wandbildern geschmückt war. Die freskierte Decke, die vergoldeten Möbel mit ihren Bezügen aus rotem Plüsch, all dies bildete einen gediegenen Rahmen für eines der besten Opernhäuser Italiens.

Der Vorhang hob sich, und eine gefühlvolle Ouvertüre begann.

Ich studierte das Publikum in den drei unter mir liegenden Reihen von Logen und im Parterre, wo das wohlhabende Bürgertum saß. Die farbigen Kleider der Frauen erinnerten mich an exotische Vögel.

Hätte ich gewusst, wie Dr. Miller aussah, hätte ich ihn sicher in der Menge ausmachen können, aber so war er die berühmte Stecknadel im Heuhaufen.

Die Ouvertüre war verklungen. Das Publikum applaudierte, und dies rief mir schmerzlich ins Gedächtnis, dass ich nicht zum Vergnügen im Teatro Costanze war. Erneut ließ ich meinen Blick über die Menschenmenge schweifen. Am Besten würde es sein, die Arbeit systematisch zu planen. Die Kassiererin hatte damit geprahlt, dass der Zuschauerraum Platz für 2212 Personen bot. Glücklicherweise waren mindestens die Hälfte der Besucher Angehörige des schönen Geschlechtes. Also blieben noch rund 1000 Kandidaten. Wenn man Pensionäre und junge Burschen, die noch nicht promoviert sein konnten, abzog, entfiel ein weiteres Viertel. So musste ich nur noch 500 Kandidaten in Betracht ziehen. Außerdem schieden Italiener aus, die selbstverständlich in der überwältigenden Überzahl waren. Im Zuschauerraum waren also maximal 100 Männer, die infrage kamen. Die Sache war also nicht völlig aussichtslos.

In der Zwischenzeit war der Tenor auf die Bühne gekommen und hatte eine schmachtende Arie von der Rampe geschmettert. Das Publikum tobte. Nur ich hatte den Gesang nicht genossen, denn es lag mir bleischwer im Magen, dass ich jemanden beschatten sollte, den ich nicht kannte. Unten im Parkett meinte ich einen Vertreter der gesuchten Spezies erspäht zu haben, aber ich war zu weit von ihm entfernt, um im fahlen Schein der Lampen Einzelheiten erkennen zu können.

»Entschuldigen Sie bitte«, sagte ich leise und sah die ältere Dame an, die neben mir saß.

»Pst!«, fauchte die Matrone.

»Könnten Sie mir vielleicht Ihr Opernglas einen Augenblick leihen?«, flüsterte ich meiner Nachbarin ins Ohr. »Ich glaube, einen Bekannten gesehen zu haben.«

Wortlos drückte sie mir das Glas in die Hand. Ich richtete das Opernglas auf den Herrn im Frack und korrigierte die Schärfeneinstellung, aber ich musste feststellen, dass mein Opfer in spe einen hohen italienischen Orden trug. Dies konnte unmöglich Dr. Miller sein.

Was sollte ich nun tun, um Holmes nicht zu enttäuschen?

Auf der Bühne lauerte der Sopran einer Altistin vor einer Kirchenkulisse auf, während ich mit dem Fernglas Reihe um Reihe des Zuschauerraums abgraste, aber nicht fand, wonach ich suchte.

Meine Nachbarin räusperte sich. Sie warf mir bereits seit einiger Zeit giftige Blicke zu. Bevor Sie ihr Eigentum zurückfordern konnte, erstattete ich es ihr freiwillig zurück. Sie riss mir das Opernglas förmlich aus der Hand. Wahrscheinlich wollte sie den Fuhrmann in Augenschein nehmen, der sich mit einer angenehmen Baritonstimme über etwas beschwerte.

Chorgesang, der aus der Kirche drang, nahm meine Aufmerksamkeit in Anspruch. Dann schnappte sich der Sopran den Tenor und machte ihm eine Szene wegen der Frau des Fuhrmanns, deren Namen Lola nichts Gutes verhieß. Ein gefühlvolles Orchesterstück legte sich wie Zuckerguss auf meine Gehörgänge, die Oper zog mich immer mehr in ihren Bann. Der Sopran verpetzte aus Eifersucht die Nebenbuhlerin bei deren Mann. Dieser forderte den ehebrecherischen Tenor zum Zweikampf. Der Tenor kam bei diesem Duell zu Tode, aber nicht ohne vorher seiner Mutter sein Leid geklagt zu haben. Während diese Tragödie ihren Lauf nahm, hielt ich halbherzig nach infrage kommenden Personen Ausschau.

Der Schlussakkord traf mich völlig unvorbereitet. War die Zeit wirklich so schnell vergangen? Normalerweise dauerte doch eine Oper mindestens zweieinhalb Stunden! Ich konsultierte meine Uhr und stellte fest, dass mich mein Gefühl nicht betrogen hatte. Die Aufführung hatte nur einundsiebzig Minuten gedauert.

Panik durchflutete mich. Ich musste nun zum Hotel zurückeilen, um den vereinbarten Warnruf auszustoßen. Ich stürzte die Treppe hinunter und rannte dabei fast ein Mädchen über den Haufen, das unerwartet um die Ecke gebogen war. Eine Entschuldigung vor mich hinmurmelnd lief ich weiter, ohne die Geschwindigkeit zu reduzieren.

Schon hatte ich die Garderobe erreicht, wo ich mich schamlos vorzudrängeln versuchte. Ich bekam abfällige Bemerkungen über junge Leute im Allgemeinen und Ausländer im Besonderen zu hören, ließ mich aber davon nicht beirren. Mir konnte es egal sein, dachte ich, schließlich kannte mich hier niemand.

Der Platz vor dem Theater war mittlerweile mit schwarzen Gestalten und deren farbigen Begleiterinnen gefüllt. Höchste Zeit, um sich eine Droschke zu sichern. Ich erwog, wie Holmes es immer Dr. Watson aufgetragen hatte, nicht die erste, auch nicht die zweite, sondern die dritte Droschke zu nehmen, musste aber über mich selbst lachen. Ganz sicher war an diesem Abend Mycroft Holmes nicht under cover als römischer Kutscher im Einsatz. Ich schnappte mir also das erste Gefährt, dessen ich habhaft werden konnte.

»Grandhotel Giuseppe Garibaldi!«, rief ich dem Kutscher zu, der unangenehm nach Branntwein roch. Mit seinem fettigen Haar und dem geröteten Gesicht machte er einen heruntergekommenen Eindruck. »Ich zahle den doppelten Fahrpreis, wenn sie als erste Droschke dort ankommen.«

»Veranstalten Sie ein Wettrennen durch Rom? Wie viele Droschken nehmen denn daran teil?«, fragte der angetrunkene Kutscher mit einem anzüglichen Grinsen, aber er trieb seine Pferde an. Als wir durch die leeren Straßen des nächtlichen Roms trabten, fühlte ich mich wie im Wilden Westen. Ich war der Insasse einer Postkutsche, die von einer Horde blutrünstiger Apachen verfolgt wurde, die ganz wild auf meinen blonden Skalp waren. Vor mir lag das rettende Fort, in dem Holmes die Kavallerie anführte.

Ein plötzlicher Ruck riss mich aus meinen Träumereien zurück in die bittere Realität. Die Droschke stand vor dem Grandhotel Giuseppe Garibaldi, und ich war schon wieder hungrig.

Die Summe, die der Kutscher verlangte, erfüllte den Tatbestand des Straßenraubs. Soeben bog eine zweite Mietkutsche um die Ecke. Ich drückte dem gierigen Menschen wortlos das Doppelte des Betrags in die Hand, den ich für die

Hinfahrt bezahlt hatte, und stürzte zum Hotel. Glücklicherweise fuhr die zweite Kutsche am Hotel vorbei.

Ich füllte die Lungen mit Luft, um mit einer Lautstärke »Feuer« zu brüllen, die bis in die letzte Dachkammer dringen sollte, denn ich vermutete, dass Holmes sich noch im Zimmer von Dr. Miller befand.

Eine Hand legte sich auf meine Schulter. Fast hätte ich vor Schreck laut aufgeschrien.

»Seien Sie still!«, flüsterte mir eine bekannte Stimme ins Ohr. Es war die Stimme von Holmes, aber sie kam aus dem Mund des betrunkenen Kutschers, der mich gefahren hatte. Er bedeutete mir mit einer Geste, ihm zu folgen.

Einen Augenblick war ich wie vom Donner gerührt. Dann begriff ich. »Ich finde das nicht komisch«, fuhr ich Holmes an. »Was soll die Maskerade, und woher, um Gottes willen, haben Sie diese Droschke?«

»Berufsgeheimnis«, erwiderte Holmes mit einem hintergründigen Lächeln. »Die Verkleidung war aber unerlässlich, da ich befürchte, dass dieser Dr. Miller kein Unbekannter für mich ist.«

So schnell war ich nicht zu besänftigen. »Aber warum haben Sie sich mir gegenüber nicht zu erkennen gegeben?«

»Wer die Kunst um ihrer selbst willen liebt, strebt nach Perfektion. Ich war neugierig, ob es mir gelingen würde, Sie zu täuschen.« Holmes warf mir einen verdrossenen Blick zu. »Sie haben Dr. Miller nicht ausfindig gemacht?«

Ich verwies auf die 2212 Sitzplätze des Teatro Costanze und beklagte die Kürze der Aufführung, verschwieg aber, dass mich die Musikbegeisterung von meiner Aufgabe abgelenkt hatte.

Offensichtlich waren die Bemühungen von Holmes aber auch nicht vom Erfolg gekrönt gewesen. Das konnte ich in seinem Gesicht lesen. »Haben Sie die Büste gefunden?«, fragte ich trotzdem.

Holmes zuckte mit den Schultern. »Ich habe es eigentlich auch nicht erwartet, aber es war den Versuch wert. Entweder Dr. Miller bewahrt die Büste außerhalb seinen Hotelzimmers auf, oder er ist weit gerissener, als ich vermutet habe.« Holmes sah auf seine Taschenuhr. Es war bereits fast elf Uhr. »Aber genug der Worte«, kündigte er an. »Heute Nacht haben wir noch viel vor.«

Ich traute meinen Ohren kaum. »Sollten wir nicht endlich ein Hotelzimmer suchen? Sonst finden wir nichts mehr zu dieser späten Stunde!«

Holmes sah mich an wie ein Vater seinen hoffnungslosen Sohn. »Dann geht uns Dr. Miller durch die Lappen. Ich für meinen Teil werde mit meiner Kutsche auf seine Rückkehr warten. Er müsste eigentlich bald kommen. Außer, er nimmt unterwegs noch einen Imbiss zu sich.«

»Der Glückliche«, entfuhr es mir.

»Sie denken aber auch nur ans Essen!«, tadelte mich Holmes.

»Ab und zu benötige ich etwas Nahrung und ein wenig Schlaf, um zu funktionieren. Ich bin schließlich ein Mensch und keine Maschine!«

Der Gesichtsausdruck des falschen Kutschers wurde etwas nachsichtiger. »Wenn es denn sein muss, dann suchen Sie ein Zimmer in einer Pension, falls es dergleichen in dieser noblen Gegend geben sollte. Kommen Sie aber spätestens in einer halben Stunde zurück, und, wenn Sie mich nicht antreffen sollten, warten Sie draußen auf meine Rückkehr.«

Dies ließ ich mir nicht zweimal sagen. Ehe Holmes es sich anders überlegen konnte, machte ich mich auf den Weg.

Tatsächlich fand ich in einer Seitenstraße, was ich suchte. Die Wirtin der einfachen Familienpension gab mir ein Zimmer, aber ihr gefiel nicht, dass ich vorhatte, im Laufe der Nacht einen Zimmergenossen nachkommen zu lassen und daher einen Schlüssel benötigte.

»Mein Kutscher ist noch unterwegs«, versuchte ich zu erklären.

»Und warum ist er nicht gleich mitgekommen?«

Ich musste improvisieren. »Er holt einen Koffer ab, den ich auf der Gepäckaufbewahrung vergessen habe. Fast hätte ich den Beginn der Cavalleria Rusticana versäumt, nur weil der Zug Verspätung hatte.«

Die Wirtin schaute mich hochgradig irritiert an. »Sie sind mit ihrem Kutscher mit der Bahn gereist?«

Warum musste diese Frau so spitzfindig sein? Holmes sollte lieber mit ihr zusammen arbeiten und mich schlafen lassen! »Nein, ich bin mit der Bahn gereist. Den Kutscher habe ich hier eingestellt.«

Schließlich rückte die Wirtin den Haustürschlüssel heraus, wenn auch nur mit sichtbaren Widerwillen.

Als ich zum Grandhotel zurückkam, lag meine Verspätung innerhalb der akademischen Viertelstunde. Ich stieg auf den Kutschbock und berichtete Holmes, was vorgefallen war. Nachdem ich geendet hatte, lachte Holmes über meinen Dialog mit der Wirtin.

»Sie haben ein seltenes Talent dafür, einfache Dinge kompliziert zu machen. Wenn wir Pech haben, ruft die gute Frau die Sittenpolizei.«

»Wie stehen die Aktien?«, fragte ich, um dem Gespräch eine andere Wendung zu geben.

»Dr. Miller genießt noch immer das römische Nachtleben.«

»Ganz im Gegensatz zu uns!«

Holmes ging auf diese Bemerkung nicht ein, sondern gab mir detaillierte Anweisungen, wie ich mich zu verhalten hatte, wenn Dr. Miller endlich zurückkommen würde.

Dann schlenderte ich zum Eingang des Giuseppe Garibaldi. Ich markierte einen späten Spaziergänger. Zum Anschein las ich die Speisekarte, die neben der Hoteltür aufgehängt war. Dann überschlugen sich die Ereignisse. In der spiegelnden Glastür sah ich eine Mietkutsche vor dem Hotel vorfahren. Holmes bedeutete mir mit einer Geste, den Fahrgast anzusprechen. Offensichtlich bezweifelte er, dass ich seine Anweisungen richtig verstanden hatte.

Aus der Kutsche stieg ein drahtiger Mann unbestimmbaren Alters. Ich schätzte ihn auf Anfang sechzig. Er war, wie es der Mode der damaligen Zeit entsprach, ganz in Schwarz gekleidet. Dieser Kontrast ließ seinen blassen Teint noch ungesünder erscheinen. Er hielt die Tür der Kutsche auf und eine wesentlich jüngere Frau stieg aus, die nicht nach Mrs. Miller aussah.

Ich ging dem Paar entgegen. »Dr. Miller?«, fragte ich und kam mir ziemlich aufdringlich vor.

Der Fremde zuckte zusammen. »Ich wüsste nicht, dass wir uns kennen.«

Doktor Miller, denn nun wusste ich, dass ich ihn gefunden hatte, starrte mich an wie die Spinne die Fliege.

»Mein Name ist Samuel Newton, privater Ermittler«, sagte ich und bemühte mich dabei um einen blasierten Tonfall. »Ich bin doch richtig informiert, dass Sie vorgestern ein wichtiges Geschäft mit Mister Hopper abgeschlossen haben?«

Der drahtige Mann wurde neugierig. »Wer sind Sie? Sie sehen nicht aus wie jemand, der gewöhnlich mit Mortimer Hopper verkehrt.«

Damit waren die letzten Zweifel ausgeräumt. Dr. Miller flüsterte der jungen Frau etwas ins Ohr. Sie nickte und betrat allein das Hotel.

»Trotzdem habe ich eine Information für Sie, die Ihnen viel Geld wert sein wird. Mortimer Hopper hat Ihnen eine Fälschung verkauft. Ist Ihnen nicht aufgefallen, dass die Büste, die Sie erworben haben, der Primavera ähnelt?«

Dr. Miller erwachte aus seiner Erstarrung. »Das ist eine unverschämte Unterstellung«, polterte er los. »Sie wissen wohl nicht, wen Sie auf offener Straße belästigen? Ich bin Dr. Christopher Miller, Notar und Experte für internationales Recht. Wenn Sie mir unterstellen, dass ich in illegale Handlungen verwickelt bin, so wird dies juristische Konsequenzen haben!«

Bevor er wie eine beleidigte Primadonna abrauschen konnte beschwichtigte ich: »Niemand unterstellt Ihnen dergleichen. Sie sind von Mortimer Hopper betrogen worden. Ich bin hier im Auftrag des Bildhauers, der die Kopie angefertigt hat. Wir würden gern Kontakt mit Ihrem Klienten aufnehmen.«

Der Zorn des Mannes mit dem Seriennamen schien sich etwas zu legen.

»Junger Mann, so einfach ist das nicht«, sagte er in einem pompösen Tonfall. »Viele Sammler ziehen es vor, einen Agenten einzuschalten, damit ihre Anonymität gewahrt bleibt. Wenn der Name eines Besitzers wertvoller Kunstwerke publik wird, so lockt dies die Verbrecher an. Daher fühle ich mich außerstande, Ihrem Wunsch nachzukommen.«

Ich dachte mir, dass der Kunde sicher selbst ein Verbrecher war, aber ich verkniff mir diesen Kommentar.

»Aber ...«, weiter kam ich nicht, weil Dr. Miller die Geduld verlor.

»Nennen Sie mir sofort den Namen des Fälschers«, verlangte er ultimativ.

Worauf hatte ich mich da nur eingelassen? Ich musste es wie der Anwalt machen und mich hinter Bestimmungen verschanzen. »Auch ich bin nicht berechtigt, meinen Klienten beim Namen zu nennen, aber er ist kein Fälscher, sondern er hat für Mortimer Hopper Kopien angefertigt, die dieser, entgegen der Vereinbarung, als Originale weiterverkauft hat.« Ich schaute Dr. Miller streng an. »Das Mindeste, was ich von einem Vertreter des Rechts verlangen kann ist, dass ich erfahre, ob sich die Büste weiterhin in Rom befindet!«

Nun spiegelte sich Erstaunen im Gesicht des Anwaltes, falls er denn wirklich ein Anwalt war. »Aber die Büste war nie in Rom. Ich habe sie an eine venezianische Privatsammlung vermittelt.« Er schien sofort zu bereuen, mir dies verraten zu haben, denn Dr. Miller fügte hastig hinzu: »Sie verschwenden Ihre Zeit. Ich kenne weder den Namen meines Klienten, noch habe ich ihn jemals persönlich getroffen. Ich weiß, dass er Engländer ist, aber das ist auch alles!« Nachdem er diese Worte hastig hervorgestoßen hatte, ließ Dr. Miller mich auf der Straße stehen und schlug die Hoteltür hinter sich zu.

Ich ging zurück zu dem falschen Droschkenfahrer. »Wir sind völlig umsonst nach Rom gefahren«, rapportierte ich.

»Das würde ich nicht sagen«, erwiderte Holmes, nachdem er Details erfahren hatte. »Auch wenn Dr. Miller Ihnen kein Wort geglaubt hat, so ist doch die Saat des Zweifels gelegt. Vielleicht wird Dr. Miller uns doch noch zu der Büste und zu deren Käufer führen.«

»Aber nicht heute Abend!«

Holmes schmunzelte. »Wahrscheinlich nicht, aber trotzdem erwarte ich ihn hier draußen in meiner Droschke. Kommen Sie morgen um sechs Uhr zurück.«

Ich war zu müde, um Holmes anstandshalber einen Schichtwechsel bei der Nachtwache anzubieten, aber es gab noch etwas, das mich beschäftigte. »Kannten Sie ihn? War es der Mann, den Sie erwartet hatten?«

Holmes sah betrübt aus. »Leider nicht, aber ich bin mir sicher, dass dieser Dr. Miller die Marionette eines guten Bekannten von mir ist.«

Ich wollte mich auf den Weg machen, als ich zu meinem namenlosen Erstaunen Holmes sagen hörte: »Sie haben Ihre Sache gut gemacht.«

Einen Augenblick blieb ich stehen, denn ich hätte nicht erwartet, dass Holmes sich jemals überwinden könnte, Worte der Anerkennung für mich zu finden. Leider war ich zu müde, um mir eine passende Antwort auszudenken.

14. Die Verfolgungsjagd

Müde und ohne gefrühstückt zu haben schleppte ich mich zur vereinbarten Stunde zum Grandhotel. Es war bitterkalt. Wenn ich gewusst hätte, was mich erwartete, hätte ich meinen Wintermantel mitgenommen.

Im Halbdunkel des beginnenden Tages schaute ich die Via Veneto hinauf. In der Ferne erkannte ich eine alte Kutsche schemenhaft unter einem Alleebaum. Ich stieg ein. In der kurzen Zeit unserer Bekanntschaft schaffte es Holmes niemals, mich derart zu überraschen wie an diesem Morgen: Er bot mir ein knuspriges Hörnchen an. Genüsslich verspeiste ich das Teilchen, nicht auf die Krümel achtend, denn die Droschke war sowieso ziemlich verschmutzt. Dann machte ich es mir so bequem, wie es in einer heruntergekommenen Kutsche möglich ist. Das Resultat war nicht besonders zufriedenstellend, aber die lange Nacht forderte ihren Tribut, und ich nickte augenblicklich ein.

Ein Ruck riss mich aus einem angenehmen Traum. Einen Moment lang fragte ich mich benommen, wo ich mich befand, aber ein Blick aus dem Fenster genügte, und ich war wieder im Bilde. Wir folgten einer anderen Droschke. Ich kramte meine Uhr aus der Westentasche. Es war neun Uhr morgens. Der beneidenswerte Dr. Miller hatte sich also den Luxus gegönnt auszuschlafen. Wir fuhren die Via Veneto hinunter und quälten uns dann durch die verstopften römischen Straßen, die nicht für diese Anzahl von Fahrzeugen angelegt waren.

Plötzlich durchfuhr mich ein eisiger Schrecken. Es war Holmes, der mich kutschierte, ein Engländer, der nach seiner eigenen Aussage nicht mit dem Rechtsverkehr zurande kam.

Meine behagliche Stimmung war wie weggeblasen. Bei jeder Kreuzung starb ich tausend Tode, und mehr als einmal brüllte ich Warnungen aus dem Fenster. Glücklicherweise dauerte dieser Nervenkitzel nicht lange. Wir hielten vor dem Telegrafenamt. Ich sprang aus der Kutsche.

»Was um Gottes willen haben Sie vor?«, rief Holmes mir nach.

Einige Passanten drehten sich um, erstaunt über den impertinenten Kutscher, der seinem Gast Vorhaltungen machte.

»Wo wir einmal hier sind, möchte ich meiner Frau ein Telegramm schicken. Sie wird sich mittlerweile bestimmt Sorgen machen.«

Dass sie eifersüchtig war, ging Holmes nichts an.

»Das werden Sie nicht tun! Steigen Sie sofort wieder ein!«, befahl er mir.

Noch mehr Passanten starrten uns an: Ein nachlässig gekleideter Herr, der sich von einem heruntergekommenen Kutscher auf offener Straße beleidigen ließ.

»Steigen Sie ein«, sagte Holmes in einem beschwichtigenden Tonfall. »Nachher kommen wir hierher zurück. Ich verspreche es Ihnen. Es kommt doch sicher nicht auf eine Stunde an.«

Widerwillig gehorchte ich.

Offensichtlich war das Telegrafenamt weniger überlaufen als die Postniederlassung in Florenz, in der ich Holmes kennen gelernt hatte, denn Dr. Miller kam schon wenige Minuten später wieder herausspaziert.

Wir verfolgten seine Droschke über die Tiberbrücke, bis zu einer ziemlich miesen Wohngegend in Trastevere. Diese Fahrt mit einem Kutscher, der spiegelbildlich falsch dachte, verängstigte mich so sehr, dass ich später in der ersten Kirche, die ich zufällig passierte, eine dicke Kerze stiftete.

Die Kutsche hielt, und die junge Frau, die mit Dr. Miller die Nacht im Hotel verbracht hatte, stieg aus. Im hellen Tageslicht sah ich, dass sie viel zu hübsch für den alten Finsterling war. Dr. Miller machte sich nicht die Mühe, sie bis zur Haustür zu begleiten oder ihr wenigstens beim Aussteigen aus der Droschke behilflich zu sein. Ich konnte mir nicht vorstellen, dass es dem Juristen verbogen geblieben war, dass er verfolgte wurde, aber er stellte uns nicht zur Rede.

Wieder setze sich die Droschke in Bewegung. Wir überquerten erneute den Tiber, und unter anderen Umständen hätte ich mich über die kostenlose Stadtrundfahrt gefreut, aber mit Holmes auf dem Kutschersitz war es der reinste Horror.

Das Ziel Dr. Millers war eine feine Wohngegend nahe des Quirinals, wo er vor einem repräsentativen, villenartigen Bau ausstieg. Als sich die Haustür hinter der hageren, schwarzen Gestalt geschlossen hatte, sprang ich erneut auf die Straße, aber diesmal versuchte Holmes nicht mich aufzuhalten.

Ein Schild neben der Tür hatte meine Aufmerksamkeit erregt. Als ich nahe genug war, um es lesen zu können, musste ich lachen. Es war das Praxisschild der Anwaltskanzlei der Dottori Manzoni und Miller, Spezialisten für Internationales Recht.

Mich immer noch vor Lachen schüttelnd, hielt ich Holmes auf dem Laufenden.

»Er hat also tatsächlich die Wahrheit gesagt«, war alles, was Holmes sagte. Dann zückte er sein Notizbuch und notierte sich die Adresse.

»Vorhin hat er bestimmt seinem Klienten ein Telegramm geschickt, um diesen vor uns zu warnen«, fiel mit plötzlich ein.

»Es ist nicht schlecht, dass der Käufer nun verunsichert ist. Jetzt müssen wir nur noch darauf warten, dass er einen Fehler macht.«

Es schien Holmes nicht zu beunruhigen, dass wir weder Namen noch Adresse dieses Klienten kannten.

»Und was machen wir jetzt?« Noch immer hatte ich Angst davor, weggeschickt zu werden.

Holmes sah mich an, als ob ich eine sehr dumme Frage gestellt hätte. »Wir fahren natürlich nach Venedig.«

Eine letzte Fahrt mit Holmes als Kutscher! Die würde ich sicher auch noch überleben, nach alle dem, was ich bereits durchgemacht hatte. Fatalistisch nahm ich auf dem Kutschbock Platz, was die Kommunikation ungemein erleichterte. Außerdem konnte ich hier oben Holmes im Notfall die Zügel aus der Hand reißen. Aber mittlerweile hatten sich meine Nerven etwas beruhigt, denn ich musste neidlos zugeben, dass Holmes – wider alle Erwartungen – Herr der Lage war. Ich ließ also meinen Blick schweifen und versuchte, möglichst viel von dem, was ich sah, im Gedächtnis zu behalten, denn, wie Holmes mir auf den Kopf zugesagt hatte, kannte ich Rom fast gar nicht.

»Was halten Sie von Dr. Miller?«, fragte Holmes mit verblüffender Beiläufigkeit.

»Er ist ein Geizkragen. Nachdem er so viel Geld im Grandhotel gelassen hat, hätte er auch seiner Freundin eine eigene Droschke spendieren können, statt sie auf dem Weg zur Arbeit vor ihrer Wohnung abzusetzen.«

»Vielleicht wollte er sicherstellen, dass er sie auch wirklich losgeworden ist.«

Ich fand, dass dieser Kommentar mehr über Holmes aussagte als über Dr. Miller. Noch immer verspürte ich eine geradezu körperliche Abneigung gegen den Anwalt, die es fast mit meinen Animositäten gegen Mortimer Hopper aufnehmen konnte.

»Er mag seine Klienten nach Strich und Faden ausnehmen«, sagte ich daher, »aber trotzdem kann ich mich des Eindrucks nicht erwehren, dass er über seine Verhältnisse lebt. Ich möchte gar nicht wissen, was das Zimmer im Grandhotel Garibaldi gekostet hat, und wie sich gezeigt hat, war sein Aufenthalt dort rein privater Natur. Sicher wird die junge Frau ihm ihre Gunst nicht gratis gewährt haben. Dazu kommt noch die Karte für die Oper, wo er sich, im Gegensatz zu mir, sicher nicht mit einem Platz unter dem Dach begnügt haben wird. Ich finde, all dies riecht nach Bestechung, Hehlerei oder Schlimmerem.«

Holmes bedachte mich mit einem süffisanten Blick, der nicht zum Gesicht des heruntergekommenen Kutschers passen wollte. »Und ich kann mich des Eindrucks nicht erwehren, dass Sie Vorurteile gegenüber reichen Leuten haben.«

Ich wollte nicht zugeben, dass dieser Kommentar mehr als nur ein Quäntchen Wahrheit enthielt. »Solange sie mich nicht schikanieren wie einige der Stammkunden der Buchhandlung, habe ich sogar eine ausgeprägte Vorliebe für die Reichen. Leider gehören aber nur wenige Exemplare dieser Spezies zu meinem Bekanntenkreis.«

Holmes lächelte. »Offensichtlich haben Sie noch nicht begriffen, dass das vorzeitige Ableben des genialen Maestro Lorenzo Boldoni Sie selbst zu einem wohlhabenden Mann gemacht hat.«

Ich beschloss, darüber erst nach meiner Rückkehr nach Florenz nachzudenken.

Holmes hielt sein Versprechen. Auf dem Weg zum Bahnhof machte er einen Abstecher zum Telegrafenamt, und ich schrieb meiner Frau in einem Telegramm, dass ich auf dem Weg nach Venedig sei. Ich war froh, dass ich sie nicht beim Lesen sehen musste.

»Wir dürfen nicht vergessen, den schweren Koffer von der Gepäckaufbewahrung abzuholen«, sagte ich, als ich wieder zurückkam.

»Das ist bereits geschehen«, erwiderte Holmes und zeigte auf den Rücksitz. »Wissen Sie mittlerweile, was in dem Koffer ist?«

Das war eine überflüssige Frage. »Sicherlich eine Skulptur, aber warum schleppen wir sie mit uns herum?«

Holmes lachte.

»Es ist eine Büste der Primavera. Ich hatte vor, sie heute Nacht auszutauschen, denn ich hoffte, das Exemplar mit der Inventarnummer im Hotel zu finden.«

Mir schien dieser Plan ziemlich skurril. Ich fragte mich, warum Holmes die Büste nicht einfach stehlen wollte, aber dies war nun auch egal, denn sie befand sich in Venedig, und wir waren in Rom.

»Woher haben Sie diese Kopie?«, wollte ich trotzdem wissen.

»Von ihrem Schwager natürlich. Ich habe ihn um ein weiteres Exemplar gebeten, weil ich mir alle Optionen offen halten wollte.«

Es gab noch etwas, was mich beschäftigte. »Sie sind doch nicht in diesen abgerissenen Klamotten im Hotel herumgeschlichen?«

Holmes sah mich amüsiert an.

»Beim Herumschleichen, wie Sie sich auszudrücken belieben, war ich wie ein reicher Tourist gekleidet.«

Ich fand es erstaunlich, was für eine breite Palette an Requisiten Holmes ständig mit sich herumschleppte. Er musste sich diese Dinge bei Florentiner Händlern besorgt haben, denn, wenn ich Holmes richtig verstanden hatte, konnte er in der Schweiz nur sein nacktes Leben retten. Sein Gepäck hatte wohl er trauernde Dr. Watson nach London gebracht und Mycroft Holmes überantwortet. Ich hoffte, dass dieser weniger gefühlskalt als sein Bruder war und Dr. Watson von der

Flucht seines Freundes berichtet hatte, aber ich glaubte es nicht recht.

Wir erreichten den Bahnhof, und nun hieß es Abschied nehmen von unserer Privatkutsche. Holmes winkte einen Kofferträger herbei und vertraute ihm unser Gepäck an. Dann sprach er mit einem echten Kutscher, und dieser gab ihm einige Geldscheine.

Wir folgten dem schmächtigen Träger, der sich mit dem schweren Koffer abplagte, und mir kam ein unangenehmer Gedanke in den Sinn. »Hat nicht der Page des Florentiner Hotels behauptet, für Dr. Miller einen schweren Koffer geschleppt zu haben? Wieso soll dann die Büste in Venedig sein?«

»Das hat nicht viel zu bedeuten«, erwiderte Holmes. »Möglicherweise wurde das schwere Gepäckstück nicht nach Rom, sondern nach Venedig geschickt. Es könnte auch sein, dass sich Dr. Miller nach Verlassen des Hotels mit seinem Klienten getroffen hat, um ihm seine Neuerwerbung persönlich zu überreichen. Diese Variante bevorzuge ich, aber vielleicht hat der Page auch übertrieben, und der Koffer war gar nicht so schwer. Er könnte dann beispielsweise juristische Bücher enthalten haben. Ich kann aus langer, leidvoller Erfahrung bestätigen, dass juristische Fachbücher tatsächlich oft bleischwere Folianten sind.«

Ich seufzte. Holmes hatte mal wieder recht. Nach wie vor war alles offen.

15. Die Lagunenstadt

Waren Sie schon einmal in Venedig?«, fragte ich Holmes, als unser Zug über den Ponte della Libertá fuhr. So hieß die lange Bahnbrücke, die Mestre mit der Lagunenstadt verband. Diesmal war die Fahrt ohne weitere Vorkommnisse verlaufen. Noch immer hatten wir die Steinbüste dabei, die so in den Genuss einer Italienrundfahrt kam. Ich hatte unterwegs bereits das Venedig-Kapitel meines Reiseführers studiert.

»Nein«, antwortete Holmes, ohne aufzuschauen. Seit mehren Stunden studierte er bereits die Kleinanzeigen aller italienischen Zeitungen, deren er habhaft werden konnte.

Offensichtlich war er immun gegen den Zauber Venedigs. Ich fragte mich, woran dies wohl liegen mochte. Sicherlich nicht am Wetter, dieses hätte Holmes eher zusagen müssen. In Florenz und Rom hatten wir unter einer für diese Jahreszeit ungewöhnlichen Hitze zu leiden gehabt, aber auf der Fahrt nach Venedig war das Wetter umgeschlagen. Dunkle Wolken hingen über der Lagune, und ein leichter Nebel verwischte die Konturen der Palazzi – oder waren es vielleicht Lagerhallen? Tatsache war jedenfalls, dass man kaum Einzelheiten erkennen konnte. Venedig sah an diesem Tag aus wie von Turner aquarelliert.

Ich blickte erneut auf Holmes und dachte, dass die stillose Annäherung an die Lagunenstadt nicht dazu angetan war, eine derart prosaische Natur hinzureißen. Venedig wollte vom Meer aus bewundert werden.

»Wir hätten mit dem Schiff anreisen sollen«, sagte ich daher.

»Zeitverschwendung!«

»Früher hätten Sie keine Wahl gehabt.«

»Wie gut, dass wir heute unterwegs sind.«

»Ja, wollen Sie sich wirklich diesen Anblick entgehen lassen?«

Holmes hob endlich den Kopf. »Aber es gibt doch momentan nichts zu sehen. Das Bild, das Sie trotz Nebel wahrzunehmen glauben, entsteht in Ihrem Kopf, weil Sie schon so viele Gemälde und Fotografien Venedigs gesehen haben. Ich für meinen Teil möchte mich nicht mit dergleichen nutzlosen Informationen belasten. Es ist meine Überzeugung, dass jedes Bild, das ich in meinem Kopf speichere, ein anderes verdrängt. Daher beschränke ich mich darauf, Dinge anzusehen, die mir von Nutzen sein können!«

Ich war befremdet. »Sie würdigen Venedig keines Blickes, um nicht eine Ihrer Aschensorten zu vergessen?«

»Genau.«

Es herrschten einige Minuten Schweigen.

»Was machen wir nun?«, fragte ich schließlich. Während der Zugfahrt hatte ich nicht gewagt, Holmes bei der Zeitungslektüre zu stören. »Geben wir eine Kleinanzeige in der Gazetta di Venezia auf?«

Holmes faltete seine Zeitung zusammen und stopfte sie in die Jackentasche. Auch nach einer langen Bahnreise durch halb Italien saß sein Anzug völlig faltenfrei. Er wirkte wie eine zweite Haut. Meine Hosen hingegen waren mittlerweile ausgebeult, während das Sakko einem Kartoffelsack glich.

»Geldverschwendung.«

»Aber wollen Sie es nicht wenigstens versuchen? Das letzte Mal hat es doch wie am Schnürchen geklappt!«

Holmes räusperte sich. »Meine letzte Anzeige war maßgeschneidert. Sie sollte Mortimer Hopper ködern, von dem ich vermutete, dass er die gesuchte Büste besaß.«

»Wahrscheinlich sind wir nur Stunden zu spät gekommen«, unterbrach ich.

Holmes nickte. »Ich bin mittlerweile sicher, dass Hopper mich hat beschatten lassen. Ich hatte ihn unterschätzt. Sonst wäre ich nicht so leichtsinnig gewesen, die Büste bei Signora Rossi zu lassen. In London wäre mir ein derartiger Fehler nicht unterlaufen, aber Florenz hatte mich in Urlaubsstimmung versetzt.«

Diese Bemerkung verblüffte mich. Ich wollte nicht so arbeiten, wie Holmes seinen Urlaub verbrachte. »Auch in Florenz gibt es Kriminelle, die es auf das Vermögen der Reichen abgesehen haben. Was Hopper betrifft, dem traue ich alles zu, einschließlich des Mordes an meinem Schwiegervater.«

Holmes schüttelte den Kopf. »Das ist so ziemlich das einzige Verbrechen, das er bestimmt nicht begangen hat. Warum sollte er das Huhn umbringen, das goldene Eier legt?« Holmes streckte sich und schaute gleichgültig aus dem Fenster. »Zu schade, dass es uns hierher verschlagen hat. In Florenz hätte uns dieser begabte junge Mann – wenn ich mich richtig entsinne der Vetter des Nachbarn Ihres Schwagers – gute Dienste leisten können.«

»Brauchen Sie schon wieder neue Papiere?«, fragte ich.

Holmes sah mich erstaunt an. »Nein, ich werde mich des vorzüglichen norwegischen Passes bedienen, solange ich inkognito bleiben möchte.«

Endlich konnte ich die Frage stellen, die mir seit Langem auf den Nägeln brannte. »Wie lange haben Sie eigentlich vor, in Italien zu bleiben?«

Ich versuchte, die Frage so sachlich wie möglich klingen zu lassen.

»Nicht länger als nötig«, erwiderte Holmes und holte seine Pfeife aus der Tasche.

Ich starrte Holmes wortlos an. Wir spielten das alte Spiel »Wer zuerst spricht, hat verloren«. Holmes stopfte mit stoischer Miene seine Pfeife und zündete sie an. Meine bohrenden Blicke prallten an ihm ab. Schließlich verlor ich die Geduld. Ich wusste, dass ich das Spiel nicht gewinnen konnte. Ich räusperte mich.

Holmes schaute mich an.

»Und worauf genau warten Sie?«

»Darauf, dass der Feind sich rührt.«

Ich fragte mich, ob Holmes unter Verfolgungswahn litt. »Welcher Feind? Professor Moriarty ist tot.«

Holmes sah mich neugierig an. »Woher wissen Sie das?«

Ich schnappte nach Luft. »Es stand doch in der Times! Sie selbst haben mir den Artikel gezeigt!«, entfuhr es mir.

Holmes lachte. »Derselbe Artikel berichtete auch von meinem Tod, und Sie waren es, der dies bezweifelt hat. Ich für meinen Teil glaube erst an den Tod von Professor Moriarty, wenn ich seine Leiche gesehen habe, keinen Augenblick früher. Außerdem gibt es noch seinen Gefolgsmann Colonel Sebastian Moran. Er war es, der an den Reichenbachfällen auf mich geschossen hat. Erst, wenn ich Colonel Moran das Handwerk legen kann, ist London wieder sicher für mich.«

Nach wie vor klang mir dies nach einer ausgewachsenen Paranoia. »Und was genau haben wir nun vor?«, fragte ich erneut.

»Wir agieren von nun an getrennt. Sie begeben sich ins Café Florian. Dort verwickeln Sie jeden englischen Gast in ein Gespräch über Kunst. Wenn jemand anbeißt, versuchen Sie seinen Namen und seine Adresse aus ihm herauszukitzeln.«

Vor meinem inneren Auge sah ich die Spesenrechnung ins Unermessliche anwachsen. »Meinen Sie, dass Andrea damit einverstanden ist?«

Holmes zuckte mit den Schultern. »Mit Speck fängt man Mäuse.«

Meine Neugier siegte über meinen Familiensinn. »Und wo recherchieren Sie?«

»Ich versuche, Kontakte mit der Unterwelt aufzunehmen. Dabei hätte der Passspezialist sich als hilfreich erweisen können!«

»Wie machen Sie das?«

»Berufsgeheimnis!«

Damit war das Gespräch beendet.

Kurze Zeit später verließen wir den Zug.

»Ich schlage vor, wir suchen uns als Erstes ein Hotelzimmer«, sagte ich, da ich keinerlei Neigungen verspürte, wieder die halbe Nacht im Freien zu verbringen, nicht bei diesem Wetter!

»Wir müssen nicht suchen«, sagte Holmes. »Es wird das Beste sein, dass wir in dem Hotel absteigen, in dem Sie Ihre Flitterwochen verbracht haben. Ich hoffe, Sie erinnern sich noch an die Adresse.«

»Selbstverständlich erinnere ich mich daran«, sagte ich, einigermaßen verblüfft über diesen Vorschlag. »Warum sollten wir mit einer billigen Pension vorlieb nehmen, wo wir uns doch auch eine komfortablere Unterkunft leisten können?«

Wieder einmal betrachtete Holmes mich wie ein Lehrer einen besonders begriffsstutzigen Schüler. »Dafür sprechen mehrere gute Gründe. Erstens möchte ich jegliches Aufsehen vermeiden, denn ich möchte den Mann, den wir suchen, nicht aufschrecken. Zweitens kennt man Sie in dieser Pension, und dies wird mir sicher das Präsentieren des gefälschten Ausweises ersparen, und drittens haben Sie Ihrer Familie telegrafiert, dass wir nach Venedig fahren. Ich gehe also davon aus, dass Ihr Schwager, falls er Kontakt mit uns aufnehmen möchte, auf die Idee kommt, in dieser Pension nachzufragen.«

Ich war mir nicht sicher, dass Letzteres tatsächlich zutraf, aber ansonsten verblüffte mich Holmes wie immer durch seine Gedankengänge, die so einfach erschienen, wenn er sie mir erläuterte, aber auf die ich niemals gekommen wäre.

»Was ist hier das Äquivalent für eine Droschke?«

»Die Gondel«, erwiderte ich, »aber wir können auch den Vaporetto[5] nehmen. Er ist schneller und preiswerter.«

Als wir den Bahnhof verließen, fegte uns ein frischer Wind entgegen. Auf dem Weg zur Bootsanlegestelle watete ich durch Pfützen und fluchte darüber, keinen Schirm mitgenommen zu haben.

[5] Anm.: (ital. »il vaporetto«, dt: »Dampfschiffchen«) Bezeichnet ein öffentliches Verkehrsmittel (Wasserbus), der auf den Kanälen Venedigs zum Einsatz kommt. Heute sind die Vaporetti allerdings mit Dieselmotoren ausgestattet.

16. Im Café Florian

Am folgenden Morgen scheuchte Holmes mich zu einer für meine Begriffe unchristlichen Stunde aus den Federn. Ich hatte rasende Kopfschmerzen und hoffte, mir keine Grippe einzufangen. Als ich durch das Fenster schaute und wabernde Nebelschwaden sah, überkamen mich Mordgelüste. Ich war kurz davor, Holmes die Gefolgschaft aufzukündigen, aber die Vorstellung, unverrichteter Dinge zu den Boldoni zurückzukehren, war mir unerträglich. Allein der Gedanke daran, was Giovanna in der Nachbarschaft herumerzählen würde, erstickte die Rebellion im Keim.

»Kann ich wenigstens bis neun Uhr schlafen?«, protestierte ich.

Holmes machte eine wegwerfende Handbewegung. »Der Mann, den wir suchen, ist kein Tagedieb.«

Wie ich, ergänzte ich im Geist. »Jeder venezianische Tunichtgut, der das Erbe seiner zur See fahrenden Vorväter durchbringt, kann die Büste gekauft haben«, wandte ich ein.

»Aber wir suchen einen Engländer.«

Ich kapitulierte und stand auf.

Als ich aus der Pension trat, wehte mir ein feuchter Wind ins Gesicht. Ich zog meinen Hut in die Stirn und beschloss, einen Abstecher zur Post zu machen. Schließlich lag sie auf dem Weg zur Piazza San Marco. Vielleicht erwartete mich dort eine Nachricht meiner Frau. Schließlich kannte sie meine Vorliebe für postlagernde Sendungen.

Ich schlenderte also zum Canal Grande, überquerte aber nicht die neue Eisenbrücke[6], sondern nahm an der Anlegestelle Accademia den nächsten Vaporetto.

[6] Anm.: Mittlerweile durch die hölzerne Ponte dell' Accademia ersetzt.

Weißer Schaum folgte dem lärmenden Dampfboot. Hohe Wellen schlugen an die gotischen Fassaden, die an mir vorbeizogen wie eine Theaterkulisse. Nach einer kurzen Fahrt sah ich vor mir die berühmte Rialtobrücke, und ich verließ das Boot.

Neben der Brücke erhob sich der schmucklose, dreigeschossige Bau des Fondaco dei Tedeschi. Dies war die ehemalige Niederlassung der deutschen Kaufleute in Venedig, in der sich heute die Hauptpost von Venedig befindet.[7]

Die gelbe Wandfarbe blätterte ab, und auch sonst hatte der mächtige Bau bessere Zeiten gesehen, aber wenigsten hatte die Post bereits geöffnet.

Ein Vorteil der frühen Stunde war, dass ich nicht lange warten musste. Als der Postbeamte mit einem Brief zurückkam, zog sich mir der Magen in unangenehmer Vorahnung zusammen.

Wie ich schon erwartet hatte, war der Brief von meiner Frau. Ich riss ihn auf und las:

Lieber David,

bist du von allen guten Geistern verlassen? Du solltest in Rom einen Käufer suchen, nicht dich in ganz Italien herumtreiben. Was du mir geschrieben hast, klingt nach einer Privatfehde zwischen dem falschen Norweger und dem Mann, den er sucht. Oder steckt doch eine andere Frau dahinter?

Andrea hat euch daher den Kredit gestrichen. Außerdem hat er sich inzwischen auch mit dem Museumswächter arrangiert. Andrea fertigt eine bessere Kopie an, der Vetter des Kupferstechers

[7] Anm.: Da irrte David Tristram. Die Hauptpost bezog erst 1937 den Fondaco dei Tedeschi.

fabriziert die Inventarnummer, und der Wächter tauscht dann die beiden Werke aus.

Du kannst also ruhigen Gewissens nach Hause zurückkehren!

Deine Violetta

Natürlich hatte sie recht, aber ich wollte weiterhin mit Holmes zusammenarbeiten. Das war das Abenteuer meines Lebens, und noch immer scheute ich die Blamage der vorzeitigen Rückkehr. Also musste ich improvisieren. Ich ließ mir ein Formular geben und schrieb folgendes Telegramm:

Liebe Violetta, kann nicht kommen, verfolge heiße Spur. Hinter der Sache steckt mehr als es den Anschein hatte. Dein Dich liebender David

Dann zerknüllte ich den Brief und zerriss ihn in tausend kleine Fetzen, die ich in den Canal Grande warf. Ich sah ihnen nach, wie das Wasser sie davontrug. Holmes sollte nichts von dem Arrangement erfahren! Mit Befremden registrierte ich, dass am Heck einer vorbeifahrenden Gondel die amerikanische Fahne in der feuchten Luft flatterte.

Glücklicherweise war der Weg zum Markusplatz beschildert, und ich lief nicht Gefahr, mich im Labyrinth der Gassen und Kanäle zu verirren. Trotzdem beschlich mich ein leichtes Gefühl der Unsicherheit, als ich durch die engen Häuserschluchten ging. Straßen öffneten sich unvermittelt zu Plätzen oder endeten genauso plötzlich an Kanälen. Wie aus dem Nichts tauchte eine Gestalt vor mir auf und verschwand spurlos wieder, ohne meinen Weg gekreuzt zu haben.

Ich atmete auf, als ich den Platz der Plätze vor mir sah. In Venedig gibt es nur eine Piazza, die Piazza San Marco, sowie es auch nur einen Palast gibt, den Dogenpalast. Alles andere sind nur *campi*, also Felder, und *case*, Häuser. Napoleon hatte die Piazza San Marco den schönsten Salon Europas genannt, aber dies war eine Untertreibung. Der Markusplatz war der Festsaal, auf dem sich die Republik Venedig an Feiertagen mit Prozessionen und Umzügen selbst gefeiert hatte. Hier fanden die Begrüßungszeremonien zu Ehren fremder Herrscher statt, während sich heute den ganzen Tag lang die Fremden die Ehre geben.

Mein Ziel waren die Neuen Prokuratien, hinter deren Arkaden sich das berühmte Café Florian befand. Aus meinem Reiseführer wusste ich, dass in dem Gebäude die neun Prokuratoren von San Marco gewohnt hatten, deren Aufgabe das Bewahren der Kirche war. Diese Prokuratoren waren per Gesetz verpflichtet, sich in der Umgebung von San Marco niederzulassen. Meiner Meinung nach war dies keine Pflicht, sondern ein Privileg.

Etwas eingeschüchtert stand ich schließlich vor dem ältesten Café Italiens, das ich während unserer Hochzeitsreise nur von außen beäugt hatte. Ich gab mir einen Ruck und trat ein. Vor mir öffneten sich vier kleine, wohnzimmerartige Räume, die jeweils nach ihrer Dekoration benannt wurden. Immer noch unsicher durchschritt ich die ersten drei Räume, ließ mich aber nicht nieder, da sie mir zu leer waren. Innerlich verfluchte ich Holmes, diesen unverbesserlichen Frühaufsteher. Die normalen Cafébesucher würden selbstverständlich erst später eintreffen.

Schließlich entschied ich mich für das maurische Zimmer, denn es bot die beste Übersicht. Ich nahm auf einem samtbezogenen Sofa Platz und las die Speisekarte. Die Preise ließen vermuten, dass es sich um Teilhaberschaften am Café handelte und nicht um das Entgelt für den Konsum von Getränken und Kuchen. Da ich es weniger peinlich fand, stundenlang mit einer leeren Tasse herumzusitzen als mit einem Wasserglas, bestellte ich einen Kaffee.

Ich betrachtete die reiche Dekoration. Vergoldete Leisten rahmten die Bildnisse üppiger Orientalinnen, deren ebenmäßige Gesichter nicht von Schleiern verhüllt waren. Es war eine bunt zusammengewürfelte Schar aus Araberinnen, Türkinnen und Chinesinnen. Was ich aber vermisste, waren Frauen aus Fleisch und Blut, die ich hätte ausfragen können. Die Glücklichen lagen sicher noch alle in ihren Federn.

Um den Blicken des Obers auszuweichen, durchblätterte ich lustlos die Zeitung. Als ich im Feuilleton angelangt war, befürchtete ich, auf eine Notiz über einen Diebstahl im Bargello zu stoßen, fand aber nur den üblichen Klatsch.

Ich schaute auf. Eine Dame betrat den maurischen Raum. Sie trug ein graues Seidenkostüm. Ihr Gesicht war dick gepudert. Die Finger schmückten große Ringe. Sie bildete sich bestimmt ein, für eine italiensche Aristokratin in den Dreißigern durchzugehen, aber sie war mindestens Anfang fünfzig, und ich war mir sicher, dass sie eine gebürtige Amerikanerin war. Zu meiner großen Erleichterung entschied sie sich für den Nachbartisch.

Wir hatten immer von »dem Käufer« der Büste gesprochen, aber nun kam mir plötzlich in den Sinn, dass es sich auch um eine Frau handeln konnte. Darauf war ich innerlich nicht vorbereitet.

Meine Gedanken rasten. Panisch überlegte ich, wie ich eine reiche Frau im besten Alter ansprechen sollte, ohne missverstanden zu werden. Ich schaute an mir herab. Die Wirtin hatte wahre Wunder an dem durchnässten Anzug vollbracht, den ich zum Ausbügeln gegeben hatte. Trotzdem fühlte ich mich äußerst unwohl in meiner Haut.

Dann kam mir eine Idee. Vielleicht konnte ich der Dame meine Dienste als Dolmetscher anbieten?

Der Ober kam. Die Dame bestellte mit wohlgewählten Worten eine Schokolade. Sie sprach wesentlich besser Italienisch als ich. Ich räusperte mich. Die Dame schaute mich stirnrunzelnd an und neigte dabei den Kopf mit den blonden Haaren leicht nach links.

»Entschuldigen Sie, dass ich Sie einfach so anspreche«, sagte ich und kam mir unendlich albern vor, »aber ich glaube, ich habe Sie schon einmal irgendwo getroffen.«

»Das halte ich für unwahrscheinlich, denn ich kenne Sie nicht«, antwortet sie wie aus der Pistole geschossen.

Ich wagte einen Schuss ins Blaue.

»Doch. Ich glaube es war in Florenz, entweder in der Werkstatt von Lorenzo Boldoni oder im Laden von Mortimer Hopper.«

Die Verärgerung verschwand aus dem fein geschnittenen Gesicht der Dame. »Sie müssen mich mit jemandem verwechseln. Ich kenne diese Leute nicht, und als ich das letzte Mal in Florenz war, trugen Sie noch kurze Hosen.«

Zwar war meinem kühnen Vorstoß kein Erfolg beschieden, aber das Eis war gebrochen.

»Erlauben Sie, dass ich Ihnen etwas Gesellschaft leiste?«, fragte ich. »Ich habe den Eindruck, dass Sie sich gut in Venedig auskennen. Vielleicht können Sie mir helfen.«

Da die Dame nicht protestierte, setzte ich mich ihr gegenüber und stellte meine leere Tasse auf die Marmorplatte des grazilen Tisches.

Mit der Leutseligkeit, mit der sich alle Anglophonen im Exil begegnen, tauschten wir die Stationen unseres Lebens miteinander aus. Ich erfuhr, dass ich es mit der Contessa Elisabeth Gritta zu tun hatte, einer texanischen Sängerin, die sich einen wesentlich älteren venezianischen Graf geangelt hatte. Sie drückte dies natürlich anders aus, aber ich fand es verräterisch, dass sie sagte, der Graf habe sich in sie verliebt – und nicht, sie hätten sich ineinander verliebt.

»Sie sind sicher heute zum ersten Mal hier?«, fragte die Contessa.

Ich nickte wortlos.

»Und warum haben Sie sich für das maurische Zimmer entschieden?«

»Weil Lord Byron hier meistens gesessen hat.«

In Wahrheit hatte ich keine Ahnung, welchem der überladenen Räume der berühmte Dichter den Vorzug geben hatte, aber da sich mein Reiseführer darüber ausschwieg, bestand wohl kaum Gefahr, dass die Contessa es besser wusste.

»Man muss vorsichtig sein bei der Platzwahl! Es gibt adlige Venezianer, die darauf bestehen, ihren Kaffee immer an derselben Stelle einzunehmen.«

Wir plauderten noch eine Weile, und dies ersparte mir die Peinlichkeit, andere Gäste belästigen zu müssen. Das Café hatte sich nämlich mittlerweile gefüllt.

Dann kramte die Contessa eine goldene Uhr aus ihrer Tasche. »Oh, so spät schon!«, entfuhr es ihr. »Leider muss ich Sie jetzt verlassen.«

Ich unternahm einen letzten Versuch, die Ermittlungen voranzutreiben.

»Sie kennen wahrscheinlich auch nicht Dr. Miller? Er ist ein Anwalt in Rom, der auf internationales Recht spezialisiert ist.«

Sie schüttelte verblüfft den Kopf. »Sie haben komische Ideen. Ich kenne keinerlei Anwälte in Rom. Warum fragen Sie?«

Ich versuchte die ganze Geschichte so einfach wie möglich darzustellen, aber es wollte mir nicht recht gelingen.

»Ich suche einen englischen Kunstsammler, in dessen Auftrag dieser Dr. Miller eine Büste aus der Frührenaissance erworben hat. Dabei ist etwas schief gegangen, und die falsche Büste ist ausgeliefert worden.«

»Und warum erzählen Sie mir das alles?«, fragte die Contessa leicht befremdet. »Sie sollten lieber Dr. Miller nach der Adresse des Sammlers fragen«

»Er kennt angeblich seinen Namen nicht, aber ich weiß von Dr. Miller, dass sich die Büste in Venedig befindet.«

Die Contessa schaute mich nachdenklich an.

Ich kam mir wie ein kompletter Idiot vor, aber es gab kein Zurück mehr. »Ich habe Sie nach Dr. Miller gefragt, weil ich dachte, dass eine Contessa doch sicher die Kunstsammler Venedigs kennt.«

Die Contessa lächelte nachsichtig. »Es mögen in Venedig nicht ganz so viele Ausländer leben wie in Florenz, aber die Kolonie ist trotzdem riesig, und die meisten sammeln irgendetwas.« Sie dachte einen Augenblick nach. »Ich glaube nicht, dass ich den Sammler kenne, den Sie suchen. Aber falls mir doch noch eine Idee kommen sollte, wie kann ich Sie erreichen?«

Schon wollte ich ihr die Adresse unserer Pension geben, als ich mich darin erinnerte, wie mich in Rom fast eine Kutsche überfahren hatte. Falls mir jemand nach dem Leben trachtete, war es besser, wenn niemand meine Adresse kannte.

»Ich bin mit meiner Unterkunft unzufrieden«, log ich also, »sodass ich sie so bald wie möglich wechseln möchte. Ich wäre Ihnen daher sehr verbunden, wenn Sie mir postlagernd schreiben könnten – an die Hauptpost.«

Einen Augenblick lang dachte ich, die Contessa würde mich auslachen, aber dazu war sie zu distinguiert. Vielleicht hatte sie aber auch Angst, ihre Puderschichten könnten Risse bekommen.

»An Sie adressiert?«, fragte sie und zog dabei die Augenbrauen in einer Weise hoch, die mich an Holmes erinnerte.

»Nein, adressieren Sie die Nachricht an Sven Sigerson. Das ist der Name des Ermittlers, mit dem ich zusammenarbeite.«

Die Contessa musterte mich irritiert, aber sie notierte sich den Namen. Dann streckte sie mir zum Abschied ihre behandschuhte Rechte entgegen.

Ich war noch immer nicht bereit, sie kampflos verschwinden zu lassen. »Noch eine allerletzte Frage«, sagte ich. »Können Sie mich vielleicht einem der anderen Stammgäste des Cafés vorstellen?«

»Im Augenblick sehe ich hier nur einen einzigen Stammgast«, erwiderte sie und zeigte dabei diskret auf einen würdigen Greis im zweireihigen Anzug. »Es ist der alte General mit den schwarz gefärbten Haaren.«

Ob er auch ein so begeisterter Anhänger Garibaldis war wie der nervige Stammgast meiner Buchhandlung? Ich war nicht neugierig darauf, die Wahrheit herauszufinden.

Die Contessa verließ das Café. Ich ließ meinen Blick schweifen, um mir ein neues Opfer zu suchen, fand aber niemanden, der meiner Vorstellung von einem Kunstsammler entsprach.

Ein scharfer Knall durchriss plötzlich die Stille. Er hörte sich an wie der Schuss einer Kanone. Ganze Taubenschwärme schreckten auf und umkreisten den Markusplatz.

»Ist ein Krieg ausgebrochen?«, rief ich entsetzt aus.

Der Ober lachte. »Nein, es ist zwölf Uhr mittags. Der Kanonenschuss ist für die Männer das Signal zum Aufbruch nach Hause.«

Offensichtlich musste in Venedig alles extravagant sein, weshalb man sich nicht mit dem üblichen Glockengeläut begnügte.

Ich bedankte mich mechanisch, denn endlich sah ich Sherlock Holmes, der sich seinen Weg durch das mittlerweile gut besuchte Café bahnte.

Ich berichtete ihm von der amerikanischen Gräfin.

»Ich sehe, Sie haben eine Bekanntschaft gemacht, die uns noch von Nutzen sein könnte.«

Bei Holmes wusste ich nie, wann er scherzte und wann er etwas ernst meinte.

»Warum setzen Sie eigentlich nicht Ihren Bruder Mycroft auf diesen mysteriösen Käufer an?«

Diese Frage hatte ich mir heute Morgen nämlich schon mehrfach gestellt.

»Weil wir nicht in England sind. Andernfalls hätte ich dies selbstverständlich längst getan, aber Mycroft kann mir in Italien nicht helfen, denn hier hat er keinerlei Beziehungen. Also musste ich selbst aktiv werden.«

»Und was haben Sie herausbekommen?«

»Ich habe mich als Gondoliere verkleidet. Sie werden sicherlich wissen, dass ich in der Vergangenheit wiederholt Informationen von Kutschern erhalten habe. Leider gab es bei meiner Premiere als Gondoliere einige Anfangsschwierigkeiten. Genauer gesagt, hatte ich einen unangenehmen Zusammenstoß mit zwei echten Gondolieri. Diese sind offensichtlich eine verschworene Gemeinschaft. Auf unmissverständliche Weise haben die beiden mir mitgeteilt, dass zwar jeder eine Gondel erwerben könne, aber nur gebürtige Venezianer berechtigt seien, den Beruf eines Gondoliere auszuüben. Ihre Lehrzeit dauert zehn Jahre. Erst dann können sie die begehrte Lizenz erwerben. Ich habe versichert, dass ich nicht gedenke, den Einheimischen Konkurrenz zu machen, sondern nur auf dem Weg zu einem Maskenball sei. Daraufhin haben die Herren in den weißen Anzügen das Kriegsbeil begraben.«

»Und die Gondolieri haben sich nicht darüber gewundert, dass Sie unbedingt mit ihnen reden wollten?«, unterbrach ich.

»Nicht im Mindesten, denn ich habe vorgegeben sie zu studieren, um meine Rolle richtig spielen zu können.«

»Ach so!«, war alles, was mir dazu einfiel. Ich bedauerte, Holmes nicht in seiner Verkleidung gesehen zu haben.

»Zwar habe ich meine Schwierigkeiten mit dem Venezianischen, aber ich habe etwas Interessantes erfahren. In der Gondelwerkstatt von Domenico Tramontin geschehen angeblich merkwürdige Dinge.«

»Haben Sie die Adresse?«

Holmes drückte mir wortlos einen Zettel in die Hand. Ich las: *Domenico Tramontin, Dorsoduro 1542, am Rio dell' Avogaria.*

»Das dürfte nicht allzu weit von unserer Pension entfernt sein, die sich ja ebenfalls in Dorsoduro befindet«, erwiderte ich. »Trotzdem frage ich mich, was all dies mit der verschwunden Büste zu tun haben soll.«

»Wenn wir den planenden Geist hinter all diesen Dingen kennen, dann werden wir auch die Büste finden.«

Ich kam mir vor, wie in einem Tollhaus. »Ich verstehe absolut nicht, wie Sie von Marmorbüsten auf Gondeln kommen!«

Holmes sah mich nachsichtig an. »Die Vorgehensweise des Diebs zeigt ein großes Maß an Planung. Es ist daher wahrscheinlich, dass er kein Neuling in der Welt des Verbrechens ist.« Holmes Augen folgten einer Touristin, die eine Gondel aus Marmorglas auspackte. »Ich habe noch etwas herausgefunden, das ich bemerkenswert finde«, sagte er in einem Tonfall, der eine wichtige Enthüllung erwarten ließ. »Die Gondeln fahren links, worin sich der gesunde Menschenverstand der alten Venezianer zeigt, während die Vaporetti die neumodische Sitte des Rechtsverkehrs übernommen haben. Trotzdem kommt es fast nie zu Zusammenstößen.«

»Das größte Problem bei der Orientierung in Venedig ist, dass es keinen zuverlässigen Stadtplan der Lagunenmetropole gibt«, sagte ich, um das Gespräch auf praktischere Dinge zu lenken. »Die Sitte, alle Häuser eines Sestiere durchzunummerieren, erleichtert die Sache auch nicht unbedingt.«

Holmes nickte. »Daher schlage ich vor, dass wir eine Gondel nehmen. Die Gondolieri werden den Weg schon kennen.«

17. Die Gondelwerft

Meinem Reiseführer war es zu verdanken, dass ich wusste, wie die Venezianer eine Gondel mieteten. An der nahe gelegenen Gondelstation Il Ridotto schallten uns von allen Seiten die »Gondola«-Rufe entgegen. Ich suchte, wie der Reisführer empfahl, ein Fahrzeug aus und entschied mich für eine besonders alte Gondel, in der Hoffung, dass sie weniger teuer sei. Der Besitzer würde sich dann schon melden, versprach der Reiseführer – und so geschah es auch. Wie vorgeschlagen, nannte ich Preis und Ziel.

Der Gondoliere lachte über meinen Preisvorschlag. Niemand erbot sich, in die Bresche zu springen. Der Besitzer des Bootes schlug seinerseits eine Zahl vor, die meine Preisvorstellung um ein Vielfaches übertraf. Ich war empört, wollte mit dem gierigen Touristenfänger feilschen, aber Holmes winkte ab. Wie ich später erfuhr, legte er großen Wert auf ein gutes Einvernehmen mit den Gondolieri.[8]

Wir stiegen ein und nahmen unter dem Felze[9] Platz. Die beiden Gondolieri sahen einander so ähnlich, dass ich sie für Brüder hielt. Sie waren mittelgroße Männer in den Dreißigern mit dunkelblondem Haar. Auch ihre Haut war sicher von Haus aus blass, aber die Arbeit auf den Kanälen hatte ihre Spuren hinterlassen.

Sie nahmen ihre traditionelle Position an Bug und Heck der Gondel ein, und mit unnachahmlicher Effizienz und Eleganz steuerten sie das schwarze, schlanke Boot. Das Eintauchen der Ruder war kaum zu hören. In den Kreuzungen riefen sie

[8] Anm.: David Tristram verwendet den Plural, da damals die Gondeln noch von mindestens zwei Ruderern bewegt werden mussten.

[9] Anm.: Damals üblicher Dachaufbau einer Gondel.

Warnrufe in den immer dichter werdenden Nebel. Nicht selten wurden die Rufe beantwortet.

Nach einer für den hohen Preis der Passage enttäuschend kurzen Fahrt hatten wir unser Ziel erreicht, den an einem Seitenkanal gelegenen Squero Tramontin. Touristen mit Weinflaschen standen an der Kaimauer, auf der Teller mit belegten Broten abgestellt waren. Dazu schlurften sie Wein aus winzigen Gläsern. Auf dem Balkon des Nachbarhauses nahm eine Hausfrau ihre Wäsche von der Leine. Ein Hund bellte.

Wir betraten den Hof des Squero. Die Gondelbauer waren es offensichtlich gewohnt, dass Fremde bei ihnen vorbeischauten, denn sie blickten kaum auf, als wir den Schuppen betraten. Hier befand sich das venezianische Gegenstück zu einem Trockendock. Drei Gondeln lagen auf der Seite wie gestrandete Fische. Im Werkstattschuppen stand das Gerippe eines halbfertigen Boots.

Ein Lehrling hobelte fleißig an einem Ruder, und ein älterer Geselle warf immer wieder einen Blick auf das Stück. Der noch junge Meister kniete vor dem Rumpf seiner neuen Gondel. Er kniff das Auge zu, als ziele er, und fuhr geradezu liebevoll mit einem Finger über die geknickten Spanten. Wahrscheinlich untersuchte er die Oberfläche nach Holprigkeiten. Ich konnte beim besten Willen nichts Ungewöhnliches an dem Boot erkennen.

»Also für mich ist das eine ganz normale Gondel«, sagte ich zu Holmes.

Dabei bedachte ich nicht, dass meine Worte auch ohne Fremdsprachkenntnisse für die Bootsbauer als »gondola normale« verständlich waren.

»Was immer Sie unter einer normalen Gondel verstehen – dies ist keine!«, konterte Signor Tramontin, den ich unwissentlich in seiner Berufsehre gekränkt hatte.

»Ich weiß, Ihnen eilt ein großer Ruf voraus«, erwiderte Holmes diplomatisch, »trotzdem gehe ich doch recht in der Annahme, dass es eine Gondel ist, die Sie gerade bauen.«

Das Lob hatte Signor Tramontin sofort etwas milder gestimmt. »Selbstverständlich ist es eine Gondel, aber ich habe sie grundlegend verändert. Schauen Sie sich nur die asymmetrische und gekrümmte Form an. Die Gondel wurde rechts um einige Zentimeter gekürzt, was dem Gondelführer den Gebrauch eines einzigen Ruders erlaubt. Die Asymmetrie und mehr Volumen auf der linken Bootsseite gleichen das Gewicht des Gondoliere aus. Der Rumpf der Gondel ist so geformt, dass er leer nach rechts geneigt ist. Dieser neue Typus wird bereits von anderen Gondelbauern imitiert.«

Holmes und ich sahen uns an. Dann brachen wir beide in schallendes Gelächter aus.

Der junge Meister warf uns einen missbilligenden Blick zu.

»Wir lachen Sie nicht aus«, beteuerte Holmes, »aber man sagte uns, hier werde ein seltsames Schiff gebaut, das keine Gondel sei, aber offensichtlich haben Sie den Gondelbau soweit optimiert, dass es manchen wie Hexerei erschienen ist.«

Tramontins Gesicht hellte sich auf. »Hat mich ein Konkurrent verleumdet?«, fragte er in einem Tonfall, der darauf schließen ließ, dass er dies für nicht unwahrscheinlich hielt.

»Nein«, erwiderte Holmes, »es waren die Gondolieri, die über Sie gemunkelt haben. Die werden sicher bald noch mehr Gesprächsstoff haben. Immerhin machen Sie, wenn ich die Abwesenheit der zweiten Ruderhalterung richtig interpretiere, bald die Hälfte von ihnen arbeitslos?«

»Der schwindende Reichtum Venedigs erzwingt diese Rationalisierung.« Echtes Bedauern lag in der Stimme des Bootsbauers.

Ich fragte mich, ob die Preise dann sinken würden, aber ich bezweifelte es.

»Für Besucher mögen die Gondeln alle gleich aussehen, aber ein Bootsbauer erkennt jede einzelne, die er gefertigt hat.«

»Danke für ihre Zeit! Es war mir eine Ehre, Sie kennen gelernt zu haben«, sagte Holmes etwas unvermittelt und grüßte Signor Tamontin zum Abschied mit einer angedeuteten Verbeugung.

Ich tat es Holmes gleich und folgte ihm nach draußen.

Aus einem geöffneten Fenster drangen das Klappern von Töpfen und Küchenduft nach draußen. Es roch nach Geflügel, und das Wasser lief mir im Munde zusammen, aber ich wagte es nicht, Holmes auf eine Pause anzusprechen.

Am Kanal lungerten noch immer Touristen herum, aber möglicherweise waren es nicht mehr dieselben. Die Feuchtigkeit, die so oft die Luft der Lagune schwängert, hatte sich zum Nieselregen verdichtet.

»Einen Augenblick bitte!«, rief uns eine Stimme nach. Sie gehörte dem Lehrling. Er kam uns hinterher und sagte: »Vielleicht war es nicht völlig falsch, was Sie gehört haben. Alvise, der bis vor Kurzem in unserer Gondelwerft gearbeitet hat, hat sich von einem Ausländer abwerben lassen, der im Arsenal eine Werkstatt eingerichtet hat.« Der Lehrling schaute sich vorsichtlich um. »Mittlerweile habe ich Angst um Alvise, besonders seit ich letzte Woche seine Mutter getroffen habe und sie sich darüber beklagt hat, dass Alvise sich auf den Handel eingelassen habe. Seitdem hat sie ihn nicht mehr gesehen. In der Werkstatt herrscht eine schreckliche Geheimniskrämerei, und ich würde gern wissen, wie es Alvise ergangen ist …«

»Der Ausländer hat doch sicher einen Namen«, wollte Holmes wissen.

»Ja, wenn auch einen sehr seltsamen. Er heißt Professor Tarmori.«

Ein kühler Luftzug ließ mich erschauern. »Ist es hier immer so kalt?«, entfuhr es mir.

Holmes warf mir einen vorwurfsvollen Blick zu.

Der Junge lachte. »Momentan ist es doch gar nicht so frisch. Sie hätten die Kälte im Winter erleben sollten. Dieses Jahr war die Lagune zugefroren …«

»Kannst du uns zu diesem Professor Tarmori begleiten?«, fragte Holmes und blickte dem Lehrling in die Augen.

»Ich muss zurück, sonst wird der Meister böse«, erwiderte er bedauernd.

»Was für eine Art Boot lässt sich dieser Professor Tarmori bauen?«, fragte Holmes ungerührt.

»Ich habe alles erzählt, was ich weiß.« Der Junge dämpfte seine Stimme. »Falls Sie ihn finden sollten, verraten Sie bitte Professor Tarmori nicht, dass ich es war, der Ihnen diese Informationen gegeben hat. Alvises Mutter sagt, er sei gefährlich.«

»Du hast uns sehr geholfen«, sagte Holmes und drückte dem Jungen zum Dank eine Münze in die Hand, die dieser wortlos einsteckte.

»Wahrscheinlich findet Alvises Mutter jeden gefährlich, der ihren Sohn von ihr fern hält«, sagte ich und schaute dem Lehrling nach, der in die Werkstatt zurückrannte.

Holmes studierte den Streckenplan des Vaporetto, den er sich in seinem Notizbuch vermerkt hatte. »Wenn wir zur Station S. Basilio gehen, können wir direkt zum Arsenal fahren. Es ist noch nicht zu spät, um uns einen ersten Eindruck von der Anlage zu verschaffen.«

Ich wollte protestieren, aber Holmes machte eine abwehrende Handbewegung. »Er ist da draußen und plant seinen nächsten Coup!«

»Mortimer Hopper?«, fragte ich irritiert.

»Dr. Tarmori! Ich habe dergleichen erwartet!«

»Dass jemand, den wir nicht kennen, eine Werkstatt im Arsenal eingerichtet hat? Warum, um Gottes willen, suchen wir nicht die verschwundene Büste?«

»Das sind wir im Begriff zu tun! Um Sie auf die richtige Spur zu bringen: Was gibt es Ihrer Meinung nach in Venedig, das es weder in Rom noch in Florenz gibt?«

»Schlechtes Wetter, Kanäle, die Seufzerbrücke, Muranoglas«, schlug ich vor.

»Wir suchen einen Verbrecher, keinen Touristen«, tadelte mich Holmes. »Was fällt Ihnen sonst noch ein?«

»Gondeln…«

»Sehen Sie!«

Ich sah nichts, und dies lag nicht am Nebel.

18. Das Arsenal

Wenn ich früher davon geträumt hatte, als Ermittler zu arbeiten, hatte ich mir immer vorgestellt, bei einer Tasse guten Tees Fälle zu lösen, an denen sich die Polizei die Zähne ausgebissen hatte. Ich hatte mir vorgestellt, wie sich meine Klienten die Klinke in die Hand gaben und sich mein Ruhm im ganzen Land verbreitet. Wie ganz anders sah die Wirklichkeit aus! Hier stand ich nun auf einem Vaporetto, eingequetscht zwischen zwei dicken Hausfrauen, die sich schreiend unterhielten, als sei ich nicht vorhanden.

Das Boot passierte gerade eine der schönsten Stadtkulissen der Welt, aber ich konnte nichts erkennen, denn der Nebel war noch dichter geworden. Hinter mir lagen Fußmärsche, endlose, unfruchtbare Gespräche sowie eine kalte Nacht, die ich vor einem Luxushotel verbracht hatte, das ich niemals von innen sehen würde. Inzwischen hatte mein »Auftraggeber« mir gekündigt, und auf der Post stapelten sich sicher die Briefe meiner Frau. Und wozu das Ganze? Ich eilte von Misserfolg zu Misserfolg, nur um einem Genie beim Denken zusehen zu dürfen, das es nicht für nötig hielt, mich an seinen geistigen Höhenflügen teilnehmen zu lassen. So hatte ich mir das Leben eines Flüchtlings vorgestellt, aber nicht das eines Ermittlers!

Ich drohte im Selbstmitleid zu versinken, als wir endlich am Arsenal landeten. Durch den Nebel zeichneten sich die roten Ziegeldächer ab. Die weißen Marmorumfassungen von Fenstern und Türen wirkten kostbar wie Elfenbein. So schön hätte all dies bei besserem Wetter sein können!

Ein paar ältere Männer standen am Ufer und rauchten. Am liebsten hätte ich mich zu ihnen gesellt oder besser noch in der nächsten Trattoria ein dreigängiges Menü gegessen und mir mit einem Glas Rotwein die Kälte aus den Knochen vertrieben.

Der Klang der Glocken des Campaniles von San Marco drang merkwürdig verzerrt durch die feuchte Luft. Die schmucklose Mauer mit ihren Türmen, die das Arsenal umgab, ließ mich an ein Gefängnis denken. Sie war ein Überbleibsel aus der großen Zeit Venedigs, als die staatlichen Werften überwacht waren, um sie gegen Spionage zu schützen. In diese Festung führten nur zwei Eingänge: das *Ingresso di Terra* genannte Portal für Fußgänger und der *Ingresso all'Acqua,* die Einfahrt für Schiffe, die zur Sicherheit durch ein Fallgitter abgeschlossen werden konnte.

Obwohl es bereits dämmerte, waren beide Durchgänge noch geöffnet. Mit dem Reiseführer in der Hand studierte ich den schreitenden Löwen im Giebel über dem Fußgängertor. Ich erfuhr, dass das venezianische Wappentier wegen der kriegerischen Funktion des Arsenals nicht das traditionelle offene Buch in den Tatzen hielt, sondern ein geschlossenes. Die sonst übliche Inschrift *pax tibi* (»Friede sei mit dir«) fehlte. Das war kein gutes Omen! Ich verspürte eine instinktive Abneigung dagegen, dieses Tor zu durchschreiten.

»Vielleicht hat der Professor mit dem seltsamen Namen seine Werkstatt nicht im Arsenal selbst, sondern in der Marinarezza, der Wohnsiedlung für die Arbeiter des Arsenals. Sie ist riesig groß! Dort kann sich alles befinden«, sagte ich zu Holmes. »Zu Fuß kommen wir hier sowieso nicht weit.«

»Nein, die Aussage des Lehrlings war eindeutig. Wenn er die Marinarezza gemeint hätte, dann hätte er sie beim Namen genannt. Schließlich kennt er sich in seiner Heimatstadt aus. Außerdem war das Arsenal schon immer ein Ort, wo Waffen und Schiffe verborgen wurden.«

»Mir sind Waffen und Schiffe völlig gleichgültig. Ich suche eine Büste«, maulte ich.

»Ich stimme Ihnen zu, dass wir uns ein Boot beschaffen müssen. Warten Sie hier auf mich«, sagte Holmes, ohne auf meine letzte Bemerkung einzugehen, und schon war er auf seinen langen Beinen davongestürmt. Ich setzte mich auf einen jener Knäufe, an denen die Gondeln vertäut wurden, und fühlte, wie die Feuchtigkeit langsam aber sicher meine Kleidung durchnässte. Ich fluchte innerlich vor mich hin, bis mich die Stimme von Holmes aus meinem finsteren Brüten aufschreckte.

»Ich habe gefunden, was wir benötigen, um das Arsenal zu erkunden«, sagte er.

Ich öffnete die Augen, die mir vor Müdigkeit zugefallen waren, und sah, dass Holmes in einem lächerlich kleinen Boot stand, das nach einer missglückten Gondel aussah.

»Das ist ein Sandolo«, klärte Holmes mich auf. »Er wird wie die Gondel mit dem in der Forcola lagernden Ruder im Stehen gerudert. Ich habe den Sandolo für eine Stunde gemietet. Also steigen Sie ein!«

Ich tat, wie mir geheißen, wenn auch mit einem flauen Gefühl im Magen, denn die Nussschale war mir nicht geheuer. Meine Befürchtungen waren aber unbegründet. Offensichtlich war Holmes der Star des Oxforder Ruderteams gewesen, denn er kam erstaunlich gut mit dem kleinen Ungetüm zurecht.

So fuhren wir also durch den Ingresso all'Acqua in das Arsenal ein, ein Privileg, das zu Zeiten der Republik Venedig keinem Fremden gewährt worden wäre. Offensichtlich war in den letzen Jahren viel Arbeit in das heruntergekommene Arsenal gesteckt worden, um es in ein Gewerbegebiet zu verwandeln, aber trotz aller Modernisierungen lag noch immer ein Großteil der riesigen Anlage brach. Trotzdem war sicher Vorsicht geboten.

»Rudern Sie nicht so schnell durch den Nebel!«, ermahnte ich Holmes. »Vielleicht sind noch andere Boote unterwegs. Ich kann gut auf ein Bad in der Lagune verzichten.«

Holmes drosselte die Geschwindigkeit. Nun glitten wir gemächlich durch dicke Wolken. Eine monotone Aneinanderreihung höhlenartiger Montageschuppen zog an uns vorbei. Welch ein Unterschied zwischen der bleiernen Stille, die über dieser vom Nebel verhangenen Geisterstadt hing, und dem Bild, das Dante von der Betriebsamkeit und dem Lärm malte, die damals hier geherrscht hatten!

»Schauen Sie!«, sagte Holmes und deutete mit dem Ruder auf eine Parzelle, deren Öffnung durch einen Lattenzaum verschlossen war. Nur durch zwei hoch angebrachte Fensteröffnungen konnte Tageslicht in den Innenraum eindringen. Es war unübersehbar, dass der Betreiber dieser Werkstatt etwas zu verbergen hatte.

»Ich vermute, wir haben gefunden, wonach wir suchten.«

»Die Büste?«, fragte ich, rein aus Prinzip.

Keine Antwort.

Wir landeten am Haltesteg vor der verbarrikadierten Werkstatt. Holmes klopfte mit dem Ruder gegen eine stabile, neuartige Tür.

Der Türflügel öffnete sich einen Spalt. Ein bulliger Mann mittleren Alters schaute heraus. Er wirkte wie ein erfolgloser Boxer, der sich als Rausschmeißer in einer billigen Bar in Soho verdingt hatte, aber es mochte sich um den Vorarbeiter handeln. »Diese Räume sind Privateigentum!«, fuhr er uns an.

»Ich würde gern mit dem Leiter dieses Betriebs sprechen«, sagte Holmes, der sich von dem ungehobelten Kerl nicht beeindrucken ließ.

»Er ist in Mestre. Sie werden sich wohl mit mir begnügen müssen!«

Der Arbeiter richtete sich kerzegerade auf. Er machte sich nicht die Mühe, sich vorzustellen oder uns nach unseren Namen zu fragen. Seine massige Gestalt verstellte die Türöffnung. Es war unmöglich, einen Blick in den Innenraum zu werfen. Inzwischen platzte auch ich fast vor Neugier, was sich in dem Schuppen befinden mochte.

»Ich glaube nicht, dass Sie mir helfen können«, erwiderte Holmes und schaute auf den Muskelprotz herab. Ich beneidete ihn wegen seiner Körpergröße. »Wenn Sie also die Freundlichkeit besäßen, mir mitzuteilen, wann Ihr Arbeitgeber zurückerwartet wird?«

Unser Gegenüber vertat keine Zeit mit Höflichkeitsformeln. »Weiß ich nicht, ist auch egal, denn er ist zu beschäftigt, um mit Ihresgleichen seine Zeit zu verschwenden.«

Holmes blieb hartnäckig. »Ich habe gehört, dass hier ein ungewöhnliches Schiff gebaut wird.«

»Wer sagt das?«

Der Arbeiter schien plötzlich hellwach zu sein. Holmes hatte offensichtlich einen wunden Punkt getroffen.

»Domenico Tramontin«, log Holmes.

Das lockere Fallenlassen dieses Namens verfehlte nicht seine Wirkung.

»Das stimmt schon, aber machen Sie sich keine Hoffnungen. Wir sind auf zehn Jahre ausgebucht.«

»Sie bauen ein Schiff für Professor Tarmori?«

»Ich wüsste nicht, dass es Sie etwas angeht, für wen wir ein Schiff bauen!«

Holmes und ich tauschten verärgerte Blicke aus.

»Da kann man wohl im Augenblick nichts machen. Wir kommen wieder, wenn der Inhaber aus Mestre zurückgekehrt ist«, sagte Holmes leichthin, »aber noch eine letzte Frage: Kann ich vielleicht mit Alvise sprechen? Ich soll ihm einen Gruß ausrichten.«

»Selbstverständlich«, rief eine wohlklingende Stimme aus dem Inneren der Werkstatt. Sie gehörte einem jungen Mann, der sich an dem Rausschmeißer vorbei durch die Türöffnung drückte. »Ich habe sowieso jetzt Feierabend und würde mir gern etwas die Füße vertreten. Könnten Sie mich vielleicht zur Riva degli Schiavoni mitnehmen?« Alvise schaute uns geradezu flehentlich an.

»Gerne«, antworteten Holmes und ich zugleich, während es dem namenlosen Vorarbeiter ins Gesicht geschrieben stand, dass er nicht befugt war, Alvise gehen zu lassen. Ich stellte mit Erleichterung fest, dass er den Eindruck eines Mannes erweckte, der es nicht gewohnt war, Entscheidungen zu treffen. Dies gab uns etwas Zeit.

Holmes streckte Alvise die Hand entgegen. Ich half dem blassen, jungen Mann beim Einsteigen.

»Werden Sie gefangen gehalten?«, fragte Holmes, kaum, dass er uns außer Hörweite gerudert hatte.

Alvise nickte wortlos.

»Wir bringen Sie hinaus. Sie müssen uns aber mitteilen, was hier eigentlich vor sich geht«, sagte Holmes.

Aus der Nähe war zu erkennen, dass sich Kummerfalten in sein Gesicht eingegraben hatten, obwohl Alvise sicher noch jung war. »Ich bin der einzige Bootsbauer aus Venedig. Die anderen sind alle Genueser. Sie reden kaum mit mir. Man schließt mich nachts hier ein, aus Gründen der Geheimhaltung. Angeblich darf ich zu meiner Familie zurück, sobald die Arbeit beendet ist, aber ich glaube es nicht. Meine Angst wächst von Tag zu Tag, denn das Boot ist so gut wie fertig.«

»Ich gehe doch richtig in der Annahme, dass die Werkstatt Professor Tarmori gehört?«

Alvise sah Holmes verblüfft an. Er schüttelte den Kopf. »Ein Ire namens Ian Holland hat mich angeheuert.« Alvise hustete.

Ich fragte mich, ob er sich im feuchten Arsenal eine Lungenkrankheit zugezogen hatte.

»Warum interssiert Sie das?«, fragte er mühsam, als er sich wieder etwas beruhigt hatte.

Während dieses Wortwechsels hatten wir fast das Portal erreicht.

»Das ist eine lange Geschichte, die ich später erzählen werde. Im Moment habe ich noch eine Frage von äußerster Wichtigkeit: Was für eine Art Boot ist das, das Sie gebaut haben?«, fragte Holmes

»Es ist ein …«

Plötzlich durchschnitt ein scharfer Knall die Stille. Alvise hob die Arme und brach dann zusammen. Einen Augenblick lang hoffte ich, dass nur die Erschöpfung ihren Tribut gefordert hatte, aber dann bemerkte ich einen roten Fleck auf der Brust des jungen Mannes, der sich mit beängstigender Geschwindigkeit ausbreitete. Ein Blick in seine Augen genügte, um meine schlimmsten Erwartungen zu bestätigen. Alvise stieß einen fast lautlosen Schrei aus und fiel wie ein Stein über Bord.

»Er ist erschossen worden!«, rief ich aus und konnte meinen eigenen Worten kaum glauben. »Wir müssen ihn aus dem Wasser ziehen!«

»Gehen Sie in Deckung!«, rief Holmes mir zu.

Ich erkannte, dass er recht hatte, und kauerte mich auf dem Boden des Sandolos zusammen – jedenfalls so gut es in dem winzigen Boot möglich war. Mit angehaltenem Atem erwartete ich den nächsten Schuss, aber ich hörte nichts außer dem Eintauchen des Ruders.

Nach einer nicht enden wollenden Fahrt, die aber in Wahrheit nur wenige Minuten gedauert haben konnte, hatte Holmes uns endlich durch den Ingresso all'Acqua gerudert. Ich atmete tief durch und wagte es, mich wieder aufzurichten.

Die Strahlen der Sonne, die den Horizont bereits berührte, begannen den Nebel zu durchdringen. Pastellfarbene Häuser zogen an uns vorbei. Der Mord, dessen Zeuge ich vor weniger als einer Viertelstunde geworden war, erschien mir unwirklich wie ein schlechter Traum.

»Der Schuss ist aus der Werkstatt oder von deren Dach abgegeben worden«, sagte Holmes, der zu wissen schien, was in mir vorging. »Der Mörder hat einen großen Fehler begangen. Jetzt können wir endlich die venezianische Polizei einschalten.«

Ich war verblüfft, denn ich hatte nicht erwartet, jemals das Wort Polizei aus dem Mund von Holmes zu hören.

»Und Ihr Inkognito?«

»Wovon reden Sie? Ich bin ein norwegischer Urlauber, der nichts zu verbergen hat.«

Einer der rauchenden Männer beschrieb uns den Weg zum Kommissariat des Sestiere Castello, aber leider trafen wir dort nur einen einzigen Polizisten an. Mit seinem dreieckigen Gesicht, seinen schütteren, grauen Haaren und seinem ebenfalls grauen Schnurbart erinnerte er mich an einen gravitätischen Vogel.

»Ich kann momentan nichts für Sie tun, denn der Comissario ist unterwegs. Es hat einen Überfall auf eine Bank gegeben«, informierte er uns, nachdem wir unser Anliegen geschildert hatten.

»Haben Sie uns nicht verstanden?«, fragte Holmes verärgert. »Im Arsenal ist ein Mann ermordet worden!«

Der Polizist schaute uns resigniert an. Dann holte er Papier, Tinte und eine Feder aus Muranoglas. Er senkte seinen Blick auf die Tischplatte. »Wo? Wer?«, fragt er.

»Im Arsenal, ein Bootsbauer namens Alvise«, antwortete ich. Der Polizist betrachtete mich, als habe er mich erst jetzt bemerkt. »Er ist vor unseren Augen erschossen worden, als er aus einer Werkstatt flüchten wollte, in der er gefangen gehalten worden war. Ich würde mich nicht wundern, wenn der Auftraggeber der Werkstatt, ein Professor ...«, ich schaute Holmes hilfesuchend an.

»Tarmori«, ergänzte Holmes mit grimmigem Gesicht.

»... wenn dieser Professor Tarmori den Mord in Auftrag gegeben hat.«

»Das Ziehen von Schlussfolgerungen überlassen Sie bitte mir, beziehungsweise dem Comissario«, murmelte der Polizist indigniert, ohne sich beim Verfassen seiner Notizen unterbrechen zu lassen. Er hatte eine sehr schöne und gut lesbare Handschrift. Ich hätte wetten können, dass er in seiner Freizeit Gedichte abschrieb.

»Und würden Sie sich jetzt endlich bequemen, mit uns den Tatort zu inspizieren?«, fragte Holmes mit sichtbarer Ungeduld.

Der Polizist schaute auf. »So einfach ist das nicht. Die Sicherheitsvorschriften verbieten, dass ich Sie allein zum Arsenal begleite, zumal Sie selbst davon ausgehen, dass der Schütze sich dort verschanzt hat. Die einbrechende Nacht erschwert die Ermittlungen, und außerdem kann ich nicht einfach das Polizeirevier abschließen. Es könnte einen Notfall geben.«

Ich stimmte ihm innerlich zu, aber Holmes wirkte, als ob er jeden Augenblick explodieren könnte wie eine Granate. »Was ist Ihrer Meinung nach ein Notfall, wenn ein Mord keiner ist?«, wollte er wissen.

»Ein Notfall ist ein Fall, in dem wir jemandem helfen können. Das Mordopfer hingegen ist auch in einer Stunde noch tot.«

Das war alles zu viel für mich. Völlig erschöpft ließ ich mich auf einen Holzstuhl fallen. »Wir sind schuld am Tod Alvises«, sagte ich, und diese Erkenntnis traf mich wie ein Schlag in die Magengrube. »Er ist erschossen worden, weil wir mit ihm gesprochen haben.«

Holmes sah mich nachdenklich an. »Wahrscheinlich hätte ihn Professor Tarmori in jedem Fall beseitigen lassen, denn Alvise kannte sein neuartiges Boot. Sie haben gehört, dass Alvise selbst bezweifelt hat, dass man ihn nach Abschluss der Arbeiten gehen lassen würde. Sie brauchen sich also keine Gewissensbisse zu machen!« Holmes schaute auf seine Taschenuhr. »Ich muss das geliehene Sandolo zurückgeben.«

Nach wenigen Minuten kam Holmes in das Kommissariat zurück und verbrachte die weitere Wartezeit damit, im Raum auf und ab zu gehen. Irgendwann kam endlich der Comissario höchstselbst. Ich hatte bereits befürchtet, er könnte Feierabend gemacht haben. Ich musste ihm zugute halten, dass er sofort den Ernst der Lage begriff.

Schnell hatte er eine Einsatztruppe zusammengestellt.

»Wir kommen auch mit!«, rief Holmes ihm zu, und ich hoffte, er spräche im Pluralis Majestatis, aber ehe ich noch protestieren konnte, fand ich mich auf einer Polizeigondel wieder. Wir brachen nämlich in zwei Gondeln auf, der Comissario, drei Polizisten, Holmes und ich. Dies ist in Venedig das übliche Transportmittel der Polizei. Wege und Brücken verbinden nur innerhalb eines Sestieres die Wohnquartiere, während für größere Strecken immer der Wasserweg vorzuziehen ist. Auch vermied man so die Gefahr, in einer der zahllosen Sackgassen zu landen. Wir waren also gut für eine Verfolgungsjagd durch die Lagunenmetropole ausgerüstet.

Mittlerweile war es völlig dunkel. Holmes stand, vom Licht einer Öllampe dämonisch beleuchtet, mit angespanntem Gesichtsausdruck im Bug der ersten Gondel. Er erinnerte mich an eine Galionsfigur. Ich hingegen hatte mich unter den Felze der zweiten Gondel zurückgezogen. Hier war ich vor Regen geschützt, falls sich das Wetter wieder verschlechtern sollte, aber nicht vor der schleichenden Feuchtigkeit, die die ganze Stadt durchdrang.

Bald hatten wir das Arsenal erreicht. Als wir durch den Ingresso all'Acqua fuhren, zog ich instinktiv den Kopf ein, jeden Augenblick einen Schuss aus der Dunkelheit erwartend. Professor Tarmori konnte in der Zwischenzeit eine Kompanie von Heckenschützen auf den Arsenalmauern platziert haben. Mein einziger Trost war die Hoffnung, dass er es nicht wagen würde, die italienische Polizei anzugreifen.

»Und wo ist der Tote?«, fragte der Comissario.

»Er ist ins Wasser gefallen«, hörte ich Holmes antworten. »Ich schlage vor, dass wir zuerst Professor Tarmori befragen, von dessen Werkstatt aus Alvise erschossen worden ist.«

Der Comissario antwortete nicht. Ich nahm dies für ein Zeichen der Zustimmung.

Fuß für Fuß zogen wir durch das ruhige Wasser. Holmes schien sich die genaue Lage der Werkstatt gemerkt zu haben, denn ganz plötzlich rief er aus: »Wir sind am Ziel!«

Beide Gondeln stoppten. Auf dem schwankenden Boot starrte ich solange in die Finsternis, bis meine Augen schmerzten. Trotzdem gab es nichts zu sehen. Dunkel lag die mit Brettern verrammelte Werkstatt vor uns. Kein Lichtschein drang durch die hoch angebrachten Fenster.

Holmes sprang auf den Bootshaltesteg. Er klopfte an die Tür. Nichts geschah. Holmes klopfte erneut, diesmal vehementer. Wieder keine Reaktion.

Der Comissario verließ seine Gondel. In seiner Hand hielt er einen Revolver. »Hier ist die Polizei!«, rief er. »Aufmachen, im Namen des Gesetzes!«

Keine Antwort.

Der Comissario drückte die Klinke herunter. Ich erwartete, dass die Tür abgeschlossen sein würde. Ich täuschte mich. Mühelos öffnete der Comissario die Tür. Keine Proteste kamen aus der Werkstatt. Niemand schoss.

Fassungslos starrte ich in das dunkle Loch. Der Raum war leer. Ich sah weder Arbeiter noch ein Boot, nur einige wurmstichige, alte Möbel.

»Vielleicht haben Sie sich getäuscht, und die Handwerker haben in einer der anderen Parzellen gearbeitet?«, fragte der Comissario. »Schließlich sehen sie alle gleich aus.«

»Nein!« widersprach Holmes mit scharfer Stimme. »In diesen Dingen irre ich mich niemals. Das Nest ist leer. Vielleicht gelingt es Ihnen, die Leiche aus der Lagune zu ziehen, aber die Werkstatt von Professor Tarmori wurde aufgelöst oder verlegt.«

19. Der Maskenball

Am nächsten Morgen ging ich erneut ins Café Florian, diesmal ohne vorher bei der Post den wütenden Brief abgeholt zu haben, der dort sicher mittlerweile lagerte.

Ich blieb dem maurischen Zimmer treu und verschwendete dort Zeit und Geld mit einem Ehepaar aus Ohio und mit der Gattin eines Glasherstellers aus Murano, vermied aber weiterhin den Kontakt mit dem General. Zu frisch war die Erinnerung an den kriegerischen Stammkunden der Libreria Niccoló Machiavelli.

Um elf Uhr betrat die Contessa das Café. Wie eine Schauspielerin auf dem Weg zur Premiere schritt sie hoch erhobenen Hauptes durch die kleinen Räume. Zielstrebig steuerte sie meinen Tisch an. »Schön, Sie hier anzutreffen, Herr, ich habe leider Ihren Namen vergessen«, begrüßte sie mich und nahm auf einem Sessel Platz.

»David Tristram«, ergänzte ich. Um die Contessa zu beschämen, begrüßte ich sie mit vollem Namen: »Guten Morgen, Contessa Gritta!«

Unmöglich auf ihrem stark gepuderten Gesicht zu erkennen, was in ihr vorging. »Haben Sie meine Nachrichten erhalten? Ich habe Ihnen nämlich eine Notiz bei der Post hinterlassen.«

Ich verfluchte meine Zerstreutheit, denn ich hatte völlig vergessen, dass mir jemand anderes als meine Frau schreiben könnte. »Leider habe ich es noch nicht geschafft, dort vorbeizugehen.«

Der Ober kam, und die Contessa bestellte einen Caffè corretto, einen Kaffee, der durch die Beigabe eines Grappa veredelt wird.

»Das macht nichts. Ich habe Sie ja glücklicherweise rechtzeitig hier angetroffen. Heute Abend gebe ich nämlich einen Maskenball. Gestern Abend fiel mir ein, dass ich Sie hätte einladen sollen, denn einige meiner Gäste sind Kunstsammler.«

»Das wäre mir eine große Ehre«, stammelte ich, völlig überwältigt von der Einladung zu einem leibhaftigen venezianischen Maskenball. »Darf ich vielleicht Ihre Großzügigkeit so weit strapazieren, dass ich auch meinen norwegischen ...«, ich zögerte, das Wort Freund im Zusammenhang mit Holmes in den Mund zu nehmen, »Kollegen Herrn Sven Sigerson zu Ihrem Ball mitbringe?«

»Gern! Ein Norweger wäre entzückend. Wird er sich als Eskimo verkleiden?«

Machte sich die Contessa über mich lustig? Hatte es sich bereits herumgesprochen, dass Holmes als falscher Norweger in Venedig untergetaucht war? Egal, ich musste diese amerikanische Contessa bei Laune halten. »Ich werde sehen, was sich machen lässt.«

»Ich verstehe«, sagte die Contessa todernst, und jetzt war ich mir sicher, dass sie mich nur necken wollte. Sie drückte mir ihre Visitenkarte in die Hand. Dann trank sie ihren Caffè corretto in einem Zug aus. »Der Ball beginnt um acht Uhr. Die Einladung umfasst natürlich auch Ihre Gemahlinnen.«

Ich dachte an meine Frau und bekam ein schlechtes Gewissen, ohne sie im Café Florian zu sitzen. Violetta hätte bestimmt gern den Maskenball besucht, während es mir eher davor graute. Ich war es nicht gewohnt, in vornehmen Kreisen zu verkehren, und schon gar nicht in einer so verschworenen Gemeinschaft wie dem venezianischen Adel. Sicher war die Sache auch nicht ungefährlich. Hinter jeder Maske konnte sich der Mörder aus dem Arsenal verbergen. Ich spürte, wie ich in Panik geriet, und versuchte, an etwas anderes zu denken. Ich öffnete den Mund zum Sprechen, aber die vielbeschäftigte Gräfin erhob sich schon wieder von ihrem Sessel.

»Ich bin leider in Eile. Die Vorbereitungen für den Ball laufen auf Hochtouren. Sollte die Principessa Miraflor nach mir fragen, richten Sie ihr meine Grüße aus!«

Die Contessa defilierte wieder durch das enge Lokal. Während ich ihr nachsah, fragte ich mich, wie sie darauf kam, dass diese Principessa mich nach ihr fragen könnte. Entweder ich saß auf deren Stammplatz, oder die Contessa hatte ihr von mir berichtet.

Ich fand, dass ich meine Arbeit für diesen Tag erledigt hatte. Daher lehnte ich mich entspannt zurück und schaute durch das Fenster auf die Piazza San Marco. Sie erinnerte mich an eine Bühnendekoration.

Aber diese Idylle währte nicht lange, denn Holmes kam früher als am Vortag von seinen Recherchen zurück. Ich informierte ihn über die Einladung zum Maskenball der Contessa.

»Gute Arbeit«, sagte Holmes. Ich traute meinen Ohren nicht. Hatte er mich tatsächlich gelobt? Schon zum zweiten Mal in einer Woche?

»Haben Sie eigentlich Ihre indische Garderobe im Gepäck?«, fragte ich.

»Viel zu auffällig!«

»Oder wie wäre es, wenn Sie sich als Gondoliere verkleiden würden? Dann hätten Sie nicht umsonst bei den Ruderern recherchiert.«

Holmes warf mir einen vorwurfsvollen Blick zu. »Wir wollen in Deckung gehen und das Feindesland auskundschaften. Daher maskieren wir uns auf traditionelle Weise. Ich schätze, am Rialto gibt es alles, was wir benötigen.«

Mir fiel ein, dass Holmes am Vormittag nochmals zum Kommissariat gehen wollte. »Hat man eigentlich die Leiche des armen Alvise geborgen?«, fragte ich.

»Nein, und dies erstaunt mich nicht im Geringsten. Der Mörder konnte die Leiche in Ruhe beseitigen, während wir untätig im Kommissariat herumgesessen haben. Es ist bezeichnend, dass die Polizei auch in der Aufklärung des Bankraubs nicht weitergekommen ist. Ich bin mittlerweile zu der Überzeugung gelangt, dass der Überfall ein Ablenkungsmanöver war. Professor Tarmori hat die Polizisten des Sestiere Castello anderweitig beschäftigt, um unauffällig seine Werkstatt auflösen und Alvise ermorden lassen zu können. Wir sind ihm rein zufällig in die Quere gekommen.« Holmes bestellte einen Tee. »Ich habe inzwischen auch die Bank inspiziert. Professor Tarmori hat sie mit Bedacht ausgewählt. Sie befindet sich am äußersten Ende des Sestiere, sodass sich die Polizisten von Castello weit vom Arsenal entfernen mussten. Viel haben die Räuber übrigens nicht erbeutet, und natürlich liegt keine brauchbare Täterbeschreibung vor.«

»Kein Wunder, bei dem Nebel!«

Holmes sah mich finster an. »Dies kam noch erschwerend hinzu.«

»Sie glauben also noch immer, dass der Mord geplant war?«, fragte ich, denn mich plagte das schlechte Gewissen.

»Mehr denn je!« Holmes sah auf seine Taschenuhr. »Wir müssen wieder an die Arbeit!«

Den Rest des Tages verbrachte ich damit, im Danieli und anderen Nobelhotels nach Professor Tarmori zu fragen, aber nirgendwo war ein Mann dieses Namens bekannt. Zur Stärkung gönnte ich mir auf dem Rückweg im Café Bauer-Grünewald ein österreichisches Bier.

Holmes hingegen kaufte die Requisiten, mit deren Hilfe wir abends in traditioneller Verkleidung die Casa Gritta aufsuchen konnten.

In jeder anderen Stadt Italiens hätte der stattliche Bau den Ehrentitel »Palazzo« erhalten, aber selbst ein Quaderbau, der einen ganzen Block einnahm, hieß in Venedig nur »Casa«. Vor mir schritt Holmes, dessen hagere Gestalt in dem langen Umhang noch größer wirkte als gewöhnlich, ich folgte mit identischer Kleidung.

Wir trugen Mäntel aus rotem Tuch. Unsere Gesichter bedeckten Volti, die typischen venezianischen Halbmasken aus Wachs, die bis zum Mund gehen. Da der Volto nur einen Teil des Gesichts bedeckt, hatten wir daran ein Stück Tuch befestigt, um völlig inkognito zu bleiben. Auf dem Kopf trugen wir Baute, schwarze Kappen und darüber schwarze Dreispitze mit weißen Federn. Diese uniforme Kostümierung hob in der Republik Venedig die gesellschaftlichen Unterschiede auf, machte alle Träger gleich. Ich fühlte mich jedoch wie ein Statist in einer Komödie von Goldoni.

»Sollten wir das unwahrscheinliche Glück haben, Professor Tarmori zu begegnen«, sagte Holmes, »so müssen Sie mit ihm reden. Ich möchte nicht riskieren, dass er meine Stimme erkennt.«

Schon wieder diese fixe Idee, dachte ich. »Und was soll ich zu ihm sagen? Ich kann den Professor ja kaum fragen, ob er den Mord an Alvise in Auftrag gegeben hat.«

»Fragen Sie nach der Büste, die Ihnen so am Herzen liegt.«

Wir durchschritten das geöffnete Portal aus massiver Eiche. Ein Diener kam uns entgegen.

»Willkommen, Signori maschera«, sagte er und wies mit einer einladenden Handbewegung auf die große Treppe.

Von oben klang uns ein Walzer entgegen, gespielt von einem Kammerorchester. Wir schritten die Stufen der zweiläufigen Treppe hoch, deren vergoldete Stuckdecke fast so prächtig war wie die der Scala d'Oro im Dogenpalast.

Der Ballsaal nahm den größten Teil des ersten Stocks ein. Kronleuchter, in die Kerzen gesteckt waren, beleuchteten den Raum. Es mussten Hunderte von Kerzen sein, in deren flackerndem Licht die vergoldete Kassettendecke gespenstisch schillerte. Wahrscheinlich vertuschte die Contessa ihre Abstammung aus den Vereinigten Staaten damit, dass sie vorgab, Öl- oder Gaslampen für neumodischen Schnickschnack zu halten.

Die Wände schmückten von Ruß geschwärzte Porträts. Einige leere Stellen in der Reihe der Grittas in ihren Amtsroben ließen vermuten, dass das eine oder andere Porträt an eine ausländische Gemäldegalerie verkauft worden war. Damit hatten die verstorbenen Gritti ihren Beitrag dazu geleistet, dass hier noch immer Maskenbälle veranstaltet werden konnten.

Im Saal herrschte eine wohlige Wärme. Der Ball war nicht überlaufen, aber gut genug besucht, dass es eine Herausforderung sein dürfte, allen Gästen einzeln auf den Zahn zu fühlen. Die Mehrzahl von ihnen trug die traditionelle Maske, aber ich sah auch historische Kostüme, etliche Orientalen und einen ungarischen Husaren. Holmes hätte als Maharadscha auf dem Ball Furore gemacht.

Die Musiker waren als Spanier verkleidet. Sie sahen aus wie Toreros, aber sie spielten weiterhin Walzer.

Die Gastgeberin kam uns entgegen, um uns zu begrüßen. Sie trug ein phänomenales, gelbes Seidenkleid, das offensichtlich nach einem Gemälde von Veronese oder Tiepolo geschneidert war.

»Schön, dass Sie gekommen sind«, flötete sie. Im Halbdunkel der Kerzen war die dicke Puderschicht weniger auffällig als im Licht des Tages.

»Guten Abend, Contessa Gritta«, sagte ich und ich sah, dass sie mich an meiner Stimme wiedererkannte. »Darf ich Ihnen Herrn Sven Sigerson vorstellen, den norwegischen Gentleman, von dem ich Ihnen erzählt habe?« Hoffentlich fragte sie Holmes nicht, wo er seine Rentiere gelassen hatte, dachte ich, aber meine Befürchtungen waren unbegründet.

»Willkommen in Venedig, Herr Sigerson«, erwiderte die Contessa mit einem zuckersüßen Lächeln. »Trinken Sie doch ein Glas Champagner, meine Herren!«

Sie winkte einen Diener herbei, der mit Kniebundhosen und weißer Perücke aussah, als wollte er in einer Mozart-Oper mitsingen. Er trug ein Tablett mit gefüllten Sektgläsern aus Muranoglas.

»Signori, ich habe über ihr Problem nachgedacht. Ich werde Sie mit jemandem bekanntmachen, von dem ich glaube, dass er Ihnen möglicherweise weiterhelfen kann«, sagte die Contessa, nachdem wir an unseren Gläsern genippt hatten.

»Dafür wäre ich Ihnen sehr verbunden«, antwortet Holmes, leerte das Glas in einem Zuge und stellt es auf das Tablett des Dieners zurück. »Es handelt sich nicht zufällig um Professor Tarmori?«

Nicht schon wieder, dachte ich.

»Nein, »erwiderte die Contessa, aber irgendwo habe ich diesen Namen in letzter Zeit gehört, doch ich kann mich im Moment nicht entsinnen, in welchem Zusammenhang.«

Holmes und ich tauschten Blicke.

»Vielleicht fällt es Ihnen ja noch ein«, schlug ich zaghaft vor.

»Im Augenblick sicher nicht.« Die Contessa schleifte uns zu einem wohlbeleibten Herrn mittleren Alters. »Darf ich vorstellen: Konsul Oscar Melvin. Er kennt die Mitglieder der englischen Kolonie in Venedig. Außerdem ist er selbst

Sammler. Er besitzt einige hervorragende venezianische Gemälde.«

Der Konsul nicke uns zur Begrüßung zu.

»David Tristram und Sven Sigerson«, sagte die Contessa, uns vorstellend. »Sie sind auf der Suche nach einer verschwundenen Renaissancebüste, wenn ich mich richtig erinnere.«

Mit wenigen Worten beschrieb Holmes dem behäbigen Konsul den verwundenen Mino. Er war so höflich, Interesse zu heucheln.

»Leider kenne ich keinen Sammler, der letzte Woche ein derartig teures Stück gekauft haben könnte.« Er schaute uns pikiert an. »Und schon gar nicht auf dem Schwarzmarkt! Mortimer Hopper ist natürlich auch in Venedig ein Begriff, aber ich muss gestehen, dass sein Leumund nicht der beste ist. Daher habe ich noch nie bei ihm gekauft, zumal, wie die verehrte Contessa schon richtig bemerkte, die venezianische Malerei des goldenen Zeitalters den Schwerpunkt meiner Sammlung bildet.«

»Noch eine letzte Frage«, sagte Holmes, der offensichtlich wenig Interesse an dem dicken Konsul hatte. »Kennen Sie zufällig Professor Tarmori?«

Ich unterdrückte einen Seufzer.

»Nein, diesen Namen habe ich noch nie gehört«, antwortete Konsul Melvin, vielleicht etwas zu schnell. »Wie lange lebt er denn schon in Venedig?«

»Falls er überhaupt hier leben sollte, dann wahrscheinlich erst seit wenigen Wochen.«

Ich fragte mich, woher Holmes dies wissen wollte.

»Er hat bisher keinen Kontakt mit mir aufgenommen, aber vielleicht holt er das Versäumnis ja noch nach.«

Anscheinend war Oscar Melvin der Ansicht, dass Leute, die nicht bei ihm vorsprachen, es nicht wert waren, gekannt zu werden. Er ging zum Büfett. Holmes und ich folgten ihm. Der Konsul schaufelte sich einen Teller voll mit venezianischen Spezialitäten. Ich tat es ihm nach, denn ich war schon immer der Meinung, dass man die Feste feiern muss, wie sie fallen.

»Was Professor Tarmori betrifft«, begann Holmes.

»Ehe ich Ihnen irgendwelche Zusagen mache«, unterbrach ihn der Konsul, mit vollem Mund sprechend, »muss ich wissen, warum Sie diesen Professor suchen. Ich beteilige mich nämlich nicht an windigen Geschäften.«

Holmes betrachtete Oscar Melvin wie ein lästiges Insekt. »Wir suchen im Auftrag der Familie Boldoni ein gestohlenes Kunstwerk. Dessen Käufer, Professor Tarmori, hat unter größter Geheimhaltung in Venedig ein Boot bauen lassen, mittels dessen er hier ein Verbrechen plant. Es wäre sehr aufwändig, Ihnen im Einzelnen zu schildern, wie wir all dies herausgefunden haben, aber leider haben wir keine Zeit zu verschwenden, denn das Boot ist gestern vom Stapel gelaufen. Ich bin daher sicher, dass er es sehr bald einsetzen möchte …«

»Ich habe noch immer nicht ganz verstanden, was ich mit der ganzen Geschichte zu schaffen habe«, unterbrach der Konsul.

»Ich denke, Sie sind englischer Konsul!«, sagte Holmes, mittlerweile sichtbar verärgert. »Wie können Sie dann tatenlos zusehen, wie in Venedig ein Verbrechen geplant wird? Professor Tarmori hat bewiesen, dass er nicht einmal vor einem Mord zurückschreckt. Auch Sie sollten Interesse daran haben, ihm das Handwerk zu legen. Ich wäre Ihnen also äußerst verbunden, wenn Sie mir mitteilen könnten, wann und wo in Venedig in nächster Zeit Gold, Geld, Schmuck oder andere Wertsachen mit Booten transportiert werden.«

Oscar Melvin verschluckte sich fast an einer gegrillten Garnele. »In Venedig wird alles mit Booten transportiert!«

Holmes lachte freudlos.

»Das habe ich mittlerweile auch registriert, aber sicher werden nicht jeden Tag die englischen Kronjuwelen spazieren gefahren.«

»Jetzt weiß ich, warum mir der Name des Professors bekannt vorkam«, unterbrach uns die Contessa, die ich schon völlig vergessen hatte.

Holmes machte eine einladende Handbewegung.

Die Contessa ließ sich nicht lang bitten. »Meine Freundin, die Principessa Miraflor hat mir erzählt, dass sie letzten Mittwoch auf dem Lido einen Physikprofessor kennen gelernt habe, den sie zu einer ihrer Soireen in Venedig eingeladen hat. Er hatte einen sehr seltsamen Namen. Es kann durchaus Tarmori gewesen sein.«

Holmes war alarmiert. »Sind Sie ihm zufällig bei dieser Soiree begegnet?«

»Nein, leider war ich verhindert«, antwortete die Contessa, »aber warum sprechen Sie nicht mit meiner Freundin? Ich werde sie Ihnen vorstellen.«

Die Contessa verschwand zwischen den tanzenden Paaren. Hoffentlich bereute sie nicht, uns eingeladen zu haben. Wir trugen sicher nicht dazu bei, dass auf ihrem Maskenball eine heitere Stimmung herrschte.

Das Orchester spielte eine Mazurka. Der Konsul hatte seine Aufmerksamkeit wieder dem Büffet zugewandt, während Holmes mit den Fingern nervös auf dem Tisch trommelte.

Bald kam die Contessa mit ihrer Freundin zurück, die als Haremsdame verkleidet war. Sie hätte gut in das orientalische Zimmer des Café Florian gepasst. Principessa Miraflor war, im Gegensatz zu unserer Gastgeberin, eine gebürtige

Venezianerin, aber sie entstammte nicht einer der führenden Familien der Stadt. Sie war mittelgroß und rothaarig. Der Farbe ihres Haares war vielleicht etwas nachgeholfen worden, aber auf ihrer hellen Haut zeigten sich nur wenige Linien. Ihr Gesicht war noch vom Tanzen gerötet.

Holmes hätte gewiss nur einen Blick auf diese ansehnliche Frau mittleren Alters werfen müssen, um die Geschichte ihrer Ahnen bis zum Zeitalter Enrico Dandolos referieren zu können. Ich hingegen bemerkte nur das Offensichtliche, nämlich, dass sie erlesen schönen Schmuck trug. Auch ihr seidenes Kostüm ließ erkennen, dass der »schwindende Reichtum Venedigs« nicht auch von ihrer Familie Besitz ergriffen hatte.

»David Tristram und Sven Sigerson«, stellte uns die Contessa ihrer Freundin vor. »Die Principessa Beatrice Miraflor.«

Sie nickte grüßend, indem sie uns einen schnellen, musternden Blick zuwarf.

Holmes befragte sie, denn ein Gespräch konnte man dies beim besten Willen nicht nennen. Er gab der Principessa eine Beschreibung des Mannes, den wir suchten. Es stellte sich heraus, dass beide vom gleichen Mann sprachen.

»Ja, das ist Professor Tarmori«, bestätigte die Principessa. »Ich hätte ihn nicht besser charakterisieren können!«

Holmes war alarmiert. »Haben Sie den Professor noch einmal gesehen?«

Die Principessa strahlte. »Selbstverständlich! Ich habe ihm einen Gegenbesuch abgestattet. Der Professor hat nämlich einen der einundzwanzig Paläste der Contarini gemietet, und zwar ausgerechnet den heruntergekommen Bau am Rio di San Andrea. Mir ist unbegreiflich, dass er die alte Möblierung übernommen hat. Sie entspricht in keinster Weise unserem heutigen Geschmack. Das Einzige, was mir gefallen hat, war diese Marmorbüste neben dem Klavier.«

»Ein Frauenkopf aus der Frührenaissance?«, unterbrach ich sie, unfähig meine Erregung für mich zu behalten. »Er hat eine gewisse Ähnlichkeit mit der Schauspielerin Eleonora Primavera?«

»Ja, woher wissen Sie das?«

»Weil wir genau dieser Marmorskulptur auf der Spur sind«, erklärte Holmes. »Haben Sie Professor Tarmori auf die Büste angesprochen?«

»Aber selbstverständlich! Ich fühlte mich verpflichtet, etwas Nettes über die Einrichtung zu sagen. Professor Tarmori erwiderte daraufhin, diese Büste sei nicht nur schön, sondern sie ähnele der Frau, die er über alles geliebt habe. Daher habe es ihn umso schmerzlicher getroffen, als er ein anderes Exemplar dieses Typs in London eingebüßt habe.«

»Er meinte wohl, dass er sie bei seiner Flucht nicht mitnehmen konnte!«, sagte Holmes mit gerunzelter Stirn.

»Nein, er sagte, die Skulptur sei bei einem Zimmerbrand zerstört worden.«

Holmes schüttelte den Kopf, offensichtlich zwischen Amüsement und Erstaunen schwankend.

Ich war sprachlos. Bis dahin hatte ich gedacht, dass mich Holmes in einen privaten Rachfeldzug verwickelt hatte, aber es bestand tatsächlich ein Zusammenhang zwischen dem Mord im Arsenal und der verschwundene Büste!

»Aber er hat keine Details über seine verpfuschte Existenz preisgegeben?« Holmes war weiterhin mehr an dem Professor als an der Büste interessiert.

»Nur, dass er in Indien ein neues Leben beginnen möchte. Er hat gesagt, dass er nur noch kurze Zeit in Venedig bleibe, um ein Geschäft abzuschließen.«

»Ha!«, rief Holmes aus. Er musterte die Gräfin von Kopf bis Fuß. »Sie schweben in höchster Gefahr. Ich glaube, Professor

Tarmori wird schon heute Nacht zuschlagen. Wusste er, dass Sie heute Ihren gesamten Familienschmuck anlegen würden?«

»Ja, er hat mich selbst darum gebeten. In meinem Palazzo war er ganz begeistert von dem Porträt, das Franz Xaver Winterhalter von mir gemalt hat. Mein Mann hat es nach der Hochzeit in Auftrag gegeben, und auf dem Gemälde trage ich den Familienschmuck. Der Professor sagte, ich hätte mich kaum verändert.«

Holmes und ich schauten uns an. Die Principessa war eine attraktive Frau, aber sie sah keinesfalls aus wie ein junges Mädchen.

»Der Professor hat den Wunsch geäußert, mich wenigstens einmal im Glanz meiner Juwelen zu sehen.«

»Er will zu dem Maskenball kommen?«, entfuhr es mir.

Die Pricipessa sah mich an. »Professor Tarmori hat gesagt, dass er heute einen wichtigen Termin habe, den er nicht verschieben könne, aber er hat mir versprochen, dass er später am Abend nachkommt.«

»Ich bezweifle, dass Professor Tarmori sich auf dem Ball sehen lassen wird«, sagte Holmes, »er wollte mit seiner Bitte zweierlei erreichen: Erstens sollten Sie so leichsinnig sein, Ihren gesamten Schmuck anzulegen, und zweitens wollte der Professor, dass Sie hier bis zum frühen Morgen auf ihn warten. Auf dem Maskenball sind Sie sicher, aber auf dem Weg nach Hause schweben Sie in höchster Gefahr. Wie wollen Sie den Weg zurücklegen? Ich nehme an, in einer Privatgondel?«

Die Principessa nickte. Sie schaute Holmes mit dem leeren Blick einer Schlafwandlerin an.

»Das Beste wird sein, eine Attrappe mit Ihrem Kostüm in Ihre Gondel zu setzen. Wie gut, dass dies nicht ein normaler Ball, sondern ein Maskenball ist. Ich gehe davon aus, dass

Professor Tarmori weiß, dass Sie als Orientalin verkleidet sind?«

»Ja, selbstverständlich. Er hat mich nach meinem Kostüm gefragt, damit er mich in der Menge der tanzenden Paare finden kann …« Die Prinzipessa stockte mitten im Satz. Sie blickte Holmes mit skeptischem Gesichtsausdruck an. »Meinen Sie, Sie können sich über mich lustig machen, ohne dass ich es merke?« Die Principessa nahm Beifall erheischend Blickkontakt mit ihrer Freundin auf.

Die Contessa zuckte nur mit den Schultern.

»Keinesfalls«, beteuerte Holmes, »Wir können gar nicht vorsichtig genug sein. Der Professor ist gefährlich, und er hat sich ein neuartiges Boot bauen lassen, das er heute zum ersten Mal einsetzten wird. Seien Sie in Zukunft etwas misstrauischer bei der Auswahl der Gäste, die Sie in Ihr Haus einladen.«

Bei dem Gedanken, dass wir das Versteck des Mörders im Arsenal aufgesucht hatten, überkam mich die Panik. Worauf hatte ich mich da nur eingelassen? Aber es war zu spät, um mich zurückzuziehen. Ich versuchte, kontrolliert durchzuatmen. Langsam beruhigte ich mich wieder.

»Sie glauben doch nicht allen Ernstes, dass Professor Tarmori meinen Schmuck rauben will, so ein distinguierter Herr?«, protestierte die Principessa. Sie wirkte völlig konsterniert.

Holmes erzählte ihr von dem Mord, dessen Zeuge wir geworden waren. »Ich glaube, dass Professor Tarmori dringend Geld braucht, denn er musste eine große Summe in den Bau des Bootes investieren. Bei dem Bankraub in Castello hat er nicht viel erbeutet. Also muss er jetzt handeln.«

Es kostete Holmes einige Mühe, aber schließlich gelang es ihm, die Principessa so weit von der drohenden Gefahr zu überzeugen, dass sie zustimmte, eine Puppe mit ihrem orientalischen Kostüm als Köder in ihrer Gondel aufzubauen.

»Sollten wir nicht lieber die Polizei einschalten?«, fragte ich, denn ich verspürte wenig Neigung, dem Professor oder seinen Schergen nochmals in die Schusslinie zu laufen. »Wenn Sie möchten, kann ich ins Kommissariat gehen. Sie müssen sich um nichts kümmern.«

»Nein«, erwiderte Holmes kategorisch. »Denken Sie daran, dass ich heute Morgen bereits bei der Polizei war. Als ich nach dem Stand der Ermittlungen fragte, gab man mir zu verstehen, dass der Comissario glaubt, wir hätten im Nebel Phantome gesehen. Man hat die Untersuchungen eingestellt. Ich bezweifle, dass man einen von uns beiden ernst nehmen würde – und schon gar nicht zu dieser fortgeschrittenen Stunde.«

Ich suchte panisch nach Argumenten. »Aber das war das Kommissariat des Sestiere Castello. Wir sind aber hier in …? Ich sah die Contessa hilfesuchend an.

»Cannaregio«, ergänzte sie, »aber die hiesige Polizei hat natürlich vom dem gestrigen Einsatz gehört. In Venedig wird nicht jeden Tag ein Mord gemeldet. Cannaregio ist übrigens das am dichtesten besiedelte Sestiere der Stadt, und das Kommissariat liegt am anderen Ende. Dies wird die Bereitschaft der Ordnungshüter, aufgrund fantastischer Vermutungen nächtliche Bootsfahrten zu unternehmen, sicher nicht erhöhen.«

Offensichtlich hatte die Contessa keine hohe Meinung von der venezianischen Polizei, aber mir gefiel die Sache nicht. »Aber, was Sie vorhaben ist gefährlich!«, wandte ich daher ein. »Denken Sie an den Scharfschützen.«

Holmes schüttelte den Kopf. »Ich glaube, gestern im Arsenal hat der Schuss sein Ziel nur durch Zufall gefunden. Bei diesem Nebel und in der Dämmerung wäre allenfalls Colonel Moran ein derartiger Meisterschuss gelungen, und Colonel Moran ist in England.«

Dieser Name jagte mir einen Schauer über den Rücken: Colonel Moran war der Mann, der an den Reichenbachfällen auf Holmes geschossen hatte.

»Und, wenn Professor Tarmori diesen Colonel Moran angeheuert hat? Nach dem Tod Moriartys ist er schließlich arbeitslos und wir wissen keinesfalls, ob Colonel Moran tatsächlich in England ist.«

Holmes drückte mir einen schlampig herausgerissenen Zeitungsartikel in die Hand. Vermutlich hatte er diesen im Café Florian entwendet, während ich unsere horrende Rechnung beglichen hatte. Es handelte sich um die Gesellschaftsnachrichten. Ein Gruppenbild zeigte Mitglieder bei der Jahresversammlung eines exklusiven Clubs, darunter Colonel Moran.

»Aber die Zeitung ist von gestern«, protestierte ich.

»Der Mord geschah auch gestern. Colonel Moran kann kaum aus London hergeflogen sein.«

Ich öffnete schon den Mund zum Protest, aber Holmes winkte ab.

»Ein Schuss im nebligen Arsenal ist eine Sache, aber im dicht bevölkerten Cannaregio Schusswaffen zu gebrauchen eine andere. Ich glaube, dass Professor Tarmori eine Vorgehensweise geplant hat, die weniger Lärm verursacht. Daher bleibe ich bei meinem Plan mit der Gondel.«

»Haben Sie eigentlich eine Vorstellung davon, was eine Gondel wert ist?«, fragte die Principessa, die in fassungslosem Schweigen unserem Gespräch gelauscht hatte.

»Wahrscheinlich ist sie teuer«, erwiderte Holmes trocken. »Aber was sind Ihnen Ihre Juwelen wert?«

»Die Gondel kostet etwa so viel, wie mein Gondoliere in zehn Jahren verdient«, sagte die Principessa, ohne auf die Frage einzugehen, die ihr gestellt worden war.

Holmes wandte sich unserer Gastgeberin zu. »Womit wir bei einer wichtigen Frage angelangt sind, die noch der Klärung bedarf: Wie schützen wir die Ruderer? Ich fürchte, dass wir drei Attrappen herstellen müssen. Die sitzende Orientalin sollte kein Problem sein, aber die stehenden Gondolieri bereiten mir noch einiges Kopfzerbrechen.«

Die Contessa strahlte. »Wie Sie wissen, war ich vor meiner Eheschließung Opernsängerin. Ich habe noch immer gute Kontakte zum Theater und kann sicher zwei Schaufensterpuppen besorgen. Sie werden dort als billiger Ersatz für Statisten verwendet. Wenn ich großes Glück habe, kann ich auch eine Theatergondel ausleihen. Für die sitzende Attrappe mit dem Kostüm der Principessa sollte eine normale Schneiderpuppe genügen.«

»Kann die Theatergondel überhaupt schwimmen?«, fragte Holmes.

»Für eine kurze Strecke müsste es gehen. Die Principessa wohnt nicht weit von hier entfernt. Genauer gesagt, muss sie nur den Canal della Misericordia überqueren.«

»Also wissen wir nun auch, wo Professor Tarmori zuschlagen wird«, sagte Holmes, der sich wieder einmal nicht die Mühe machte, mich in den Planungsprozess einzubeziehen. »Wir brauchen auch eine richtige Gondel, die unseren Köder über den Kanal zieht. Die Passagiere werden Herr Tristram und ich sein.«

Die Contessa schaute auf ihre Taschenuhr. »Es ist neun Uhr. Ich mache mich am besten gleich auf den Weg. Dann komme ich rechtzeitig zur Pause. Während der Vorstellung sind im Theater alle nervös, selbst die Requisiteure.«

Wahrscheinlich las auch die Contessa gern Kriminalromane. Vielleicht fehlten ihr auch die Bühnenauftritte vergangener Tage. Auf jeden Fall war sie offensichtlich Feuer und Flamme. Dies erklärte auch, dass sie meinen Vorschlag, die Polizei zu rufen, torpediert hatte. Es erstaunte mich sehr, dass sie im Begriff war, ihren eigenen Maskenball zu verlassen.

Holmes schloss sich der Principessa an, aber er kehrte vor ihr auf den Ball zurück. Wie immer verlor er kein Wort über den Stand der Ermittlungen. Obwohl ich fast vor Neugier platzte, tat ich Holmes nicht den Gefallen nachzufragen.

Stattdessen hielt ich mich schadlos am vortrefflichen Wein unserer Gastgeberin, der mich, trotz aller Gefahren, schließlich in eine behagliche Stimmung versetzte. Ich ließ den Blick durch den Ballsaal schweifen, als ein Neuankömmling meine Aufmerksamkeit erregte. Es war ein hochgewachsener, hagerer Mann, der die Arme auf dem Rücken verschränkt und leicht nach vorne gebeugt den Saal betrat. Als er im flackernden Licht der Kerzen über den polierten Terrazzoboden schritt, wichen die anderen Gäste instinktiv aus. Dies lag weniger an seiner traditionellen, schwarzen Kleidung, sondern es war seine Maske, die die Gäste erschreckte. Die weiße Maske war wie ein Totenkopf gestaltet. Aus Pappmaché war ein grinsender Schädel mit leeren Augenhöhlen so realistisch geformt, dass jedem Betrachter schauderte.

Der Unbekannte richtete sich zu seiner gesamten, nicht unbeträchtlichen Länge auf, und nun sah ich, dass er eine Sense in der bisher hinter dem Rücken verborgenen rechten Hand hielt. Er schaute in die Runde, als ob er jemanden suchte, und wirkte mit seiner herrischen, geradezu anmaßenden Haltung, als ob ihm der ganze Palast gehörte.

Ich blickte mich hilfesuchend nach Holmes um und fand ihn ganz in der Nähe vor einem Fenster stehend, dessen schwere, purpurrote Brokatvorhänge er einen Spaltbreit geöffnet hatte. Er schaute in die Dunkelheit hinaus und trommelte dabei nervös mit den Fingern der rechten Hand auf dem Fensterbrett herum. Ich zupfte ihn am Ärmel, und er drehte sich mit einer jähen Bewegung um.

»Mister Baker Radcliffe, äh … Mister Sigerson! Sehen Sie nur«, sagte ich auf den unheimlichen Gast deutend.

Auch Holmes wirkte sofort alarmiert. »Sollte er es tatsächlich gewagt haben?«, rief er aus. »Mir soll es recht sein! Dann kann ich ihn endlich zur Rechenschaft ziehen.« Holmes eilte dem Mann mit entschlossener Miene entgegen.

Ich fragte mich, ob dies der seltsame Professor Tarmori war, auf dessen Eintreffen die Principessa gewartet hatte, und, wenn ja, was er mit diesem melodramatischen Auftritt bezweckte.

Das leicht hysterische, helle Lachen einer Frau ließ mich zusammenfahren. Sie trug ein Kostüm der Commedia dell'arte – ich glaube es war das der Columbina –, und auch sie war im Begriff, auf den Sensenmann zuzugehen. Sie war schlank und trug ihr blondes lockiges Haar gescheitelt und im Nacken zu einem Knoten zusammengebunden. Das sanfte Kerzenlicht modellierte ihre stumpfe Nase und ließ ein wertvolles Collier aufleuchten. Da die unerschrockene Frau – anders als Holmes – nicht den halben Saal durchqueren musste, war sie es, die den Unbekannten zuerst erreichte.

Sie blieb vor ihm stehen. »Bist du es?«, fragte sie mit leicht schwankender Stimme.

Keine Reaktion.

Die Frau zögerte einen Augenblick. Dann streckte sie mit einer ganz langsamen Bewegung die Hand nach der Maske aus. Ich erwartete, dass jetzt etwas Schreckliches geschehen würde, aber der Fremde leistete keinen Widerstand. Die Frau hob die Maske ein kleines Stück an, sodass nur sie das Gesicht des Unbekannten sehen konnte. Dann lachte sie erneut, aber diesmal mit unüberhörbarer Erleichterung. »Also doch! Archie, du hattest ja schon immer einen seltsamen Sinn für Humor, aber ich finde, diesmal bist du eindeutig zu weit gegangen.«

Mittlerweile war auch Holmes mit seinen langen Beinen zu dem Sensenmann vorgedrungen. Als die Frau den Unbekannten mit Archie ansprach entspannte sich seine Haltung merklich, aber zu meinem Erstaunen wirkte der Detektiv enttäuscht wie ein passionierter Jäger, dem seine Beute im letzten Augenblick entwischt ist.

Oscar Melvin, der englische Konsul, gesellte sich zu mir. »Einer dieser verrückten Künstler, mit denen sich die Contessa so gern umgibt«, sagte er in einem entschuldigenden Tonfall, als habe er selbst den Sensenmann eingeladen. Wahrscheinlich fühlte er sich für das Verhalten aller Mitglieder »seiner« Engländerkolonie verantwortlich. »Vielleicht lag es an unserer Unterhaltung von vorhin, Sie wissen schon, als wir über Juwelen und Verbrecher sprachen, aber einen Augenblick lang habe ich mich doch tatsächlich gefürchtet.«

»Und wer ist diese außerordentlich mutige Dame?«, erkundigte ich mich.

»Seine Frau. Sie konnte er natürlich nicht täuschen, zumal sie ihn schon ungeduldig erwartet hat.«

Mir hingegen hatte der Sensenmann ein wahres Grauen eingeflößt. Zur Beruhigung meiner Nerven beschloss ich, etwas ins Freie zu gehen. Ich stieg also die Treppe hinunter, froh, dass Holmes, der wieder ungeduldig aus dem Fenster schaute, mich nicht zurückhielt, und gelangte in die Portego genannte große Eingangshalle, die sich über die gesamte Länge der meisten venezianischen Case erstreckt. An den

Wänden hingen Gemälde von Schiffen, Schwerter, Banner, Jagdtrophäen und andere Gegenstände, die die glorreiche Geschichte der Familie Gritta bezeugen sollten, deren Wappen in der Casa Gritta allgegenwärtig war.

Vom Portego gelangte ich in einen gepflasterten Innenhof, wo ich mich auf den Rand eines Brunnens aus weißem Marmor niederließ, der das Regenwasser sammeln sollte.

Abgerissene Melodiefetzen und entferntes Lachen waren alles, was hier draußen vom rauschenden Maskenball im Obergeschoss des Hauses zu vernehmen war. Der Ball ging weiter, als sei nichts geschehen, während im Hintergrund die Vorbereitungen für das nächtliche Abenteuer auf Hochtouren liefen. Das Orchester spielte Walzer, und die Gäste tranken Wein, lachten und tanzten.

20. Die nächtliche Jagd

Endlich kehrten die Contessa und die Principessa zurück, nun in der klassischen venezianischen Maske. Ich folgte ihnen in den Saal. Offensichtlich hatte niemand die Gastgeberin vermisst.

»Es hat geklappt«, sagte sie mit einem triumphierenden Lächeln zu Holmes. »Meine Diener bringen gerade die Gondel aus Sperrholz und die Schaufensterpuppen durch den Lieferanteneingang in die Casa Gritta. Meine Zofe hat bereits die Schneiderpuppe mit dem Kostüm der Principessa dekoriert. Es kann also losgehen.«

Die Contessa holte ein Paar Pistolen aus ihrem Korb und richtete sie auf uns.

Ich hob in nicht völlig geheucheltem Schecken die Hände hoch. »Nicht schießen! Ich ergebe mich!«

Die Contessa lachte. »Das sind nur Theaterpistolen.«

»Das sieht man«, erwiderte Holmes. »Dagegen ist der alte Armeerevolver eines meiner Freunde ein Musterbeispiel modernster Waffenproduktion, aber für diese Nacht- und Nebelaktion werden die Attrappen genügen.«

Die Contessa machte eine einladende Handbewegung, und wir folgten ihr. Wir stiegen die Treppe hinunter in einen großen Lagerraum im Erdgeschoss, wohin die Diener die Requisiten gebracht hatten.

Mit unbewegtem Gesicht betrachtete Holmes das Resultat der Bemühungen unserer Gastgeberin. »Sollte es Sie einmal nach London verschlagen«, sagte er schließlich mit der für ihn charakteristischen Beiläufigkeit, »versäumen Sie es nicht, die Ausstellungsräume von Madame Tussauds im Baker Street Bazar zu besichtigen! Es geht nichts über den verblüffenden

Illusionscharakter von Wachsfiguren. Sie täuschen selbst im hellen Licht des Tages.« Holmes ging um die Theatergondel herum. »Ich gehe doch richtig in der Annahme, dass der Canal della Misericordia recht tief ist?«, fragte er dann.

Die Contessa nickte. »Er ist einer der breitesten und tiefsten Kanäle Venedigs, besonders hier, so kurz vor dem Fondamente Nuove.«

»Das ist gut! Holen Sie alle scharfen Eisengegenstände, derer Sie habhaft werden können: Messer, Äxte, Pflugscharen, egal was. Wir werden sie an der Unterseite der Gondel befestigen.«

Es war schon nach Mitternacht, als wir endlich aufbrachen. Die Szene hatte etwas Gespenstisches. Nebelschwaden zogen vor dem Vollmond vorbei, in dessen sanftem Licht die Gondeln in der schwarzen Lagune schaukelten.

Wie Holmes vorhergesehen hatte, war Professor Tarmori nicht erschienen. Dies sprach für seine These, dass er für diese Nacht einen Coup geplant hatte, trotzdem war ich noch immer skeptisch.

Einer der Gondolieri der Contessa und Holmes würden die echte Gondel rudern. Holmes hatte sich die Theaterpistolen in den Gürtel gesteckt, während ich das Jagdgewehr des verblichenen Gatten der Contessa in der Hand hielt. Sicherlich war Holmes ein besserer Schütze als ich, aber ich konnte nicht rudern. Deshalb konnten wir die Rollen nicht tauschen. Nur mit Mühe hatten wir die Contessa davon abhalten können mitzufahren, aber sie musste am Ende einsehen, dass eine Frau im ersten Boot uns alle gefährdet hätte. Wir mussten um jeden Preis verhindern, dass Professor Tarmori die Gondeln verwechselte.

Die präparierte Theatergondel schaukelte noch vor der Casa Gritta im Kanal. Es war eine mühsame Arbeit gewesen, das metallgespickte Monstrum ins Wasser zu tragen. Glücklicherweise waren die letzen Ballgäste zu beschäftigt mit Tanzen, Essen, Trinken, Flirten und Intrigieren, um zu bemerken, was für seltsame Dinge sich im Haus und davor ereigneten.

Unter der Felze der Theatergondel saß die Schneiderpuppe der Contessa, drapiert mit dem Kostüm der Principessa. Es war ein Glücksfall, dass diese sich für eine Kostümierung als Orientalin entschieden hatte, denn so konnten wir das Gesicht der Puppe verschleiern. Die Attrappe des Fahrgastes war also akzeptabel, aber ich fragte mich ernsthaft, wer auf die beiden reglosen Schaufensterpuppen in der weißen Tracht der Gondolieri hereinfallen sollte.

Das regnerische Wetter des Vortags war einer kühlen, doch klaren Nacht gewichen. Die Sicht war gut. Der Mond spiegelte sich romantisch auf der ruhigen Wasserfläche, und so sehr ich mich auch anstrengte, ich konnte keine weitere Gondel sehen. Mir sollte es recht sein, wenn es dabei blieb!

Am Heck unserer Gondel war eine lange Kette befestigt, mit der die Theatergondel gezogen werden sollte. Die beiden Ruderer legten ab. Holmes machte sich genauso gut als Gondoliere wie als Sandalo-Ruderer. Was ein Jammer, dass nur gebürtige Venezianer diesen Beruf ergreifen durften!

Bald hatten wir uns so weit von der Casa Gritta entfernt, dass die Kette angespannt war. Ein Ruck ging durch unsere Gondel, und ich sah, dass die Theatergondel sich in Bewegung setzte.

Langsam steuerten beide Gondeln auf das entgegengesetzte Ufer des Kanals zu. Ich fühlte, wie mein Puls sich beschleunigte. Der Magen zog sich mir zusammen, und die innere Anspannung wurde fast unerträglich.

Dann ging alles rasend schnell. Ein heftiger Ruck ging durch unsere Gondel. Das hässliche Geräusch von gegeneinander schrammenden Oberflächen durchschnitt die Stille, gefolgt von einem ohrenbetäubenden Knall. Irgendetwas war explodiert. Metallbrocken folgen durch die Luft. Ich zog den Kopf ein. Wie gut, dass ich unter der Felze saß.

Dann war es schon vorbei. Eine geradezu schmerzhafte Stille folgte dem Aufruhr. Ich hob vorsichtig den Kopf. Auch Holmes und der Gondoliere, die sich offensichtlich ebenfalls auf den Boden geworfen hatten, standen langsam auf. Ich blickte zurück. Von der Theatergondel waren nur noch einige Trümmer übrig geblieben. Im Kanal trieben metallene Wrackteile, die unmöglich von der Theatergondel stammen konnten.

»Könnten Sie vielleicht so freundlich sein, alle Wrackteil aufzulesen, die Sie finden können?«, rief Holmes der Contessa zu, die am Ufer stand.

»Warum kehren wir nicht um?«, entfuhr es mir. »Vielleicht übersieht die Contessa etwas Wichtiges.«

»Dieses Risiko müssen wir in Kauf nehmen, aber sicher wird der Lärm der Explosion jemanden dazu veranlassen, die Polizei zu holen.«

Holmes blickte mit einem amüsierten Gesichtsausdruck zu mir zurück. »Ich denke, diese Büste liegt Ihnen so sehr am Herzen? Jetzt holen wir sie uns zurück. Wir fahren zur Casa Contarini am Rio di San Andrea!«

Der Gondoliere der Contessa erweckte den Eindruck, als ob auch er lieber ins Bett gegangen wäre, aber er gehorchte.

»Sind Sie lebensmüde?«, rief ich Holmes durch die Nacht zu und hoffte, dass sich auch über uns jemand bei der Polizei beschweren könnte. Besser wegen nächtlicher Ruhestörung verhaftet werden als in diese Mördergrube fahren! Womit hatte ich das nur verdient? »Dort wartet bestimmt der Mörder aus dem Arsenal.«

»Sie brauchen keine Angst zu haben. Ich bin doch zu der Überzeugung gelangt, dass es besser sei, den zuständigen Comissario wenigstens teilweise in die Verbrecherjagd einzubeziehen. Das Haus ist mittlerweile von Polizeischützen umstellt worden. Sollte Professor Tarmori zurückkommen, wird die Polizei ihn festnehmen.«

Jetzt wusste ich also, warum Holmes den Ball verlassen hatte. Zwar hätte ich es vorgezogen, in die Pension zurückzukehren, um wenigstens noch ein klein wenig Schlaf zu finden, aber ich war doch sehr darüber erleichtert, dass die Polizei die Casa Contarini bewachte.

Die nächtliche Gondelfahrt hätte unter anderen Umständen und in anderer Gesellschaft romantisch sein können. Ich fühlte mich an Casanovas Flucht aus den Bleikammern des Dogenpalastes erinnert. Nur mitten in der Nacht, wenn die Touristen schliefen, konnte ich mir die Serenissima in ihrem einstigen Glanz vorstellen.

Wir erreichten den kleinen, tatsächlich etwas heruntergekommenen einundzwanzigsten Wohnsitz der Familie Contarini. Kein Licht schien durch die Fenster.

Die Tür eines Nachbarhauses öffnete sich.

»Signor Sigerson!«, rief eine tiefe Stimme. Sie gehörte dem Comissario, der den Einsatz am Rio di San Andrea leitete. Er erweckte den Eindruck, als würde er sich nicht so leicht von einem Amateurermittler ausbooten lassen wie Inspektor Lestrade. »Kommen Sie schnell herein. Dieses Haus dient der Polizei als Unterschlupf!«

Glücklicherweise war die Hausherrin eine warmherzige Frau mittleren Alters, deren Mann – wie sie uns erzählte – auf Geschäftsreise war. Sie hatte Mitleid mit uns unfreiwilligen Nachtschwärmern und bot mir eine Tasse Kaffee an, die ich mit Freuden annahm.

Holmes stellte mich vor und berichtete mit wenigen Worten, was sich auf dem Canal della Misericordia ereignet hatte.

»Sie haben es sich wohl in den Kopf gesetzt, allen Polizisten Venedigs den Schlaf zu rauben!«, war die Antwort von Comissario Negretti, denn dies war sein Name.

Holmes ging zum Fenster, und wie ein Schlafwandler folgte ich ihm, ohne zu wissen warum.

»Falls Professor Tarmori die Explosion überlebt hat, könnte er bald hier vorbeikommen«, wandte ich ein, denn ich fühlte mich wie eine wandelnde Zielscheibe.

»Signor Tristram hat recht«, rief uns der Comissario zu. »Meine Herren, gehen Sie in Deckung.«

Holmes sah mich mit einem schwer zu deutenden Gesichtsausdruck an. »Ich glaube nicht, dass er noch kommt. Ich fürchte, der Vogel ist ausgeflogen.«

»Vielleicht saß er ja doch in diesem Boot«, wandte ich ein, obwohl ich wusste, dass Holmes dies nicht hören wollte.

»Nein, das glaube ich nicht.«

Ich war zu müde, um etwas zu erwidern.

Es folgten mehrere Stunden des Wartens, der Langeweile und der quälenden Müdigkeit. Ich kann nur wiederholen, dass ich mir die Arbeit eines Ermittlers so nicht vorgestellt hatte.

Erst kurz vor Sonnenaufgang gab der Comissario das Ende der Belagerung bekannt. »Wir durchsuchen nun das Haus«, rief er seinen Polizisten zu, zumindest denen, die nicht auf den Dächern postiert waren.

Also verließen Comissario Negretti, drei Polizisten, Holmes und ich das Nachbarhaus und gingen zur Casa Contarini.

Der Comissario zog an der Klingel.

Nichts passierte.

Der Comissario klingelte erneut. »Hier ist die Polizei!«, rief er. »Öffnen Sie augenblicklich, oder wir schlagen die Tür ein!«

Es wäre sehr schade um diese Tür gewesen, denn es handelte sich um eine schöne Schreinerarbeit aus dem 18. Jahrhundert, aber im Haus erwachte das Leben.

Im Obergeschoss ging Licht an.

»Einen Augenblick!«, rief eine männliche Stimme.

Wir hörten Schritte. Auch im Untergeschoss ging das Licht an. Die Tür öffnete sich einen Spaltbreit. Eine alte Frau, wohl die Haushälterin des Professors, und ein verschlafener Diener, beide im Morgenmantel, hatten sie geöffnet.

»Wir würden gern mit Professor Tarmori sprechen«, sagte Holmes, die Untersuchung an sich reißend.

»Der Professore ist gestern auf einen Maskenball gegangen, und er ist noch nicht zurück.«

»Machen Sie sich darauf gefasst, dass er nie wieder zurückkommen wird«, sagte Holmes. »Sie werden sich wohl eine neue Stelle suchen müssen.«

Die beiden Hausangestellten schauten uns fassungslos an. Entweder sie glaubten Holmes nicht, oder sie standen unter Schock.

»Wir durchsuchen das Haus«, kündigte der Comissario an und hielt dem Diener das Dokument vor die Nase, das ihn dazu legitimierte.

Niemand versuchte uns aufzuhalten, als Holmes und ich den Polizisten folgten.

Wie magisch zog es mich in das Musikzimmer. Ich vermutete, dass es sich im Piano Nobile, in der Nähe des Ballsaales befand. Bald hatte ich es gefunden. Ich blieb in der Tür stehen. Dort stand sie! Neben dem Klavier stand auf einem Sockel aus weißem Marmor eine ebenfalls marmorne Büste, deren feine Gesichtszüge eine verblüffende Ähnlichkeit mit der berühmten Schauspielerin Eleonora Primavera aufwiesen.

»Und wie bringen wir das gute Stück jetzt unbemerkt aus dem Haus?« Die Stimme von Holmes ließ mich zusammenfahren, als ob er mich bei etwas Verbotenem überrascht hätte. Ich drehte mich um. Holmes stand am Fenster und bewunderte die Aussicht.

»Wir müssen der Polizei schildern, was vorgefallen ist«, sagte ich etwas halbherzig. »Vielleicht glaubt sie uns ja.«

»Und wie wollen Sie Ihren Schwiegervater und Ihren Schwager aus der Sache heraushalten?«

Mir gingen diese Spielchen langsam auf die Nerven. Holmes stellte mir nur Fragen, um meine Vorschläge verwerfen und dann selbst brillieren zu können. Ich beschloss, den Spieß umzudrehen. »Was haben Sie vor?«

Holmes sah sich um.

»Seien Sie froh, dass ich die schlechte Kopie der Büste die ganze Reise lang mit mir herumgeschleppt habe. Sie ist unten in der Gondel, und ich schlage vor, dass wir die beiden Exemplare jetzt austauschen. Wahrscheinlich wird es im allgemeinen Durcheinander niemanden stören, wenn wir etwas in das Haus hineinschleppen.«

»Aber sie lassen uns bestimmt nichts hinaustragen«, unterbrach ich.

»Ich habe mir schon eine Methode einfallen lassen, wie wir die Büste aus dem Haus schaffen können.«

Gottergeben folgte ich Holmes an den Kanal. Er hatte die weit gereiste Kopie in einer ledernen Tasche im Heck der Gondel verstaut. Er holte außer dieser Tasche einen großen, fast würfelförmigen Koffer aus dem Boot und drückte ihn mir in die Hand.

»Ist der aber leicht«, entfuhr es mir.

»Er enthält nur Weinkorken.«

Ich war zu müde, um mich zu wundern.

Holmes schleppte also die schwere Tasche die Treppe hoch, während ich mit diesem Koffer eines Alkoholikers auf dem Trockenen folgte. Wie Holmes vorhergesagt hatte, fragte niemand, was wir vorhatten.

Als Holmes die schlechte Kopie auspackte, war der Qualitätsunterschied zum Original unübersehbar.

»Die anderen haben recht«, entfuhr es mir, »die Werkstatt wird nach dem Tod von Maestro Boldoni nie wieder dieselbe sein!«

In diesem Augenblick öffnete ein Polizist die Tür. Das Blut erstarrte mir in den Adern.

»Ich suche den Comissario«, sagte er.

»Er ist noch mit dem Durchsuchen des Untergeschosses beschäftigt«, sagte Holmes mit bewundernswürdiger Ruhe.

Der Polizist stellte keine Frage und ging wieder. Mein Puls raste.

Holmes öffnete den Koffer, bettete das Original zwischen die Weinkorken, stellte die schlechte Kopie auf den Sockel und versteckte den Koffer im Kamin. Dann schob er eine Truhe vor die Kaminöffnung.

»Sie sehen, ich habe etwas von Ihrem Schwiegervater gelernt«, sagte er und wischte sich die Hände mit dem Taschentuch ab. »Ich werde die Gondel unter das Fenster rudern. Dann imitiere ich den Ruf der Waldohreule. Werden Sie ihn erkennen?«

Ich bezweifelte sehr stark, dass es in Venedig Waldohreulen gab, ging aber davon aus, dass der falsche Vogel nicht den Argwohn der Polizei erregen würde. »Ich kenne mich nicht aus mit Eulen, aber ich werde merken, wenn ein Nachtraubvogel schreit.«

»Gut! Dann werfen Sie den Koffer aus diesem Fenster.« Holmes zeigte auf das Fenster, aus dem er sich vorhin gelehnt hatte. »Passen Sie auf, dass Sie nicht die Gondel treffen, aber versuchen Sie, den Koffer in meine unmittelbare Nähe zu werfen, damit ich ihn sofort aus dem Kanal fischen kann.«

Ich nickte, hin- und hergerissen zwischen der Bewunderung für diesen Plan und der Angst, auf frischer Tat ertappt zu werden.

Holmes verließ den Raum. Ich setzte mich auf den Schemel, der vor dem Klavier stand, und wartete. Offensichtlich war dies mein Schicksal, dem ich nicht entkommen konnte.

Nach den Geräuschen zu schließen, die aus dem Untergeschoss zu mir drangen, war die Polizei sehr gründlich. Ich hoffte, dass es so blieb.

Endlich drang der klägliche Schrei einer Eule an mein Ohr. Ich sprang auf und rannte zum Kamin. Im selben Augenblick öffnete sich die Zimmertür mit einem leisen Knarren. Die Hausherrin des Nachbarhauses betrat das Musikzimmer. Ich konnte es ihr nicht verdenken, dass sie neugierig geworden war.

»Comissario Negretti ist im Untergeschoss«, log ich. »Ich glaube, er hat eine sehr wichtige Entdeckung gemacht.«

Die Nachbarin sah mich skeptisch an. »Er hat mir aber etwas anderes erzählt.«

»Dann muss ich mich geirrt haben«, sagte ich und eilte zum Fenster. Während ich es öffnete, kam mir eine Idee. Ich drehte mich um. »Signora …«

»Negretti!«

Ich war perplex. »Wie der Comissario?«

»Er ist mein Sohn.«

Der Stolz auf ihren Sohn, der es bei der Polizei zu etwas gebracht hatte, war unüberhörbar. Schlagartig war mir klar, warum sie so kooperativ gewesen war und ihr Haus als Kommandozentrale zur Verfügung gestellt hatte.

Diese neue Wendung gefiel mir gar nicht. Konnte ich die Mutter des Comissario wie eine Haushälterin behandeln? Ich hatte keine andere Wahl.

»Signora Negretti! Sie schickt das Schicksal«, sagte ich und versuchte so elend zu klingen wie ich mich fühlte. »Ich bin am Ende meiner Kräfte. Könnten Sie mir vielleicht ein Tasse Kaffe bringen? Ich wäre Ihnen ewig dankbar dafür.«

Signora Negretti war die Enttäuschung ins Gesicht geschrieben, aber sie machte gute Miene zum bösen Spiel. »Sie Armer sehen ganz blass aus«, sagte sie. »Setzen Sie sich doch lieber.« Sie komplimentierte mich auf den Schemel zurück, aber dann ging sie endlich.

Ich sprang auf, rannte zur Tür und drehte den Schlüssel im Schloss um. Von draußen machte sich eine ungeduldige Waldohreule bemerkbar. Ich eilte zum Kamin, schob die Truhe weg und schleppte den Koffer zum Fenster. Jemand versuchte, die Tür zu öffnen.

Nur keine Panik, sagte ich mir. Bevor er die Tür eingerannt hat, habe ich mich der Büste entledigt. Ich warf den Koffer aus dem Fenster und sah zu, wie er ins Wasser klatschte. Er landete nur einen Meter von Holmes entfernt. Dies war eine Meisterleistung!

»Was soll das bedeuten?«, rief eine männliche Stimme von draußen, und die Klinke wurde erneut herabgedrückt.

»Ach, Entschuldigung! Ich muss wohl automatisch abgeschlossen habe. Das ist mir zur zweiten Natur geworden, weil meine Frau immer große Wert darauf legt, dass ich nachts die Zimmertür abschließe«, rief ich und eilte zur Tür.

Ich schloss auf und sah in das skeptische Gesicht von Comissario Negretti.

Er hielt eine Kaffeetasse in der Hand, aber er bot sie mir nicht an, wie ich einen Augenblick lang erwartet hatte. »Warum ist das Fenster geöffnet?«, fragte er.

»Mir war etwas schwindlig, und ich dachte, die frische Luft würde mir gut tun.«

Ich spürte, dass mein Gegenüber mir kein Wort glaubte. Comissario Negretti ging zum Fenster, lehnte sich hinaus und schloss das Fenster wieder.

Im selben Augenblick kam Signora Negretti mit einer Tasse Kaffee herein, und ihr Sohn widmete sich wieder seiner Untersuchung, aber nicht ohne mir vorher einen skeptischen Blick zugeworfen zu haben.

»Vielen Dank«, sagte ich zu der Signora.

Sie nickte und verließ den Raum, aber leider blieb ihr Sohn. Er näherte sich der Büste und blieb vor ihr stehen. Mit auf die Schulter gelegtem Kopf betrachtete er die Skulptur. Dann machte er einen Schritt zurück und runzelte die Stirn. Mir blieb fast der Kaffee im Halse stecken. Hatte er den Austausch bemerkt?

»Sie sieht aus wie Eleonora Primavera«, sagte er verblüfft.

21. Der Brief

Was um Gottes willen ist gestern Nacht genau geschehen? Ich habe so vieles nicht verstanden!«, fragte ich Holmes am Nachmittag des nächsten Tages. Wir saßen im Café Florian, konnten aber frei reden, denn die Contessa war noch nicht eingetroffen.

»Zum Beispiel?«

»Warum habe ich das feindliche Boot nicht gesehen, bevor es explodiert ist?«

Holmes hob eine Augenbraue. »Weil es sich um ein Unterseeboot gehandelt hatte. Offensichtlich war der Prototyp doch noch nicht ganz ausgereift. Ich schätze, er wäre auch ohne die Metallgegenstände an der Unterseite der Theatergondel explodiert. Die Polizei konnte leider die Überreste des Piloten nicht identifizieren. Also bleibt seine Identität weiterhin im Dunkeln. Fest steht allerdings, dass es Professor Moriarty war, der es hat bauen lassen.«

Das musste ich erst einmal verdauen. »Professor Tarmori ist Professor Moriarty?«, entfuhr es mir.

Holmes nickte. »Nur er konnte sich diesen teuflischen Plan ausdenken. Er ist der Napoleon des Verbrechens.«

Warum war mir diese Idee nicht selbst gekommen? Plötzlich ergab alles Sinn. Professor Moriarty hatte die Buchstaben seines Namens nur anders angeordnet, zumindest wenn man von dem Y absah, das in einem italienischen Namen fehl am Platz gewesen wäre. Mein Puls beschleunigte sich. Professor Moriarty war unser Gegner gewesen, und wer konnte wissen, ob er diesmal endlich sein verdientes Ende gefunden hatte?!

Trotzdem gab es etwas, das ich noch nicht verstand. »Professor Moriarty hat sich ein Unterseeboot bauen lassen, nur um den Schmuck der Principessa zu rauben? Und dies war ihm so wichtig, dass er einen Mord begangen hat, um die Existenz des Bootes zu vertuschen. Ist der Schmuck denn wirklich so unermesslich wertvoll?«

Holmes lachte. »Nein. Der Wert des Schmucks stünde in der Tat in keinem Verhältnis zum Aufwand, den Professor Morarty betrieben hat. Der missglückte Juwelenraub von gestern war wahrscheinlich nur ein erster Test des Bootes. Wie ich Professor Moriarty kenne, wollte er damit Verbrechen im großen Stil begehen. Ich würde mich nicht wundern, wenn er mit dem Boot bis nach Indien fahren wollte. Erwähnte die Principessa nicht derartige Projekte?«

Ich dachte einen Augenblick nach. »Jetzt, da Sie es sagen: Ja, sie erzählte, dass Professor Tarmori bald nach Indien aufbrechen wollte.« Ich war noch immer etwas benommen von den Strapazen des Vortags. Vor mir stand eine Tasse Caffè corretto, aber ich musste feststellen, dass dieser meinen Zustand nicht verbesserte, wie ich gehofft hatte, sondern nur meine Müdigkeit verstärkte. Ich wusste gar nicht, wo ich mit Fragen anfangen sollte. Mühsam versuchte ich meine Gedanken zu ordnen. »Seit wann haben Sie eigentlich vermutet, dass Professor Moriarty seine Hände im Spiel hatte?«, begann ich etwas zaghaft.

»Seit dieser herzkranke Diener Alessandro auf so perfide Weise ermordet worden ist.«

»Sicher steckt Hopper mit Professor Moriarty unter einer Decke.«

»Das glaube ich nicht, denn der Professor wollte vor Hopper verbergen, dass er in Italien ist. Auch hätte er nicht die Lakaien des Kunsthändlers für sich arbeiten lassen, wenn deren Arbeitgeber mit ihm im Bunde gewesen wäre. Ich weiß, Sie mögen Hopper nicht, aber er hätte sich niemals damit begnügt, sich zum Handlanger Professor Moriartys degradieren zu lassen.«

»Aber warum hat Hopper den Mord an seinem Diener zu vertuschen versucht?«

»Weil es schlecht für sein Geschäft ist, wenn die Polizei bei ihm ein- und ausgeht.«

»Aber Hopper hat Sie erkannt!«

»Da er Geschäftskontakte mit Professor Moriarty unterhielt, hat er wohl Erkundigungen über seinen Kunden eingezogen, und dabei war es unvermeidlich, dass er von meiner Existenz …«

Dieser Satz blieb unbeendet, da die Contessa sich unserem Tisch näherte. Sie hielt in ihrer behandschuhten Rechten einen Brief, als handele es sich um eine Reliquie, die man nicht berühren durfte. »Mister Sigerson! Diesen Brief hat ein Bote heute Morgen für Sie bei mir abgegeben«, sagte sie, ohne unseren Gruß abzuwarten.

Holmes riss den Umschlag auf, der außer einem Brief auch ein leeres Blatt Papier enthielt. Ich stand auf und ging um den Tisch herum, um hinter Holmes stehend mitlesen zu können. Schon beim Anblick der Unterschrift fuhr mir ein eiskalter Schauder über den Rücken. Der Verfasser war niemand anderes als Professor Moriarty, den ich nicht mehr unter den Lebenden vermutet hatte! Mit angehaltenem Atem überflog ich folgende Zeilen:

Sehr geehrter Mister Holmes,

wieder einmal war es für mich eine intellektuelle Herausforderung, mich mit Ihnen zu messen. Wie ich Ihnen bereits bei einer anderen Gelegenheit sagte, würde ich es bedauern, in Zukunft auf dieses Vergnügen verzichten zu müssen, aber ich kann es mir nicht länger leisten, Sie zum Feind zu haben.

Wollen wir nicht Frieden miteinander schließen, nun, wo wir uns so unverhofft in Italien wiedergetroffen haben, zwei Engländer in einem fremden Land?

Es ist meine Überzeugung, dass Sie ihre kostbare Zeit nicht länger mit diesen nichtigen Untersuchungen verschwenden sollten. Ihre wahre Berufung ist die Chemie. Wenn Sie sich in Zukunft aus meinen Geschäften heraushalten, werde ich Sie im Gegenzug mit den nötigen Mitteln ausstatten, um sich ausschließlich der Wissenschaft widmen zu können. Mit meiner Hilfe werden Sie der größte Chemiker des 19. oder sogar des 20. Jahrhunderts sein!

Eine derartige Gelegenheit wird sich Ihnen sicherlich kein zweites Mal bieten, Mister Holmes. Sie brauchen nur auf das beigelegte Blatt das kleine Wort Ja *zu schreiben, und dies wird der Beginn einer langen, erfolgreichen Zusammenarbeit sein.*

Hochachtungsvoll,

Professor James Moriarty

Schlagartig war die friedliche Stimmung, in die mich der Caffè corretto versetzt hatte, weggefegt. Die Erschöpfung der vorangegangenen, ereignisreichen Nacht holte mich wieder ein, und ich ließ mich auf einen der Stühle des Nachbartischs fallen.

Holmes bedeutete mir mit einer Geste zu schweigen. »Könnten Sie diesen Boten vielleicht näher beschreiben?«, fragte er die Contessa.

Diese schloss zum Nachdenken die Augen. »Ein barfüßiger Junge von etwa zehn Jahren. Er war für hiesige Verhältnisse blass, hatte Sommersprossen und hellbraunes, lockiges Haar. Seine Jacke war zerrissen, und die Hose hätte eine Wäsche nötig gehabt. Alles in allen sah er aus wie ein Straßenjunge.«

»Sie würden einen guten Detektiv abgeben«, sagte Holmes, und ich hatte den unangenehmen Verdacht, dass dies ein

Seitenhieb auf meine mangelnde Begabung für dieses Metier war. Holmes holte einen Bleistift aus der Westentasche und schrieb mit riesigen Buchstaben das Wort *Niemals* auf den leeren Zettel, den er anschließend mehrfach faltete.

»Das ist für Sie«, sagte er, der Contessa die Antwort überreichend. »Der Junge oder ein anderer Bote wird bei Ihnen vorbeischauen und danach fragen.«

»Was hat das alles zu bedeuten?«, fragte sie mit hörbarer Irritation in der Stimme. Der Blick der Contessa wanderte zwischen Holmes und mir hin und her. Ich zuckte entschuldigend mit der Schulter, während Holmes sie ignorierte.

»Ich fürchte, dieses Abenteuer ist noch nicht zu Ende, mein lieber Mister Tristram, und diesmal ist es für Sie zu gefährlich, mich zu begleiten«, sagte er und winkte nach dem Kellner, der ausnahmsweise sofort erschien, obwohl man in diesem Café gewöhnlich sehr lange auf die Bedienung warten musste.

»Mister Sigerson! Ich hoffte, ein wenig mit Ihnen zu plaudern«, protestierte die Gräfin.

»So hoffte auch ich noch vor wenigen Minuten.«

»Von wem ist dieser Brief?«, fragte sie.

»Von einem alten Bekannten«, erklärte Holmes, während er für uns beide zahlte und dabei dem Kellner ein unverhältnismäßig hohes Trinkgeld gab.

Als Holmes Anstalten machte, sang- und klanglos zu verschwinden, erwachte ich aus der inneren Erstarrung, in die mich die Lektüre des Briefs versetzt hatte. Plötzlich wurde ich von der Furcht überfallen, der Professor könnte mich entführen, um Holmes zum Handeln zu zwingen. Also beschloss ich mich an seine Fersen zu heften. »Ich komme mit«, verkündete ich also, ebenfalls meine Habseligkeiten zusammenraffend.

Holmes sah mich ernst an. »Das kommt gar nicht in Frage. In meiner Begleitung schweben Sie in höchster Gefahr.«

»Zumindest begleite ich Sie zum Hotel«, insistierte ich, da ich hoffte, dass er es sich unterwegs anders überlegen könnte. Mir graute es vor diesem sogenannten Professor, der Lakaien ermorden und U-Boote bauen ließ.

»Mein Ziel ist nicht das Hotel.«

Langsam hatte ich den Eindruck, dass die Situation mir entglitt. Ich griff zum äußersten Mittel. »Egal, wohin Sie gehen, wenn Sie mich nicht mitnehmen, rufe ich auf dem Markusplatz in alle vier Himmelsrichtungen Ihren richtigen Namen.«

»Welchen Namen?«, fragte die Contessa, deren schiere Existenz ich für einen Augenblick vergessen hatte. »Was hat das alles zu bedeuten?«

Noch immer tat Holmes so, als ob sie nicht vorhanden sei. »Der Umgang mit Verbrechern ist Ihnen schlecht bekommen«, sagte er in einem schwer zu deutenden Tonfall. »Sie sind darüber selbst zum Erpresser geworden, aber bedenken Sie, dass ich ein äußerst gefährlicher Gegner bin.« Ich muss Holmes fassungslos angestarrt haben, denn er lachte, aber es war ein freudloses Lachen. »Also gut, wenn Sie darauf bestehen, begleiten Sie mich, aber sagen Sie nicht, ich hätte Sie nicht gewarnt.« Er nickte der indigniert dreinschauenden Contessa zu. »Leben Sie wohl, und meine besten Empfehlungen an die Principessa!«

Auch ich stammelte einige Abschiedsworte, bevor ich Holmes folgte, doch wie immer gelang mir dies weder im buchstäblichen noch im übertragenen Sinne.

Wir überquerten hastig den Markusplatz und stiegen in den ersten Vaporetto, der an der Anlegestelle hielt.

»An der nächsten Haltestelle steigen wir aus und fahren in die Gegenrichtung«, sagte Holmes leise zu mir. »Kennen Sie einen einsamen Ort in der Umgebung, der mit dem öffentlichen Verkehr zu erreichen ist?«

»Torcello«, erwiderte ich aufs Geratewohl, ebenfalls meine Stimme dämpfend. »Zwar haben auf dieser Insel früher fast zwanzigtausend Menschen gelebt, aber heute gibt es dort nur noch zwei alte Kirchen.«

Holmes nickte. »Sie sollten Fremdenführer werden.«

Wir wechselten noch zweimal das Boot, bis wir uns endlich auf dem Traghetto[10] zur Laguneninsel Torcello befanden. Holmes war unterwegs so reserviert, dass ich keine Frage zu stellen wagte, obwohl ich fast vor Neugier platzte.

Holmes zündete sich eine Pfeife an, meiner Meinung nach ein untrügliches Zeichen dafür, dass er noch keinen konkreten Plan gefasst hatte, denn der Tabakqualm half ihm, sich zu konzentrieren. Ich beobachtete Holmes, der seinerseits missbilligend die anderen Fahrgäste betrachtete, darunter zahlreiche Familien mit Kindern, die sich plaudernd und lachend auf einen schönen Tag freuten. »Ich komme gleich wieder«, sagte Holmes unvermittelt und ließ mich an der Reling stehen.

Aus der Ferne sah ich ihn in einer angeregten Unterhaltung mit einem der Seeleute. Als er zurückkam, hatte er einen entschlossenen Gesichtsausdruck. »Es hat mir zu denken gegeben, dass sich auf diesem Schiff Hunderte von Passagieren befinden. Dies passt nicht zu Ihrer Auskunft, dass es auf Torcello nur zwei alte Kirchen gebe. Der Angestellte der Schiffsgesellschaft hat mir erwartungsgemäß bestätigt, dass die angeblich so einsame Laguneninsel ein äußerst beliebtes Ausflugsziel sei.«

»Na ja, verglichen mit Venedig …«, wollte ich einwenden.

»Verglichen mit Venedig ist London einsam!« Wieder warf Holmes der fröhlichen Gesellschaft an Bord missbilligende

[10] Anm.: (ital. »il traghetto«) Venezianische Gondelfähre.

Blicke zu. »Glücklicherweise konnte mir der Seemann ein geeigneteres Ziel empfehlen. Unweit Burano befindet sich die Insel San Francesco del Deserto, die wie schon ihr Name suggeriert, wirklich verlassen ist. Es gibt dort nur das namensgebende Franziskanerkloster, und man kann nur mit einem Privatboot von Burano aus auf die Insel gelangen. So trifft es sich gut, dass dieses Touristenboot auch die Laguneninsel Burano anfährt. Es ist die vorletzte Haltestelle.«

Wir verließen also den Traghetto auf Burano, wo die winzigen, am Kanal aneinandergeihten Häuser deutlich machten, dass hier niemals reiche Kaufleute gewohnt hatten, sondern nur arme Fischer. Trotzdem hätten der schiefe Kirchturm und die farbig bemalten Fassaden, vor denen die Frauen im Freien saßen und klöppelten, unter anderen Umständen zum Verweilen eingeladen, aber an diesem Tag fühlte ich mich nur von den Kindern belästigt, die die Spitze ihrer Mütter anpriesen. Auch auf den engen Straßen herrschte ein lebhaftes Treiben.

Glücklicherweise fand Holmes verblüffend schnell einen Fischer, der bereit war, uns zur benachbarten Insel San Francesco del Deserto überzusetzen.

22. San Francesco del Deserto

Warum haben Sie im Café nicht mit der Contessa gesprochen? Wahrscheinlich war sie darüber ziemlich verärgert«, fragte ich, als wir abends auf einer Steinbank saßen und vor uns das Franziskanerkloster zwischen den Zypressen hervorlugte. Glücklicherweise hatte der Abt eingewilligt, uns für einige Tage gegen Bezahlung als Gäste im Kloster aufzunehmen.

Holmes antwortete nicht sofort. »Weil ich glaube, dass dieser Brief nur einen Zweck hatte, nämlich mich aufzuspüren. Der Professor kann unmöglich erwartet haben, dass ich sein skandalöses Angebot akzeptiere, aber ich gehe davon aus, dass er selbst oder einer seiner Spießgesellen vor dem Haus der Contessa mit einer Gondel gewartet hat. Alles, was er zu tun hatte, um zu mir zu gelangen, war der Contessa zu folgen«, sagte er schließlich.

»Aber warum dieser überstürzte Aufbruch?«, fragte ich. »Was befürchteten Sie auf dem Markusplatz unter all den Menschen? Professor Moriarty kann es nicht wagen, sich in der Öffentlichkeit zu zeigen, wo die gesamte venezianische Polizei hinter ihm her ist.«

»Der Professor ist ein ausgezeichneter Schütze. Der blinde deutsche Mechaniker von Herder hat für ihn ein lautloses und zerlegbares Luftgewehr konstruiert.«

»Trotzdem hätten Sie doch der Contessa mit ein paar Worten Ihr Verhalten erklären können. Misstrauen Sie ihr, obwohl sie uns zu ihrem Maskenball eingeladen hat?«

»Misstrauen wäre vielleicht übertrieben, aber sie redet für meinen Geschmack zu viel, und sie kennt halb Venedig. Je weniger sie weiß, desto besser.« Holmes blickte nachdenklich in die Ferne. »Wir sollten das Schreiben des Professors einer genaueren Untersuchung unterziehen«, sagte er dann ziemlich unvermittelt und zog den Brief mit spitzen Fingern aus der Westentasche. Er entfaltete ihn mit dem leicht angewiderten Gesichtsausdruck, mit dem man etwas aus dem Müll fischt, und legte ihn zwischen uns auf die Bank. Nachdem er die Vorderseite eine Weile in Augenschein genommen hatte, drehte Holmes das Schreiben um. Er betrachtete die Rückseite, zuerst mit bloßem Auge, dann mit der Lupe – und ein triumphierendes Lächeln huschte über sein Gesicht. »Was fällt Ihnen alles auf?«, fragte er, mir den Brief in die Hand drückend.

»Der Professor hat eine sehr ordentliche und ausgesprochen schöne Handschrift.«

»Das meinte ich nicht!«, rügte mich Holmes. »Wie Sie hätten unschwer bemerken können, ist die Schrift so charakteristisch, dass manche ihrer Eigentümlichkeiten selbst sichtbar waren, als der Professor Druckbuchstaben verwendete, so wie diese weitausgeschwungene Blase unter dem Buchstaben G. Es besteht also nun keinerlei Zweifel mehr daran, dass Professor Moriarty auch der Verfasser des Briefes war, der das vorzeitige Ende des herzkranken Alessandro herbeigeführt hat. Wie verhält es sich aber mit dem Papier?«

Mühsam versuchte ich mir den anderen Brief des Professors ins Gedächtnis zu rufen. »Es ist nicht das gleiche Papier. Wenn ich mich recht entsinne, war der andere Brief auf einem dickeren Briefpapier geschrieben.«

Holmes nickte. »Völlig richtig. Es handelte sich um handgeschöpftes Büttenpapier eines englischen Herstellers. Dieses Briefpapier hingegen wirkt auf den ersten Blick gediegen, aber dem Kenner kann es nicht entgehen, dass es holzhaltig und ziemlich dünn ist, ja noch nicht einmal ein Wasserzeichen besitzt. Kurz und gut, es handelt sich um einen dieser Bögen, mit denen Hotelzimmer ausgestattet sind. Zu dieser Beobachtung passt auch das ungewöhnliche, von der italienischen Norm abweichende Format. Offensichtlich hat der Professor den Briefkopf mit einem Messer abgeschnitten.«

»Und was hilft uns diese Erkenntnis?«, fragte ich, denn zwar hatte Holmes mich wieder einmal mit seinen profunden Kenntnissen der esoterischsten Wissensgebiete verblüfft, aber ich wusste nicht recht, was ich mit diesen Informationen anfangen sollte.

Holmes sah mich wieder mal nachsichtig an. »Wir haben Grund zur Annahme, dass Professor Moriarty diesmal in einem Hotel abgestiegen ist.«

Ich fragte mich, ob Holmes sich über mich lustig machte. »Wo hätte er sonst übernachten sollen, unter einer der zahlreichen venezianischen Bücken?«

»Ich hatte befürchtet, dass er erneut einen Palazzo gemietet haben könnte. Die Tatsache, dass er diesmal mit einem Hotelzimmer vorlieb genommen hat, lässt mich hoffen, dass er momentan allein reist oder zumindest nur in Begleitung von ein oder zwei Handlangern ist. Dazu würde auch dieser kindische Versuch, mich zu bestechen, gut passen.« Holmes deutete auf den Brief. »Können Sie sich denken, wo sich dieses Hotel befindet?«, fragte er in einem Tonfall, der vermuten ließ, dass er selbst bereits die Zimmernummer des Professors und die Schuhgröße des Hotelmanagers kannte.

»In Venedig«, antwortete ich etwas vage, weil ich dachte, dies könne nicht falsch sein.

»Sie haben das Beweisstück nicht gründlich genug studiert«, tadelte mich Holmes. »Daher haben Sie auch nicht die richtigen Schlüsse gezogen. Schauen Sie noch einmal genauer hin: Der Strich der Tinte ist nicht ganz gleichmäßig. Also hat das Papier beim Schreiben auf einer unebenen Unterlage gelegen. Zu diesem Befund passt, dass man den Abdruck von Sandkörnern auf der Rückseite des Blattes erkennen kann, und zwar handelt es sich um jenen feinen, weißen Sand, den man nur auf dem Lido findet.«

Die Art wie Holmes mich ansah, ließ erkennen, dass er einen Kommentar meinerseits erwartete. »Hat er nicht die Bekanntschaft der Principessa auf dem Lido gemacht?«, fragte ich daher, froh, etwas zu diesem Gespräch beisteuern zu können.

Holmes nickte, aber er sagte nichts mehr. Für ihn schienen die Untersuchung des Briefs und damit auch das Gespräch abgeschlossen zu sein. Wir saßen noch eine Weile schweigend nebeneinander, bis ich die Stille bedrückend fand. Warum weihte Holmes mich niemals in seine Pläne ein?

»Was haben Sie nun vor?«, platzte es endlich aus mir heraus. »Wir können uns doch schließlich nicht ewig in diesem Kloster verstecken!«

Holmes hatte plötzlich einen amüsierten Geschichtsausdruck. »Ich werde Professor Moriarty eine Falle stellen. Ich habe bereits mit dem Abt darüber gesprochen. Er stellt uns eine Franziskanerkutte zur Verfügung. Es macht Ihnen doch nichts aus, sich eine Tonsur scheren zu lassen?«

Ich traute meinen Ohren nicht. Verlangte Holmes von mir, dass ich als Mönche in dieses Kloster eintrat?

»Dann könnten Sie als Franziskaner verkleidet für mich in Venedig agieren«, sagte Holmes, der sich offenbar über den dummen Gesichtsausdruck amüsierte, den ich in diesem Augenblick gezeigt haben musste. »Sie werden bestimmt einen vortrefflichen Mönch abgeben.«

Holmes spielte auf meine untersetze Figur an, aber ich war noch immer zu erschöpft, um mich zu ärgern. Mittlerweile war ich es auch hinreichend gewohnt, von Holmes stets vor vollendete Tatsachen gestellt zu werden. »Wenn es denn sein muss«, erwiderte ich resigniert, »lasse ich mir auch eine Tonsur scheren. Hauptsache, Sie legen diesem Professor das Handwerk, und ich kann zu meiner Frau nach Florenz zurückkehren.«

»Hervorragend! Morgen fährt der Kellerer des Klosters mit der Gondel nach Venedig, um Lebensmittel einzukaufen, und Sie werden ihn begleiten. Sie gehen auf das Kommissariat von Cannaregio und sprechen mit Comissario Negretti. Ich möchte, dass er einen Zeitungsartikel lanciert, der von meinem Tod berichtet.«

»Schon wieder«, entfuhr es mir. »Irgendwann glaubt es niemand mehr.«

Holmes lächelte versonnen. »Professor Moriarty wird es sich bestimmt nicht nehmen lassen, meiner Beerdigung beizuwohnen. Dann kann der gute Comissario zuschlagen und ihn verhaften.«

Da mir selbst auf die Schnelle nichts Besseres einfiel, widersprach ich Holmes nicht, obwohl ich nicht völlig von diesem Plan überzeugt war.

»Außerdem wäre ich Ihnen sehr verbunden, wenn Sie meinen Bruder Mycroft telegraphisch über die geplante Aktion informieren würden«, fügte Holmes hinzu. »Ich möchte nicht riskieren, dass er bei seiner Arbeit im Auswärtigen Amt zufällig auf den Artikel stößt.«

»Darauf wäre ich nicht gekommen«, erwiderte ich, denn ohne die Kompetenz der Mitarbeiter im Auswärtigen Amt infrage stellen zu wollen, so bezweifelte ich doch, dass sie den Gazzettino di Venezia lasen.

Holmes nickte. »Und vergessen Sie nicht, Ihren Ehering abzunehmen!«

Am folgenden Tag verlief der Ausflug nach Venedig ohne weitere Vorkommnisse, wenn man davon absah, dass ich Schwierigkeiten hatte, in der teigigen Masse der kratzenden Franziskanerkutte durch die Gassen zu waten, ohne über meine eigenen Füße zu stolpern. Trotzdem war ich bemüht, meine Rolle als Franziskaner so überzeugend wie möglich zu spielen, und daher erfüllte es mich mit Stolz, dass mich Comissario Negretti nicht wiedererkannte, obwohl die Ankunft eines Mönchs im Kommissariat einige Aufregung verursachte. Der Comissario war bereit, seinen Part zu übernehmen, und gab mir die Zusage, dass der Artikel über Holmes in der Mittwochsausgabe des Gazzettino erscheinen sollte.

Abends kehrte ich also mit einer Quittung des Telegrafenamts nach San Fancesco del Deserto zurück, wo ich Holmes in der Klosterzelle fand, in der wir untergekommen waren. Er lag rauchend auf seiner Pritsche und starrte an die Decke. Auf den ersten Blick wirkte er ruhig und gelassen, aber ich kannte ihn mittlerweile gut genug, um die innere Anspannung unter der glatten Oberfläche zu spüren.

Die folgenden Tage verstrichen mit quälender Langsamkeit. Ich machte lange Spaziergänge am Ufer, da mich die Enge der Klosterzelle bedrückte, doch konnte ich Murrays Einschätzung, dass San Francesco del Deserto »eine der schönsten Inseln der Lagune« sei, nicht teilen, im Gegenteil: Das einsame Kloster, der Wechsel von Salzmorast zu knöchelhohem Steppenbewuchs, der nur von einigen Zypressen aufgelockert wurde, boten mir ein Bild der Trostlosigkeit.

Am dritten Tag regnete es, und ich musste im Kloster bleiben. Ich saß im Kreuzgang und lauschte dem monotonen Geräusch der fallenden Tropfen, bis der graubärtige, alte Franziskaner, der mit der Organisation der Bibliothek betraut war, Erbarmen mit mir hatte.

»Möchten Sie vielleicht eine Zeitung lesen?«, fragte er, und als ich freudig bejahte, überreichte er mir einen Stapel vergilbter und zerfledderter Exemplare, die ich verschlang, obwohl sie alles andere als aktuell waren.

Nachdem ich meinen Hunger nach Gedrucktem gestillt hatte, brachte ich Holmes die Zeitungen in die Zelle. Dieser hatte mittlerweile seine Lethargie überwunden. Seit Tagen saß er vor einer aus Weinflaschen, Gläsern, Trichtern und Rohren zusammengebastelten Apparatur, mittels derer er mit unangenehm riechenden Substanzen experimentierte.

»Wenn ich länger hier bleiben würde, hätte ich einen Glasbläser aus Murano kommen lassen, aber so muss ich mich mit dem begnügen, was das Kloster bietet«, sagte Holmes und warf einen skeptischen Blick auf das Erscheinungsdatum der neuesten Zeitung, das bereits zwei Tage zurücklag. »Ich hatte gehofft, am Mittwochmorgen den Artikel begutachten zu können, aber ich werde mich wohl etwas gedulden müssen«, sagte er, seine Experimente fortsetzend. »Ich wäre Ihnen sehr verbunden, wenn Sie sich jeden Tag beim Bibliothekar nach neuen Zeitungen erkundigen könnten. Nicht, dass die Mittwochszeitung tagelang herumliegt, bis man sie Ihnen zur Verfügung stellt.«

Ich tat mein Bestes, aber leider gelang es mir erst am Freitag, den Gazzettino vom Mittwoch zu ergattern. Inzwischen hatte sich das Wetter leicht gebessert, denn der Regen war einem dichten Nebel gewichen.

»Da ist sie endlich, die Zeitung«, rief ich triumphierend, als ich die Tür unserer Klosterzelle öffnete. Ich stockte mitten im Satz, denn es verblüffte mich, dass die Höllenmaschine verschwunden war. Holmes war über ein altes Stück Pergament gebeugt, das er mit der Lupe studierte. War er auf neues Beweismaterial im Fall Moriarty gestoßen?

»Dies ist nichts weniger als der Brief eines Abtes aus dem 15. Jahrhundert, geschrieben kurz bevor dieses Kloster wegen der Verschlechterung der äußeren Bedingungen aufgelöst wurde«, sagte er, von dem Dokument aufschauend. »Damals erst erhielt die Insel den Zusatz del Deserto.«

»Aber es gibt doch noch heute hier ein Kloster!«, entfuhr es mir.

»Dieses Kloster, dessen Gastfreundschaft wir gerade genießen, ist erst 1858 auf Veranlassung der Österreicher gegründet worden, die zu diesem Zweck die Insel dem Patriarchen von Venedig geschenkt haben. Wir befinden uns übrigens hier in guter Gesellschaft, denn das Kloster ist gegründet worden, weil der heilige Franziskus hier angeblich Zuflucht vor einem Sturm gesucht hat.« Holmes wandte seine Aufmerksamkeit wieder dem alten Dokument zu. »Wie Sie sehen, habe ich meine Zeit nutzbringend im Klosterarchiv verbracht, aber zurück zu der Zeitung! Wenn Sie vielleicht die Freundlichkeit besäßen, mir den Artikel vorzulesen!«

Ich setzte mich auf mein Lager und studierte die erste Seite – nichts! Ich war empört. Der Times war der Tod von Holmes im vorangegangenen Monat eine Schlagzeile wert gewesen, und in Venedig erschien ein ähnlich lautender Artikel nicht einmal auf der ersten Seite! Ich fand ihn auch weder auf der zweiten Seite noch auf der dritten, die beide der Politik gewidmet waren. Auf Seite vier las ich unter der Rubrik *Nachrichten aus aller Welt* eine interessante Meldung.

»Wussten Sie, dass das Hauptquartier der Metropolitan Polizei von London in das Gebäude New Scotland Yard in der Nähe des Big Ben umgezogen ist?«

»Selbstverständlich! Mit der Errichtung des Gebäudes ist schon letztes Jahr begonnen worden.«

Ich dachte mir, dass ich wohl London bei einem Besuch nicht wiedererkennen würde, genauso wenig wie meine Heimatstadt Birmingham.

Dann setzte ich die Suche nach dem Artikel fort. Als ich schon befürchtete, der Comissario könnte uns im Stich gelassen haben, fand ich endlich, wonach ich suchte. Es war ein sehr kurzer Bericht auf der Lokalseite. Die beigefügte Illustration zeigte die Lithographie einer geschwärzten Ruine.

»Da ist er ja, der Artikel!«, rief ich aus. »Ich habe ihn gefunden.«

»Also spannen Sie mich nicht auf die Folter. Lesen Sie vor!«

Ich räusperte mich.

»Überschrift: *Bekannter Londoner Ermittler stirbt bei Zimmerbrand.*«

Holmes verlor das Interesse an seiner mittelalterlichen Urkunde.

»Der Text lautet folgendermaßen: *Gestern brach in einem der Gästezimmer eines renommierten Hotels am Lido ein Brand aus, bei dem der Bewohner des Zimmers, Mister Sherlock Holmes, ums Leben kam. Der in England sehr bekannte Privatermittler, der ein starker Raucher war, hatte den Brand mit seiner Pfeife selbst verursacht. Ob er beim Rauchen eingeschlafen war, konnte wegen der Verwüstung des Raums nicht mehr festgestellt werden. An der Identität des Toten kann jedoch kein Zweifel bestehen …*«

»Sagen Sie, Mister Tristram, haben Sie diesen Artikel verfasst?«, unterbrach mich Holmes, seine Stimme zwischen Amüsement und Verärgerung schwankend.

»Nein, das war Comissario Negretti. Er hat mir übrigens erzählt, dass sich seine Mutter darüber beschwert hat, dass Sie ihr Haus mit Ihrer Pfeife verpestet haben.« Mir fiel ein, dass mir die resolute Matrone in einem Korridor des Kommissariats begegnet war. »Mich würde es auch nicht wundern, wenn der Comissario seine Mutter zur Zeitung geschickt hätte.«

Holmes lachte.

»Ich wollte mich übrigens nicht über die Anspielung auf mein Laster beschweren, sondern über die dramatische Idee, einen Zimmerbrand für mein vorzeitiges Ableben verantwortlich zu machen. Wenn ich Moriarty wäre, hätte ich dies überprüft, zumal er selbst auf dem Lido logiert, aber es ist nun einmal geschehen. Lesen Sie weiter!«

»*Die Beisetzung des Engländers wird am 5. Juni um vier Uhr Nachmittag auf dem Friedhof von San Michele stattfinden. Die Familie von Mister Sherlock Holmes bittet, auf Kränze und Blumen zu verzichten und stattdessen eine Spende an den Witwen- und Waisenfond der venezianischen Polizei bei der Genossenschaftsbank ...*« Ich konnte es nicht fassen, was ich da eben gelesen hatte. »Damit dürfte wohl klar sein, wer der Verfasser dieses Artikels war! Diese Signora Negretti ist wirklich die Unverschämtheit in Person«, entfuhr es mir, und ich warf die Zeitung verärgert auf den Tisch.

Holmes war aufgesprungen. »Wann soll die Beerdigung stattfinden?«

Ich schaute in die Zeitung. »Am 5. Juni.« Ich erschrak, denn ich realisierte plötzlich, dass dies der heutige Tag war.

»Hatte ich Ihnen nicht aufgetragen, als Termin den 6. Juni zu nennen?«

Ich holte meine Brieftasche und durchsuchte sie mit vor Nervosität zitternden Fingern. Endlich fand ich den Zettel, auf den ich mir den Termin notiert hatte. »An mir liegt es nicht«, sagte ich und hielt Holmes das Corpus Delicti vor die Nase. »Hier ist der 6. Juni notiert, und so habe ich es weitergegeben. Wahrscheinlich ist dem Setzer ein Fehler unterlaufen.«

Holmes wirkte einen Augenblick lang verärgert, dann nahm er wieder seinen üblichen, ruhigen Gesichtsausdruck an. »Wir haben keine Zeit zu verlieren. In wenigen Stunden müssen wir am Friedhof sein. Es ist wirklich bedauerlich, dass das Kloster keine Telegrafenstation besitzt. So sehe ich keine Möglichkeit, die Polizei zu informieren.«

»Was haben Sie vor?«, fragte ich, das Schlimmste befürchtend.

»Wir werden uns zum Friedhof begeben. Sollte Professor Moriarty den Leichtsinn besitzen dort zu erscheinen, wovon ich eigentlich ausgehe, werden wir ihn verfolgen. Mit etwas Glück führt er uns zu dem Hotel, in dem er abgestiegen ist.«

Ich war nicht sehr angetan von der Idee, Holmes bei diesem gefährlichen Unterfangen zu begleiten, und etwas davon muss sich in meinem Gesicht widergespiegelt haben.

»Was ich vorhabe, ist völlig ungefährlich. Wir werden den Professor nur beschatten«, sagte Holmes, und ich fühlte mich durchschaut. »Ich benötige Sie dabei als Zeuge, denn außer mir hat bisher niemand Professor Moriarty gesehen. Sonst behauptet man am Ende noch, ich hätte ihn erfunden.«

Ohne meine Einwilligung abzuwarten stürmte Holmes aus der Klosterzelle, und als er kurze Zeit später zurückkam, hatte er den bequemen Rock, den er im Kloster getragen hatte, gegen eine Franziskanerkutte eingetauscht, deren Kapuze er sich tief in das hagere Gesicht gezogen hatte. Sodann zog ich mir die alte Kutte über, die ich bei meinem Ausflug ins Kommissariat getragen hatte, aber verglichen mit Holmes sah ich aus, als ob ich einem Maskenball entlaufen wäre.

»Wir brechen auf«, sagte er, seine Habseligkeiten ergreifend, die er zu einem Bündel verschnürt hatte. »Ich habe mit dem Abt gesprochen. Einer seiner Mönche wird uns mit dem Boot nach Burano bringen.«

Wieder einmal bewunderte ich die Fähigkeit von Sherlock Holmes, andere ohne viel Federlesens für seine Zwecke einzuspannen. Ich hätte bestimmt den halben Tag benötigt, um den Abt zur Herausgabe des einzigen Bootes seines Klosters zu motivieren, falls es mir überhaupt gelungen wäre.

»Außerdem hat der Abt erzählt, dass der Küster der Kirche San Michele vor wenigen Tagen spurlos verschwunden ist. Wir sollten dessen Nachfolger etwas unter die Lupe nehmen.«

23. Die Toteninsel

Während der Überfahrt musterte ich Holmes aus den Augenwinkeln. Ich hatte ihn in den letzten Wochen wiederholt in die unterschiedlichsten Rollen schlüpfen sehen, aber jedes Mal war ich aufs Neue erstaunt, wie es ihm gelang, nicht nur sein Äußeres bis zur Unkenntlichkeit zu verwandeln, sondern auch sein gesamtes Gebaren. Wie er an diesem Tag mit leicht hängenden Schultern und demütig zu Boden gesenktem Blick neben mir saß, hätte man wetten mögen, dass er alt und ausgemergelt war. Wenn mein Äußeres dazu angetan war, das Klischee des lethargischen Klosterbruders zu bedienen, so war Holmes jeder Zoll ein bescheidener Bettelmönch, der der sündigen Welt entsagt hatte. Meiner Meinung nach übertraf sein schauspielerisches Talent sogar das der gefeierten Eleonore Primavera, deren Büste die unglückliche Kettenreaktion ausgelöst hatte, deretwegen ich nun auf dem Weg zum Friedhof San Michele war, wo uns ein pathologischer Massenmörder erwartete. Vor meinem inneren Auge sah ich bereits den dritten und letzten Zeitungsartikel, der vom Tod des Ermittlers Sherlock Holmes berichtete. Ich bedauerte, keine Waffe zu besitzen wie Doktor Watson. Daher hielt sich meine Freude darüber, dass wir auf Burano direkten Anschluss an das Fährschiff nach Venedig hatten, in Grenzen.

Es folgte eine langweilige Fahrt durch den Nebel, der die Venezianer während der schlechten Jahreszeit so oft plagt, und vor dem man selbst im späten Frühling nicht sicher ist. Darin lügen die in England so beliebten Gemälde Canalettos mit ihrem ewig blauen Himmel.

Die Strecke erschien mir viel länger als die sieben englischen Meilen, die sie beträgt, aber endlich sah ich die Küste von San Michele zum Greifen nah an mir vorbeiziehen, was ich äußerst ärgerlich fand, obwohl ich vorgewarnt war. Holmes hatte dem Streckenplan der Schifffahrtsgesellschaft nämlich bereits entnommen, dass der Traghetto aus einem unerfindlichen Grund zwar in Murano hielt, aber die hinter Murano gelegene Friedhofsinsel nicht anfuhr.

Als wir an den Fondamente Nuove von Bord gingen, wehte uns ein feuchter, durchdringender Wind aus der Lagune entgegen, der nach Regen roch. Auch in Venedig hatte es geregnet, der Steinboden war glitschig, und Wasser drang in unsere Sandalen. Um mich vor dem Wind zu schützen, schlang ich die Kutte enger um den Körper.

Der Kiosk, an dem die Tickets für den Vaporetto verkauft wurden, war von einer wild gestikulierenden, feindselig aussehenden Menschenmenge umlagert. Dies konnte nichts Gutes bedeuten, und auch das Wetter bereitete mir Sorgen, denn als wir den Platz überquerten, donnerte es.

Die meisten Fremden, die den Kiosk aufgesucht hatten, verließen die Fondamente wieder, wenn auch sichtbar aufgebracht, aber ein älterer Amerikaner im karierten Reiseanzug schimpfte weiterhin auf einen kurzbeinigen, fettleibigen Mann von Anfang vierzig ein, der eine blaue Uniform trug und der vor dem – offensichtlich geschlossenen – Schalter stand. Der Uniformierte antwortete mit knarrender, rauchiger Stimme, doch der Amerikaner war nicht so leicht zu besänftigen.

»Solange kann ich nicht warten!«, rief er erbost auf Englisch aus. »Ich muss den Zug um 17 Uhr nehmen.«

Der Beamte erwiderte etwas, aber ich hatte Schwierigkeiten, seinen ausgeprägten venezianischen Dialekt zu verstehen, und dem Amerikaner wird es nicht besser ergangen sein. Dann schnappte ich im Stimmengewirr das Wort »sciopero« auf, was auf Italienisch »Streik« bedeutet. Offensichtlich war dies nicht gerade unser Glücktag.

»Der Traghetto streikt«, informierte ich Holmes.

»Ich weiß«, antwortete dieser, während wir die letzten Schritte bis zum Fahrkartenschalter zurücklegten.

»Aber das Boot aus Burano ist doch eben noch gefahren?«, fuhr ich den Mann vor dem Kiosk an, bevor ich mich besann, dass dies schlecht zu meiner Rolle als Mönch passte.

»Der Streik hat erst um drei begonnen«, antwortete er mit provozierender Behäbigkeit, »schließlich wollten wir nicht die Handwerker um ihre Mittagspause bringen.«

»Und wann fahren die Boote wieder?«, mischte Holmes sich ein.

»Wahrscheinlich gegen fünf, aber bei allem Respekt, ich hatte immer den Eindruck, dass ihr Franziskaner alle Zeit der Welt habt.«

Ich hätte fast etwas Unfreundliches erwidert, aber Holmes schleifte mich, einige unverbindliche Höflichkeitsfloskeln vor sich hinmurmelnd, zum Kai, wo wir außer Hörweite des unverschämten Menschen waren. Mittlerweile hatte ich mich wieder etwas beruhigt, ja, ich fragte mich, warum ich mich eigentlich so aufgeregt hatte, wohl nur aus Prinzip, denn um ehrlich zu sein, war ich nicht besonders darauf erpicht, auf den Friedhof zu gelangen, weder tot noch lebendig.

»Wenn der Vaporetto streikt, dann schafft es auch Professor Moriarty nicht, zum Friedhof überzusetzen«, sagte ich zu Holmes, in der Hoffnung, dass dieser Kelch daher auch an mir vorübergehen mochte.

»Da kennen Sie ihn aber schlecht. Er wird eine Gondelfähre nehmen. Schließlich wird er davon ausgehen, dass meine sterblichen Überreste mit der Trauergondel bereits auf dem Weg nach San Michele sind.«

Ich ergriff den letzten Strohhalm der Hoffnung. »Wollen wir nicht lieber mit der Gondel zum Kommissariat fahren? Noch ist es nicht vier Uhr.«

»Dann entkommt mir der Professor! Die uns verbleibende halbe Stunde reicht nicht aus, um rechtzeitig zurückzukommen.« Für einen Augenblick wies das Gesicht von Holmes einen gespannten Ausdruck auf. Er schaute auf die Lagune. »Es ist nur seltsam, dass momentan der Schiffsverkehr hier völlig zu ruhen scheint. Auch der Streik der Schifffahrtsgesellschaft ist keine hinreichende Erklärung für dieses Phänomen, aber vielleicht irre ich mich.«

Ich musste zugeben, dass mir dies nicht aufgefallen war. »Schwer zu sagen. Ich kenne Venedig kaum.«

»Wie dem auch sei, ich werde sehen, was ich machen kann«, sagte Holmes mit einem beängstigenden Elan. »Bitte warten Sie solange hier auf mich. Beobachten Sie das Wasser, und behalten Sie jede Gondel im Gedächtnis, die vorbeifährt.«

So stand ich also im feuchten Nebel und starrte so angestrengt in die Lagune, dass mir die Augen schmerzten, aber das Einzige, was ich sah, waren das sich kräuselnde, graue Wasser, das in rhythmischen Abständen gegen die Fondamente Nuove schwappte, und insgesamt drei Touristengondeln.

Endlich kam die lange Gestalt eines mürrischen Gondoliere auf mich zu, in der ich erst auf den zweiten Blick Holmes erkannte.

»Es ist mir gelungen, einen Sandalo zu mieten.«

»Hier sind nur drei Gondeln mit Touristen vorbeigefahren, eine sogar mit Mandolinespieler«, berichtete ich, »aber keine von ihnen ist der Friedhofsinsel auch nur nahe gekommen.«

»Gut«, erwiderte Holmes. »Auch Sie sollten sich nun ihrer Kutte entledigen, Mister Tristram, denn Mönche bedienen sich keiner Gondolieri. Sie rudern selbst.«

Holmes' Worte klangen vernünftig, aber so albern ich mir in der Franziskanerkutte vorgekommen war, hatte sie mir doch ein gewisses Gefühl der Sicherheit und der Anonymität verliehen. So war es mit einem gewissen Bedauern, dass ich sie ablegte und in dem Bündel verstaute, in dem bereits die Kutte, die Holmes getragen hatte, ordentlich zusammengelegt war.

»Damit könnten wir doch einen kleinen Spuk im Garten Hoppers veranstalten«, schlug ich scherzhaft vor.

»Denken Sie an die bissigen Hunde und die bewaffneten Lakaien«, erwiderte Holmes todernst. »Außerdem war es ein Dominikaner im schwarzen Habit, den Hopper gesehen haben will.«

Wir gingen also zum Bootsverleih, wo bereits ein grün gestrichener Sandalo im Wasser schaukelte. Ich nahm unter dem Felze Platz, während Holmes die Ruderstange ergriff. Der Sandalo war noch kleiner als der, den Holmes bei unserer Exkursion in das Arsenal geruderte hatte. Das Boot war kaum länger als Holmes, aber es war wendiger als eine Gondel, und vor allem konnte es ein einziger Ruderer navigieren.

»Wie schade, dass Sie weder in Oxford noch in Cambridge studiert haben«, sagte Holmes, als er das Boot mit der Ruderstange vom Ufer abstieß.

»Warum ist das schade?«, fragte ich.

»Weil Sie dort Rudern gelernt hätten, um an dem traditionellen Wettrennen der beiden Universitäten teilnehmen zu können. Dann hätten Sie zur Abwechslung einmal die Rolle des Gondoliere übernehmen können.«

Ich fragte nicht nach, woher Holmes wusste, dass ich ein katastrophal schlechter Ruderer war, sondern ich begnügte mich wieder einmal mit der Rolle des Passagiers.

Holmes fand schnell einen gleichmäßigen Rhythmus, und wir glitten mit erstaunlicher Geschwindigkeit durch den feuchten Nebel. Mir war nicht wohl zumute, denn dieser Ausflug erinnerte mich fatal an die unheimliche Nacht im Arsenal, als der Gondelbauer erschossen worden war.

Mit geradezu ballettartigen Bewegungen trieb Holmes die Gondel durch das Wasser. Das leise Klatschen des Ruders beim Eintauchen in die sumpfige Lagune wurde übertönt vom Geschrei der Weißkopfmöwen, die ihren Teil zur unheimlichen Atmosphäre des trüben Tages beitrugen.

Als wir uns von der Küste entfernten, sank die Temperatur um mehrere Grad. Gemüse trieb langsam vorbei, mit meiner überspannten Fantasie meinte ich, eine Leiche dazwischen zu sehen, aber es handelte sich nur um eine alte Planke.

Zurückschauend sah ich eine ganze Flotte von Gondeln, die sich die Fondamente Nuove entlang auf uns zubewegten. Sie wurde angeführt von einer Trauergondel mit einem pompösen Baldachin, der mindestens fünf weitere Gondeln folgten.

»Schauen Sie!«, sagte ich zu Holmes, nach hinten deutend.

Holmes hielt einen Augenblick im Rudern inne.

»Wieso erstaunt Sie der Trauerzug? Vor uns liegt der Hauptfriedhof von Venedig«, sagte er leichthin, aber ich fand, dass sein angespannter Gesichtsausdruck eine andere Sprache sprach. »Wenn wir das Ufer erreichen, steigen Sie sofort aus«, fügte er einen Augenblick später hinzu, während uns jeder Ruderschlag unerbittlich auf San Michele zutrieb. Ich hörte dies nicht ungern, aber noch lieber wäre ich an den Fondamente Nuove geblieben.

Dann erreichten wir die hohe Mauer, die den auf einem aufgeschütteten Gelände errichteten Cimitero San Michele umgab. Hohe Zypressen ragten über die rote Ziegelmauer hinaus. Mehr als alles andere in der Lagunenstadt hatte dieser Ort eine Aura des Todes und des Verfalls.

Mit gemischten Gefühlen drehte ich mich um. Der Trauerzug hatte den Abstand zu uns verkürzt, und ich konnte Einzelheiten erkennen. Die Totenbarke besaß einen mit schwarzem Brokat verhängten Baldachin, darunter stand der Sarg. Dieses Bild erschien mir geradezu als Metapher der Vergänglichkeit.

Wenigstens ließ das Gewitter auf sich warten, obwohl weiterhin ein feuchter Wind über die Lagune fegte, als Holmes entlang der Mauer ruderte, um zur Kirche zu gelangen, die sich auf der stadtabgewandten Seite der Insel San Michele befand.

Endlich hatten wir die Kirche erreicht, deren Renaissance-Fassade aus schneeweißem Marmor in dieser düsteren Umgebung deplatziert wirkte. Sie war als Klosterkirche der Kamaldulenser errichtet worden, lange bevor San Michele zur Friedhofsinsel umgestaltet wurde. Vor ihr lag nur ein schmaler, mit Platten gepflasterter Landstreifen.

Wir gingen an Land, und Holmes band den Sandalo an einen Pfeiler an, wo er einer Gondel Gesellschaft leistete.

»Warten Sie bitte auf mich«, sagte er und verschwand, ohne weitere Erklärungen abzugeben, in die Kirche.

Ich schaute auf die Lagune und bemerkte, dass die Gondeln sich weiter der Kirche genähert hatten.

In diesem Augenblick kam Holmes zurück. »Der Küster war nicht in der Kirche. Er wird wohl auf dem Friedhof sein«, vermutete er und ging zu unserem Sandalo, wo er das Ruder aus der Halterung löste. »Ich habe mir sagen lassen, dass diese Ruder häufig gestohlen werden«, klärte mich Holmes auf, den offensichtlich mein erstaunter Gesichtsausdruck amüsiert hatte.

»Mister Holmes?«, fragte eine tiefe Stimme, die seltsam dumpf klang.

Ein hagerer Mann schritt so langsam durch das Portal des achteckigen Marmorgebäudes, das sich an die Kirche anschloss, dass es gerade nicht melodramatisch wirkte. Bei seinem Erscheinen lief mir ein eiskalter Schauer über den Rücken, denn sein schmales Gesicht mit der hohen Stirn entsprach genau der Beschreibung von Professor Moriarty, wie ich sie aus dem Zeitungsartikel in Erinnerung hatte. Mit seinem weißen Haar und seinen glühenden Augen bot er einen unheimlichen Anblick.

Ich suchte genauso hektisch wie vergeblich nach einem Versteck, aber ich hatte Glück im Unglück, denn Professor Moriarty interessierte sich nicht für mich.

»Es war sehr unklug von Ihnen, mein großzügiges Angebot abzulehnen«, sagte er zu Holmes und zog einen Gegenstand aus der Tasche, den ich erst auf den zweiten Blick als Revolver identifizierte, so wenig Erfahrungen besaß ich mit Waffen. »Sie glauben, Sie hätten mich in eine Falle gelockt, aber Sie irren sich«, fuhr der Professor fort, während er auf Holmes zuschritt. »Wie konnten Sie glauben, ich würde auf den primitiven Trick mit dem vorgetäuschten Zimmerbrand hereinfallen? Bedenken Sie, mit wem Sie es zu tun haben! Sie schätzen Galilei, doch ich habe seine Gesetze einer praktischen Anwendung zugeführt. Beim Sturz in die Reichenbach-Klamm gelang es mir daher, mittels einer von mir selbst entwickelten Formel mich auf einem Vorsprung in halber Höhe zu retten.«

Der Professor schwieg einen Augenblick lang, um die Wirkung seiner Worte auszukosten, aber Holmes wirkte wenig beeindruckt.

»Ich bedaure außerordentlich, dass es Ihnen gelungen ist, Ihrer gerechten Strafe zu entkommen«, erwiderte er und bedachte dabei Moriarty mit einem der für ihn so charakteristischen herablassend-missbilligenden Blicke, als sei der Professor ein missglücktes Experiment.

»Außerdem habe ich mit der *Dynamik eines Asteroiden* ein wissenschaftliches Werk verfasst, das in derartige Höhen der Mathematik aufgestiegen ist, dass niemand in der Lage war, es zu rezensieren«, sagte der Professor, und ein triumphierendes Lächeln huschte über sein blasses Gesicht. »Ein Blick auf den Campanile von San Marco genügt mir, um zu wissen, dass er in genau zehn Jahren und 352 Tagen zu einem Haufen Sand in sich zusammenstürzen wird.« Bei diesen Worten richtete er seinen Revolver auf Holmes, und sein Gesicht nahm einen verbissenen Ausdruck an.

»Professor Moriarty«, Holmes sprach den Titel aus wie eine Beleidigung, »ich bin keinesfalls dazu bereit, der Kriminalität den Status einer Wissenschaft zuzubilligen. Daher muss ich Ihnen aufs Heftigste widersprechen. Sie sind nicht der Galilei des Verbrechens, sondern allenfalls der Napoleon. Und wie der große Korse trotz aller Hybris doch besiegt worden ist, so wird auch Ihnen das Handwerk gelegt werden.«

Der Professor hatte sich seinem Widersacher mittlerweile bis auf Armlänge genähert. Sein dünner Hals spannte sich an, sein Gesicht war wutverzerrt. »Sie können mich nicht besiegen! Das wissen Sie selbst genau!«, stieß er zwischen seinen Zähnen hervor. »Bald werden Sie auf diesem Friedhof ruhen, wie Sie es selbst vorhergesagt haben. Wussten Sie, dass auf der Insel San Michele früher nur die Verbrecher, Ketzer und Bettler begraben wurden?«

»Sie sprechen von sich selbst?«, fragte Holmes leichthin.

Noch während er sprach, riss Holmes das Ruder, auf das er sich während es Wortwechsels gestützt hatte, in die Luft. Diese Bewegung kam so unvermittelt, dass ich nicht gänzlich erfasste, was genau sich in den folgenden Augenblicken abspielte.

Blitzschnell fuhr das Ruder durch die Luft, vollführte eine geschickte Drehung und traf den völlig überrumpelten Professor. Dieser fiel ächzend auf die Knie, der Revolver entglitt seinen Händen, und wie ein Donnerschlag ging der Schuss los, gefolgt von einem beißenden Geruch. Hinter uns zerbarst klirrend ein Rundfenster der Kapelle.

Als der Schuss sich löste, stürzte meine bis dahin mühsam aufrechterhaltene Selbstbeherrschung in sich zusammen wie ein Kartenhaus.

»Holmes! Vorsicht«, schrie ich in der Hoffnung, den Angerufenen allein durch meine Warnung aus der Gefahrenzone zu befördern, und erst als ich durch den Schleier vor meinen Augen die Umrisse von Holmes erkannte, der offensichtlich unverletzt dem Revolver nachsah, der das befestigte Ufer entlangschlitterte und mit einem leisen Platschen in die Lagune fiel, wagte ich wieder zu atmen. Gott sei Dank, er lebte!

Leider währte meine Erleichterung nur einen Moment, denn auch der Professor hatte sich schneller wieder erholt, als uns lieb sein konnte. Mit vor Wut funkelnden Augen rappelte er sich wieder auf, und einen Moment lang, in dem die Zeit still zu stehen schien, starrten die beiden Erzfeinde einander nur an, Holmes konzentriert wie ein gespannter Bogen, Moriarty noch halb benommen von dem Sturz, aber bereits wieder wütend wie ein wildes Tier kurz vor dem Angriff.

Wieder handelte Holmes zuerst: Er schlug erneut mit dem Ruder nach seinem Gegner, doch der Professor duckte sich mit einer Behändigkeit, die ich dem hageren Mann mit seinen grauen Haaren nicht zugetraut hätte. Ein schneller Seitwärtsschritt, und er schaffte es nun seinerseits, das Ruder einer im Wasser schaukelnden Gondel – wahrscheinlich war es die, mit der er auf die Toteninsel gerudert worden war – zu packen.

Sein Wutschrei hallte durch die feuchte Luft der Lagune – und ich hoffte, dass er Hilfe von jenseits der Umfassungsmauer des Friedhofs herbeirufen möge –, als sich der Professor auf Holmes stürzte. Das dumpfe Geräusch von Holz auf Holz drang mir bis ins Mark. Wieder und wieder schlugen die Ruder aufeinander, und jeder der Hiebe, die der Professor parierte, deutete an, dass ihm die Wut fast übernatürliche Kräfte verlieh. Auch schien ihn seine verletzte Hand weniger zu beeinträchtigen, als ich gehofft hatte.

Inzwischen schämte ich mich dafür, dass ich mich mit der Rolle des Zuschauers begnügte, aber was sollte ich tun? Selbst zu meinen besten Zeiten war ich nicht besonders sportlich gewesen, geschweige denn, dass ich Kampfsport betrieben hätte. Hektisch suchten meine Augen die Umgebung ab. Nirgends war Hilfe zu entdecken, doch ich bemerkte mit klopfendem Herzen, dass die Gondeln sich weiter genähert hatten. Wenn sie Verbündete des Professors hierher transportierten, waren wir verloren!

Endlich fasste ich mir ein Herz, und ich rannte zurück zur Kirche, um nach einem Gegenstand Ausschau zu halten, der sich zur Waffe umfunktionieren ließ. Meine Wahl fiel auf ein vergoldetes Kruzifix, das auf dem Altar der ersten Kapelle stand, auf die mein umherschweifender Blick fiel. Ein Bußgebet vor mich hinmurmelnd ergriff ich das Kruzifix, hoffend, dass meine Frau niemals von diesem Sakrileg erfahren möge.

Ich eilte zurück und sah Holmes und den Professor an derselben Stelle, an der ich sie verlassen hatte, einander anstarrend und nach Luft ringend.

Ich schlich mich an, und schon meinte ich, den Professor mit einem gezielten Schlag von hinten außer Gefecht setzen zu können als dieser plötzlich zur Seite trat. Warum, vermochte ich nicht zu sagen, aber möglicherweise hatte er meine Schritte gehört. Der Schwung des ins Leere gehenden Stoßes ließ mich das Gleichgewicht verlieren, und ich stieß mit dem Fuß gegen eine am Ufer abgestellte Laterne, die klirrend zerbarst. Brennendes Öl spritzte aus den Scherben der Laterne, das sich auf dem schmalen Bodenstreifen ausbreitete, der sich zwischen Ufer und Gebäuden befand. Die Flammen trennten die beiden Kontrahenten, und Moriarty wandte sich zur Flucht, während Holmes mit einem lautlosen Fluch seinen Mantel auszog, um damit den Brand zu bekämpfen.

Im gleichen Augenblick öffnete sich mit einem hässlichen Quietschen die Tür der Kapelle, in der der Professor sich versteckt hatte, und ein kräftiger Mann um die Dreißig trat ins Freie, den der Rauchgeruch herausgelockt haben mochte und der mir vage bekannt vorkam. Er war kein Geistlicher, aber schwarz gekleidet. Ich vermutete, dass er der Küster sein könnte, mit dem Holmes hatte sprechen wollen, wenn auch seine abgetragene Kleidung und die fettigen Haarsträhnen, die ihm ins verschattete Gesicht fielen, nicht zu meiner Vorstellung von einem Mitarbeiter der Kirche passen wollten. Dann bemerkte ich mit Schrecken, dass etwas in seiner Hand blinkte.

Dieses Etwas war es wohl gewesen, das den Professor von seiner Flucht abgebracht hatte, zumal der Neuankömmling sich hinter Holmes befand.

»Erschieß ihn!«, befahl Moriarty und deutete mit wutverzerrtem Gesicht auf Holmes, der die Flammen inzwischen ausgetreten hatte.

Aber glücklicherweise wirkte der schwarz gekleidete Mann nicht wie ein gedungener Mörder – und so zögerte er.

»Wissen Sie, dass der Professor Ihren Bruder ermordet hat?«, fragte Holmes mit schneidender Stimme, und ich begriff schlagartig, warum mir der Mann bekannt vorgekommen war. Er besaß eine ausgeprägte Familienähnlichkeit mit Alessandro, dem Diener des Kunsthändlers.

»Er war herzkrank!«, erwiderte der Professor gereizt. »Lass dir von Holmes nichts anderes einreden. Er lügt, um sein Leben zu retten.«

»Ja, er war herzkrank«, stimmte Holmes ruhig zu, »und der Professor hat seine Krankheit ausgenutzt. Er hat ihn zu Tode erschreckt!«

Der Mann, von dem ich nun wusste, dass es sich um Leonardo handelte, ging nicht auf die Bemerkung von Holmes ein, aber er hielt ihn noch immer mit seinem Revolver in Schach. »Woher wissen Sie eigentlich, dass mein Bruder krank war?«, fragte er seinen Komplizen mit einer Stimme, die nichts Gutes verhieß.

»Das wusste doch jeder!« Es war unüberhörbar, dass der Professor am Ende seiner Geduld angelangt war.

Der Blick des falschen Küsters wanderte zwischen Holmes und Professor Moriarty hin und her. In seinem Gesicht spiegelte sich die Zwangslage, in der er sich befand.

»Schieß, bevor der Trauerzug hier ankommt«, befahl der Professor.

Tatsächlich waren die Trauerbarke und die ihr folgenden Gondeln zum Greifen nah, und ich hoffte, dass Leonardo nicht so dumm sein würde, einen Mord vor Zeugen zu begehen.

»Fragen Sie Mortimer Hopper, wenn Sie mir nicht glauben: Der Professor hat Ihren Bruder ermordet«, wandte Holmes ein. »Also seien Sie vernünftig, und helfen Sie bei seiner Festnahme, damit er seine gerechte Strafe erhält.«

Die Boote hatten mittlerweile die Küste erreicht. Vorn auf der Trauergondel stand ein Mann, der uns zuwinkte. Er formte die Hände zu einem Trichter. »Hier ist die Polizei!«, rief er.

Nun erkannte ich den Mann. Es war Comissario Negretti.

Ein scharfes Geräusch durchschnitt die Stille, das mir weit lauter als der erste Schuss erschien, gefolgt von einem beißenden Geruch. Der Professor stieß einen erstaunten Schrei aus. Auf seiner Schulter breitete sich rasch ein roter Fleck aus. Er brach nicht sofort zusammen, sondern drehte sich um die eigene Achse und taumelte hilflos in der Luft herumrudernd ein paar Schritte nach hinten. Dann kippte er langsam mit dem Rücken zuerst in die Lagune. Das Wasser schlug über ihm zusammen.

»Werfen Sie die Waffe weg, oder wir erwidern das Feuer!«, rief Comissario Negretti.

Leonardo ließ seine Waffe fallen. Er war leichenblass und zitterte so heftig, dass er sich kaum auf den Beinen halten konnte. Offensichtlich stand er unter Schock.

Comissario Negretti gab seinen Männern ein Zeichen, und zwei Polizisten verließen die Trauerbarke, um den Schützen festzunehmen.

»Er hat meinen Bruder umgebracht«, stammelte dieser, als die Polizisten ihm die Handschellen anlegten.

»Heute Mittag habe ich ein Telegramm Ihres Bruders Mycroft erhalten«, sagte der Comissario, der seinen Männern gefolgt war, zu Holmes. »Er hat mich darüber informiert, dass unser Zeitungsartikel versehentlich das heutige Datum nennt. Daraufhin haben wir unseren Einsatz vorverlegt. Ich hatte eigentlich gehofft, dass Sie uns deshalb nicht dazwischenfunken würden.«

Ich fragte mich, ob das falsche Datum wirklich ein Versehen war, oder ob der Comissario es verändert hatte, um sich die lästige Konkurrenz vom Leibe zu halten.

Holmes erwiderte nichts. Sein Blick traf die Blutspur, die zur Lagune führte. Er folgte ihr und schaute mit gerunzelter Stirn angestrengt ins Wasser, aber nichts regte sich.

»Wahrscheinlich ist er ertrunken, wenn er nicht vorher an der Schussverletzung gestorben ist«, kommentierte Comissario Negretti. »Wir werden seine Leiche finden, und wenn wir die gesamte Lagune nach ihr absuchen müssen.«

»Wie hätten Sie den Professor ohne Holmes identifizieren können?«, entfuhr es mir, denn ich war noch immer verärgert, ja geradezu empört darüber, dass der Comissario die Aktion ohne Holmes hatte ausführen wollen.

Comissario Negretti warf mir einen der »Diesem Menschen muss man wirklich alles erklären«-Blicke zu, mit denen Holmes mich sonst bedachte. »Unter den Trauergästen befindet sich die Principessa Miraflor. Sie hätte uns ein unauffälliges Zeichen geben sollen, sobald der ihr persönlich bekannte Professor Tarmori aufgetaucht wäre.«

Holmes drehte sich zu ihm um. Sein Gesichtsausdruck war wieder ruhig und gelassen, aber seine Kleidung klebte ihm feucht am Leib, seine Haare hingen strähnig herab. »Sie werden hinter der Kirche zwei Komplizen des Professors finden. Sie sind als Gondolieri gekleidet.«

»Woher wissen Sie, dass es keine harmlosen Gondolieri sind, die Professor Moriarty hierher gerudert haben?«, fragte ich.

Holmes holte seine Pfeife aus der Tasche und stopfte sie. Dann belegte er seine These mit einer so langen und komplizierten Beweiskette, dass ich sie hier nicht zu wiederholen vermag.

Die Untersuchungen der venezianischen Polizei gaben ihm recht, denn Comissario Negretti gelang an diesem Nachmittag die karrierefördernde Verhaftung von zwei der meistgesuchten Kriminellen der Lagunenstadt. Um ihren Hals zu retten, bezeugten sie, dass der angebliche Küster ein Komplize Moriartys war, wie Holmes sofort vermutete, als er vom Verschwinden des Küsters erfahren hatte.

24. Der lange aufgeschobene Abschied

Am nächsten Morgen kam die Sonne zurück. Eine sanfte Brise kräuselte die Oberfläche der Kanäle, und die Lagunenstadt ähnelte unter einem wolkenlos blauen Himmel endlich den Gemälden Canalettos. Umso befremdeter war ich, als Holmes mir einen Besuch des Museo di Storia Naturale vorschlug, das unlängst im Fondaco dei Turchi – so hieß die ehemalige Handelsniederlassung der türkischen Kaufleute – eröffnet worden war.

»Sie haben vor, mit Ihrer Frau eine Reise nach Venedig zu unternehmen?«, fragte er mit der größten Beiläufigkeit vor einer Vitrine mit ausgestopften Vögeln.

»Ja, das stimmt«, erwiderte ich, darüber irritiert, dass Holmes es immer wieder schaffte, mich zu verblüffen. »Woher um Himmels willen wissen Sie dies?«

Holmes schaute mich nicht ohne Selbstgefälligkeit an. »Heute Morgen, als ich die Herberge verließ, betrachtete die dicke Wirtin wollgefällig ihr Bild im großen Spiegel, der in der Rezeption hängt. Daraus schloss ich, dass ihr unlängst jemand, mit großer Wahrscheinlichkeit ein Hotelgast, ein Kompliment gemacht hatte. Da sie mir, wider ihre sonstige mürrische Art, freundlich zulächelte, brachte sie mich offenbar mit diesem ihr schmeichelnden Gast in Verbindung. Außerdem haben Sie heute schon wieder einen Stapel böser Briefe ihrer Frau erhalten …«

Ich fragte Holmes nicht, woher er dies schon wieder wusste.

»Also war die Sache für mich sonnenklar. Um sie wieder friedlich zu stimmen, wollen Sie Ihre Frau damit überraschen, dass Sie mit ihr Venedig besuchen, wo Sie seit Ihrer Hochzeitsreise nicht mehr waren. Daher war es für Sie von großer Wichtigkeit, die Wirtin dazu zu bewegen, Ihnen bei Ihrem nächsten Besuch einen Rabatt zu gewähren.«

Holmes wartete meine Antwort nicht ab, wenn er denn mit einer Antwort gerechnet haben sollte.

»Meine Methode beruht auf exakter Beobachtung. Wenn man alle in Frage kommenden Faktoren in Betracht zieht, dann ist alles ganz einfach.«

Endlich wagte ich eine Frage zu stellen, die mich schon den ganzen Vormittag beschäftigt hatte. »Mister Holmes, warum kehren Sie nicht nach London zurück? Es ist ihre Berufung, Verbrechen aufzuklären!«

Holmes betrachtete aufmerksam einen ausgestopften Geier. »Aus der Sicht des Kriminalisten ist London langweilig geworden. Jetzt, wo ich den einzigen ebenbürtigen Gegner, auf den ich jemals gestoßen bin, aus der Stadt vertrieben habe, kann ich ruhigen Gewissens Inspektor Lestrade die Routinearbeiten überlassen.«

»So wollen Sie also in Italien bleiben?«

»Nein, ich werde mit dem Schiff Richtung Osten fahren. Ich muss Professor Moriarty das Handwerk legen, und wenn ich ihm bis nach Indien folge!«

Ich fragte mich, ob der Professor für Holmes mittlerweile zu einer fixen Idee geworden war. »Aber Professor Moriarty ist tot.«

»Das glaube ich erst, wenn ich seine Leiche gesehen habe, und leider ist es Comissario Negretti trotz aller Bemühungen nicht gelungen, diese aus der Lagune zu fischen.«

Ich wollte widersprechen, aber Holmes brachte mich mit einer beschwichtigenden Geste zum Schweigen.

»Auch Sie müssen noch eine wichtige Mission erfüllen: Sorgen Sie dafür, dass die Büste der Primavera endlich wohlbehalten in den Bargello zurückgelangt.«

KBV-KRIMI

Ralf Kramp
EIN KALTES HAUS
Taschenbuch, 285 Seiten
ISBN 978-3-937001-09-8
9,50 EURO

Drei alte Leute kehren zurück.

Zurück an den Ort in der Eifel, in der sie einst ihre Jugend verbracht haben. Zurück in das kleine Dorf an der Ahr, in das alte Hotel am Waldrand. Sie haben einen Hilferuf aus der Vergangenheit erhalten.

Vor vielen Jahren haben sie sich feierlich geschworen, den jungen Mann zu beschützen, der hier im Dorf zurückgeblieben ist. Doch jetzt sieht es so aus, als kämen sie zu spät …

»Eine spannende Spurensuche, die in eine düstere Geschichte führt. Kramp versteht es wieder einmal, mit nur wenigen Sätzen Atmosphäre zu erzeugen.«
(Kölner Stadt-Anzeiger)